中国古典文学
读本丛书典藏

唐宋词选释

俞平伯 选释

人民文学出版社

图书在版编目（CIP）数据

唐宋词选释／俞平伯选释. —2版. —北京：人民文学出版社，2020（2024.12重印）
（中国古典文学读本丛书典藏）
ISBN 978-7-02-015778-5

Ⅰ.①唐… Ⅱ.①俞… Ⅲ.①唐宋词—选集 Ⅳ.①I222.84

中国版本图书馆CIP数据核字（2019）第214817号

责任编辑	董岑仕
装帧设计	陶　雷
责任印制	王重艺

出版发行	人民文学出版社
社　　址	北京市朝内大街166号
邮政编码	100705
印　　刷	河北博文科技印务有限公司
经　　销	全国新华书店等
字　　数	224千字
开　　本	880毫米×1230毫米　1/32
印　　张	10.375　插页3
印　　数	12001—14000
版　　次	1979年10月北京第1版 2005年8月北京第2版
印　　次	2024年12月第5次印刷
书　　号	978-7-02-015778-5
定　　价	36.00元

如有印装质量问题，请与本社图书销售中心调换。电话：010-65233595

目 录

前言　1

上卷　唐五代词

敦煌曲子词八首
 菩萨蛮(枕前发尽千般愿)　3
 浣溪沙(五里竿头风欲平)　3
 望江南(天上月)　4
 鹊踏枝(叵耐灵鹊多谩语)　4
 别仙子(此时模样)　5
 南歌子(斜影珠帘立)　6
  其二(自从君去后)　6
 抛毬乐(珠泪纷纷湿绮罗)　7

李　白二首
 菩萨蛮(平林漠漠烟如织)　8
 忆秦娥(箫声咽)　9

韩　翃一首
 章台柳(章台柳)　11

柳　氏一首
 杨柳枝(杨柳枝)　13

张志和一首
　　渔父（西塞山前白鹭飞）　14
韦应物一首
　　调笑令（胡马）　15
刘禹锡五首
　　竹枝（山桃红花满上头）　16
　　　其二（瞿塘嘈嘈十二滩）　16
　　　其三（山上层层桃李花）　16
　　　其四（杨柳青青江水平）　16
　　浪淘沙（日照澄洲江雾开）　17
白居易三首
　　竹枝（瞿塘峡口水烟低）　19
　　望江南（江南好）　20
　　　其二（江南忆）　20
温庭筠九首
　　菩萨蛮（小山重叠金明灭）　21
　　又（水精帘里颇黎枕）　22
　　又（满宫明月梨花白）　23
　　又（夜来皓月才当午）　23
　　更漏子（柳丝长）　24
　　又（玉炉香）　25
　　杨柳枝（织锦机边莺语频）　25
　　南歌子（手里金鹦鹉）　26
　　望江南（梳洗罢）　26
韩　偓一首
　　生查子（侍女动妆奁）　28

皇甫松五首
　　浪淘沙（滩头细草接疏林）29
　　望江南（兰烬落）29
　　又（楼上寝）30
　　采莲子（菡萏香连十顷陂）31
　　又（船动湖光滟滟秋）31

韦　庄七首
　　浣溪沙（惆怅梦馀山月斜）32
　　又（夜夜相思更漏残）33
　　思帝乡（春日游）33
　　女冠子（四月十七）34
　　菩萨蛮（红楼别夜堪惆怅）34
　　又（人人尽说江南好）35
　　又（洛阳城里春光好）36

薛昭蕴二首
　　浣溪沙（红蓼渡头秋正雨）37
　　又（粉上依稀有泪痕）37

张　泌二首
　　浣溪沙（马上凝情忆旧游）39
　　蝴蝶儿（蝴蝶儿）39

李存勖二首
　　一叶落（一叶落）41
　　忆仙姿（曾宴桃源深洞）41

牛希济一首
　　生查子（春山烟欲收）42

3

欧阳炯四首
南乡子(画舸停桡) 43
又(岸远沙平) 43
又(路入南中) 44
江城子(晚日金陵岸草平) 44

顾夐一首
诉衷情(永夜抛人何处去) 46

李珣五首
南乡子(乘彩舫) 47
又(渔市散) 47
又(相见处) 48
又(云髻重) 48
又(山果熟) 48

孙光宪三首
浣溪沙(蓼岸风多橘柚香) 50
菩萨蛮(木棉花映丛祠小) 50
竹枝(门前春水白蘋花) 51

冯延巳九首
采桑子(小堂深静无人到) 53
又(花前失却游春侣) 53
清平乐(雨晴烟晚) 54
蝶恋花(谁道闲情抛弃久) 54
又(窗外寒鸡天欲曙) 55
又(萧索清秋珠泪坠) 55
又(几日行云何处去) 56
谒金门(风乍起) 57

长命女（春日宴） 58
李　璟二首
　　山花子（手卷真珠上玉钩） 59
　　又（菡萏香销翠叶残） 60
李　煜十二首
　　长相思（云一绹） 61
　　捣练子令（深院静） 62
　　望江南（多少恨） 62
　　相见欢（林花谢了春红） 62
　　又（无言独上西楼） 63
　　菩萨蛮（人生愁恨何能免） 63
　　清平乐（别来春半） 64
　　浪淘沙（帘外雨潺潺） 64
　　又（往事只堪哀） 65
　　虞美人（风回小院庭芜绿） 66
　　又（春花秋月何时了） 66
　　蝶恋花（遥夜亭皋闲信步） 67

中卷　宋词之一

范仲淹二首
　　苏幕遮（碧云天） 71
　　渔家傲（塞下秋来风景异） 72
张　先二首
　　木兰花（龙头舴艋吴儿竞） 74
　　青门引（乍暖还轻冷） 75

晏　殊二首
　　浣溪沙(一曲新词酒一杯)　76
　　蝶恋花(槛菊愁烟兰泣露)　77

柳　永三首
　　雨霖铃(寒蝉凄切)　78
　　八声甘州(对潇潇暮雨洒江天)　79
　　玉蝴蝶(望处雨收云断)　80

宋　祁一首
　　玉楼春(东城渐觉风光好)　83

欧阳修六首
　　踏莎行(候馆梅残)　84
　　玉楼春(去时梅萼初凝粉)　85
　　蝶恋花(庭院深深深几许)　85
　　诉衷情(清晨帘幕卷轻霜)　86
　　生查子(去年元夜时)　87
　　临江仙(柳外轻雷池上雨)　87

王安石一首
　　桂枝香(登临送目)　89

晏几道四首
　　临江仙(梦后楼台高锁)　91
　　蝶恋花(醉别西楼醒不记)　92
　　鹧鸪天(彩袖殷勤捧玉钟)　93
　　少年游(离多最是)　94

苏　轼十九首
　　昭君怨(谁作桓伊三弄)　96
　　醉落魄(轻云微月)　97

南乡子（回首乱山横） 97
蝶恋花（灯火钱塘三五夜） 99
江城子（十年生死两茫茫） 100
又（老夫聊发少年狂） 100
水调歌头（明月几时有） 102
浣溪沙（旋抹红妆看使君） 103
又（麻叶层层苘叶光） 104
又（簌簌衣巾落枣花） 105
又（软草平莎过雨新） 106
又（山上兰芽短浸溪） 107
洞仙歌（冰肌玉骨） 108
念奴娇（大江东去） 109
临江仙（夜饮东坡醒复醉） 111
卜算子（缺月挂疏桐） 112
一丛花（今年春浅腊侵年） 113
贺新郎（乳燕飞华屋） 114
蝶恋花（花褪残红青杏小） 115

李之仪一首
卜算子（我住长江头） 117

黄庭坚一首
清平乐（春归何处） 118

秦　观八首
望海潮（梅英疏淡） 119
满庭芳（山抹微云） 121
鹊桥仙（纤云弄巧） 122
蝶恋花（昨日窥轩双燕语） 123

如梦令(遥夜沉沉如水)　124
　　南歌子(香墨弯弯画)　124
　　浣溪沙(漠漠轻寒上小楼)　125
　　踏莎行(雾失楼台)　125

贺　铸四首
　　鹧鸪天(重过阊门万事非)　127
　　踏莎行(杨柳回塘)　128
　　浣溪沙(闲把琵琶旧谱寻)　129
　　又(秋水斜阳演漾金)　129

周邦彦九首
　　浣溪沙(楼上晴天碧四垂)　131
　　苏幕遮(燎沉香)　132
　　玉楼春(桃溪不作从容住)　133
　　蝶恋花(月皎惊乌栖不定)　134
　　六丑(正单衣试酒)　135
　　兰陵王(柳阴直)　137
　　满庭芳(风老莺雏)　139
　　夜飞鹊(河桥送人处)　141
　　齐天乐(绿芜凋尽台城路)　143

陈　克一首
　　谒金门(愁脉脉)　146

李清照十三首
　　如梦令(昨夜雨疏风骤)　147
　　浣溪沙(淡荡春光寒食天)　148
　　又(髻子伤春懒更梳)　148
　　一剪梅(红藕香残玉簟秋)　149

醉花阴(薄雾浓云愁永昼) 150

凤凰台上忆吹箫(香冷金猊) 151

念奴娇(萧条庭院) 152

摊破浣溪沙(病起萧萧两鬓华) 153

菩萨蛮(风柔日薄春犹早) 154

南歌子(天上星河转) 155

永遇乐(落日镕金) 155

声声慢(寻寻觅觅) 157

武陵春(风住尘香花已尽) 158

蔡　伸一首

长相思(村姑儿) 159

曹　组二首

卜算子(松竹翠萝寒) 160

品令(乍寂寞) 161

朱淑真三首

减字木兰花(独行独坐) 162

清平乐(恼烟撩露) 162

又(风光紧急) 163

无名氏一首

御街行(霜风渐紧寒侵被) 165

下卷　宋词之二

叶梦得二首

八声甘州(故都迷岸草) 169

水调歌头(霜降碧天静) 171

9

朱敦儒二首
　　卜算子(旅雁向南飞) 173
　　相见欢(金陵城上西楼) 174
陈与义一首
　　临江仙(忆昔午桥桥上饮) 175
曹　勋二首
　　饮马歌(边头春未到) 176
　　清平乐(秋凉破暑) 177
张孝祥二首
　　六州歌头(长淮望断) 178
　　念奴娇(洞庭青草) 180
韩元吉一首
　　好事近(凝碧旧池头) 183
陆　游三首
　　汉宫春(羽箭雕弓) 184
　　诉衷情(当年万里觅封侯) 185
　　钗头凤(红酥手) 186
范成大二首
　　蝶恋花(春涨一篙添水面) 189
　　鹊桥仙(双星良夜) 190
杨万里一首
　　昭君怨(偶听松梢扑鹿) 191
王　质一首
　　鹧鸪天(空响萧萧似见呼) 192
辛弃疾十七首
　　菩萨蛮(郁孤台下清江水) 193

祝英台近（宝钗分） 195

青玉案（东风夜放花千树） 196

清平乐（茅檐低小） 198

破阵子（醉里挑灯看剑） 199

西江月（明月别枝惊鹊） 200

又（醉里且贪欢笑） 201

丑奴儿（少年不识愁滋味） 202

鹧鸪天（陌上柔桑破嫩芽） 202

又（枕簟溪堂冷欲秋） 203

又（壮岁旌旗拥万夫） 204

满江红（过眼溪山） 206

摸鱼儿（更能消几番风雨） 207

水龙吟（楚天千里清秋） 210

贺新郎（绿树听鹈鴂） 212

又（甚矣吾衰矣） 214

永遇乐（千古江山） 215

程 垓 一首

摸鱼儿（掩凄凉黄昏庭院） 218

陈 亮 一首

水调歌头（不见南师久） 220

俞国宝 一首

风入松（一春长费买花钱） 222

姜 夔 九首

扬州慢（淮左名都） 224

翠楼吟（月冷龙沙） 227

点绛唇（燕雁无心） 230

淡黄柳(空城晓角) 231
　　长亭怨慢(渐吹尽枝头香絮) 232
　　暗香(旧时月色) 233
　　疏影(苔枝缀玉) 234
　　齐天乐(庾郎光自吟愁赋) 238
　　鹧鸪天(肥水东流无尽期) 240

吕胜己一首
　　蝶恋花(天色沉沉云色赭) 241

戴复古一首
　　洞仙歌(卖花担上) 242

卢　炳一首
　　减字木兰花(莎衫筠笠) 244

史达祖二首
　　绮罗香(做冷欺花) 245
　　双双燕(过春社了) 247

高观国一首
　　菩萨蛮(何须急管吹云暝) 249

李从周一首
　　谒金门(花似匼) 251

刘克庄四首
　　沁园春(何处相逢) 252
　　又(一卷阴符) 254
　　满江红(金甲琱戈) 256
　　昭君怨(曾看洛阳旧谱) 257

萧泰来一首
　　霜天晓角(千霜万雪) 259

吴文英七首
　　齐天乐（烟波桃叶西陵路）　260
　　浣溪沙（门隔花深梦旧游）　262
　　祝英台近（剪红情）　263
　　风入松（听风听雨过清明）　264
　　八声甘州（渺空烟四远）　265
　　望江南（三月暮）　268
　　唐多令（何处合成愁）　268

张　林一首
　　柳梢青（白玉枝头）　270

曾　揆一首
　　谒金门（山衔日）　272

陈经国一首
　　沁园春（谁使神州）　273

周　密二首
　　谒金门（天水碧）　276
　　一萼红（步深幽）　277

刘辰翁二首
　　柳梢青（铁马蒙毡）　280
　　沁园春（春汝归欤）　281

蒋　捷一首
　　燕归梁（我梦唐宫春昼迟）　283

王沂孙二首
　　眉妩（渐新痕悬柳）　285
　　高阳台（残雪庭阴）　287

张　炎三首
　　高阳台（接叶巢莺）　290
　　念奴娇（扬舲万里）　291
　　解连环（楚江空晚）　293
汪元量二首
　　莺啼序（金陵故都最好）　296
　　水龙吟（鼓鞞惊破霓裳）　299

前　言

　　这个选本是提供古典文学研究工作者作为参考用的,因此,这里想略谈我对于词的发展的看法和唐宋词中一些具体的情况,即作为这个选本的说明。

　　有两个论点,过去在词坛上广泛地流传着,虽也反映了若干实际,却含有错误的成分在内:一、词为诗馀,比诗要狭小一些。二、所谓"正""变"——以某某为正,以某某为变。这里只简单地把它提出来,在后文将要讲到。

　　首先应当说:词的可能的、应有的发展和历史上已然存在的情况,本是两回事。一般的文学史自然只能就已有的成绩来做结论,不能多牵扯到它可能怎样,应当怎么样。但这实在是个具有基本性质的问题,我们今天需要讨论的。以下分为三个部分来说明。

词以乐府代兴,在当时应有"新诗"的资格

　　词是近古(中唐以后)的乐章,虽已"六义附庸,蔚成大国"[①]了,实际上还是诗国中的一个小邦。它的确已发展了,到了相当大的地位,但按其本质来讲,并不曾得到它应有的发展,并不够大。如以好而论,当然很好了,也未必够好。回顾以往,大约如此。

　　从诗的体裁看,历史上原有"齐言""杂言"的区别,且这两体一直在斗争着。中唐以前,无论诗或乐府,"齐言"一直占着优势,不妨

---

① 《文心雕龙·诠赋》语。

简单地回溯一下。三百篇虽说有一言至九言的句法,实际上多是四言。楚辞是杂言,但自《离骚》以降,句度亦相当的整齐。汉郊祀乐章为三言,即从楚辞变化,汉初乐府本是楚声。汉魏以来,民间的乐府,杂言颇盛,大体上也还是五言。那时的五言诗自更不用说了。六朝迄隋,七言代兴,至少与五言有分庭抗礼的趋势。到了初、盛唐,"诗"与"乐"已成为五、七言的天下了。一言以蔽之,四言→五言→七言,是先秦至唐,中国诗型变化的主要方向;杂言也在发展,却不曾得到主要的位置。

像这样熟悉的事情,自无须多说。假如这和事实不差什么,那么,词的勃兴,即从最表面的形式来看,也是一桩有意义的事情;因为形式和内容是互相影响着的。词亦有齐言①,却以杂言为主,故一名"长短句"。它打破了历代诗与乐的传统形式,从整齐的句法中解放出来,从此五、七言不能"独霸"了。这变革绝非偶然,大约有三种因由:

第一,随着语言的发展而不得不变。即以诗的正格"齐言"而论,从上列的式子看,由四而五而七,已逐渐地延长;这显明地为了适应语言(包括词汇)的变化,而不得不如此。诗的长度,似乎七言便到了一个极限。如八言便容易分为四言两句;九言则分为"四、五",或"五、四","四、五"逗句更普通一些。但这样的长度,在一般用文言的情况下,虽差不多了,如多用近代口语当然不够,即参杂用之,恐怕也还是不够的。长短句的特点,不仅参差;以长度而论,也冲破了七言的限制,有了很自然的八、九、十言及以上的句子②。这个延长的倾向当然并没有停止,到了元曲便有像《西厢记·秋暮离怀·叨叨令》那样十七字的有

---

① 《碧鸡漫志》卷一:"唐时古意亦未全丧,《竹枝》、《浪淘沙》、《抛毬乐》、《杨柳枝》,乃诗中绝句而定为歌曲,故李太白《清平调》词三章皆绝句,元白诸诗亦为知音协律者作歌。"
② 如《洞仙歌》末为八字一句,九字一句;《喝火令》末为九字一句,十一字一句等等。

名长句了①。

第二,随着音乐的发展而不得不变。长短参差的句法本不限于词,古代的杂言亦是长短句;但词中的长短句,它的本性是乐句,是配合旋律的,并非任意从心的自由诗。这就和诗中的杂言有些不同。当然,乐府古已有之,从发展来看,至少有下列两种情形:一、音乐本身渐趋复杂;古代乐简,近世乐繁。二、将"辞"(文词)来配声(工谱)也有疏密的不同,古代较疏,近世较密。这里不能详叙了。郑振铎先生说:

> 词和诗并不是子母的关系。词是唐代可歌的新声的总称。这新声中,也有可以五七言诗体来歌唱的;但五七言的固定的句法,万难控御一切的新声,故崭新的长短句便不得不应运而生。长短句的产生是自然的进展,是追逐于新声之后的必然的现象②。

他在下面并引了清成肇麐《唐五代词选自序》③中的话。我想这些都符合事实,不再申说了。

第三,就诗体本身来说,是否也有"穷则变"的情形呢？ 当然,唐诗以后还有宋、元、明、清以至近代的诗,决不能说"诗道穷矣"。——但诗歌到了唐代,却有极盛难继之势。如陆游说:

> 唐自大中后,诗家日趋(通"趣")浅薄,其间杰出者亦不复有前辈闳妙浑厚之作,久而自厌,然梏于俗尚不能拔出。会有倚声作词者,本欲酒间易晓,颇摆落故态,适与六朝跌宕意气差近,此集所载是也。故历唐季、五代,诗愈卑而倚声辄简古可爱。盖天宝以后

---

① 《叨叨令》:"(见)安排(着)车(儿)马(儿不由人)熬(熬)煎(煎的)气",本为七字句法,加衬成十七字句。加括弧者为衬字。
② 见郑振铎著《插图本中国文学史》第三十一章。
③ 郑书原作《七家词选序》。戈载《宋七家词选》中并无成序,盖郑误记。承友人见告,今改正。

3

> 诗人常恨文不迫(似缺一"意"字),大中以后诗衰而倚声作。使诸人以其所长格力,施于所短,则后世孰得而议。笔墨驰骋则一,能此而不能彼,未易以理推也①。

他虽说"未能以理推",实际上对于形式与内容的关系和推陈出新的重要也已经约略看到了。词的初起,确有一种明朗清爽的气息,为诗国别开生面。陆游的话只就《花间》一集说,还不够全面,然亦可见一斑。

这样说来,词的兴起,自非偶然,而且就它的发展可能性来看,可以有更广阔的前途,还应当有比它事实上的发展更加深长的意义。它不仅是"新声",而且应当是"新诗"。唐代一些诗文大家已有变古创新的企图,且相当地实现了。词出诗外,源头虽若"滥觞",本亦有发展为长江大河的可能,像诗一样的浩瀚,而自《花间》以后,大都类似清溪曲涧,虽未尝没有曲折幽雅的小景动人流连,而壮阔的波涛终感其不足。在文学史上,词便成为诗之馀,不管为五七言之馀也罢,三百篇之馀也罢,反正只是"馀"。但它为什么是"馀"呢?并没有什么理由可言。这一点,前人早已说过②,我却认为他们估计得似乎还不大够。以下从词体的特点来谈它应有的和已有的发展。

词的发展的方向

要谈词的发展,首先当明词体的特点、优点,再看看是否已经发挥得足够了。

当然,以诗的传统而论,齐言体如四、五、七言尽有它的优点;从解

---

① 明汲古阁覆宋本《花间集》陆游跋之二。
② 见王易《词曲史》"明义"第一、甲"诗馀"一条引诸家;又见郑振铎《插图本中国文学史》第三十一章。

放的角度来看"诗",词之后有曲,曲也有更多的优点。在这里只就词言词。就个人想到的说,以下列举五条,恐怕还不完全。

1. 是各式各样的,多变化的。假如把五、七言比做方或圆,那么词便是多角形;假如把五、七言比做直线,词便是曲线。它的格式:据万树《词律》,为调六百六十,为体一千一百八十余;清康熙《钦定词谱》,调八百二十六,体二千三百零六。如说它有二千个格式,距事实大致不远。这或者是后来发展的结果,词的初起,未必有那么多。也不会太少,如《宋史·乐志》称"其急慢诸曲几千数"。不过《乐志》所称,自指曲谱说,未必都有文辞罢了。

2. 是有弹性的。据上列数目字,"体"之于"调",约为三比一。词谱上每列着许多的"又一体",使人目眩。三比一者,平均之数;以个别论,也有更多的,如柳永《乐章集》所录《倾杯》一调即有七体之多。这些"又一体",按其实际,或由字数的多少,或缘句逗的参差,也有用衬字的关系。词中衬字,情形本与后来之曲相同。早年如敦煌发现的"曲子词"就要多些,后来也未尝没有。以本书所录,如沧海之一粟,也可以看到①。不过一般不注衬字,因词谱上照例不分正衬。如分正衬,自然不会有那么多的"又一体"了。是否变化少了呢?不然。那应当更多。这看金、元以来的曲子就可以明白。换句话说,词的弹性很大,实在可以超过谱上所载二千多个格式的,只是早年的作者们已比较拘谨,后来因词调失传,后辈作者就更加拘谨了。好像填词与作曲应当各自一工。其实按词曲为乐府的本质来说,并看不出有这么划然区分的必要。词也尽可以奔放驰骤的呵。

---

① 例如上卷敦煌曲子词《望江南》第二句:"遥望似一团银",本句五字,"似"字是衬。同卷欧阳炯《江城子》末二句:"如西子镜,照江城"当三三句法,"如"字是衬。中卷无名氏《御街行》末句:"那里有人人人寐","那里"二字是衬,已见中卷此词注〔6〕引《词谱》云云。

3. 是有韵律的。这两千多格式,虽表面上令人头晕眼花,却不是毫无理由的。它大多数从配合音乐旋律来的。后人有些"自度腔",或者不解音乐,出于杜撰,却是极少数。早年"自度腔"每配合音谱,如姜白石的词。因此好的词牌,本身含着一种情感,所谓"调情"。尽管旋律节奏上的和谐与吟诵的和谐不就是一回事,也有仿佛不利于唇吻的,呼为"拗体",但有些拗体,假如仔细吟味,拗折之中亦自饶和婉。这须分别观之。所以这歌与诵的两种和谐,虽其间有些距离,也不完全是两回事。——话虽如此,自来谈论这方面的,以我所知,似都为片段,东鳞西爪,积极地发挥的少,系统地研究的更少。我们并不曾充分掌握、分析过这两千多个词调呵。

4. 它在最初,是接近口语的。它用口语,亦用文言;有文言多一些的,有白话多一些的,也有二者并用的。语文参错得相当调和,形式也比较适当。这个传统,在后来的词里一直保存着。五、七言体所不能,或不易表达的,在词则多半能够委曲详尽地表达出来。它所以相当地兴旺,为人们所喜爱,这也是原由之一。

5. 它在最初,是相当地反映现实的。它是乐歌、徒歌(民歌),又是诗,作者不限于某一阶层,大都是接近民间的知识分子写的。题材又较广泛。有些作品,艺术的意味、价值或者要差一些;但就传达人民的情感这一角度来看,方向本是对的。

看上面列举的不能不算做词的优点,经历了漫长的时间,词在数量上或质量上已大大的发展了。但是否已将这些特长发挥尽致了呢?恐怕还没有。要谈这问题,先当约略地探讨一般发展的径路,然后再回到个别方面去。

一切事物的发展,本应当后起转精,或后来居上的,所谓"青出于蓝而青于蓝"。毫无疑问,文艺应当向着深处前进,这是它的主要方向;却不仅仅如此,另一方面是广。"深"不必深奥,而是思想性或艺术性高。

"广"不必数量多,而是反映面大。如从来论诗,有大家名家之别。所谓"大家"者,广而且深;所谓"名家"者,深而欠广。一个好比蟠结千里的大山,一个好比峭拔千寻的奇峰。在人们的感觉上,或者奇峰更高一些;若依海平实测,则大山的主峰,其高度每远出奇峰之上,以突起而见高,不过是我们主观上的错觉罢了。且不但大家名家有这样的分别,即同是大家也有深广的不同。如杜甫的诗深而且广。李白的诗高妙不弱于杜,或仿佛过之,若以反映面的广狭而论,那就不能相提并论了。

词的发展本有两条路线:一、广而且深(广深),二、深而不广(狭深)。在当时的封建社会里,受着历史的局限,很不容易走广而且深的道路,它到文士们手中便转入狭深这一条路上去;因此就最早的词的文学总集《花间》来看,即已开始走着狭深的道路。欧阳炯《花间集序》上说:

> 自南朝之宫体,扇北里之倡风,何止言之不文,所谓秀而不实。有唐已降,率土之滨,家家之香径春风,宁寻越艳;处处之红楼夜月,自锁嫦娥。……因集近来诗客曲子词五百首,……庶使西园英哲,用资羽盖之欢;南国婵娟,休唱莲舟之引。

"曲子词"为词的初名。"曲"者,声音;"词"者,文词(即辞);称"曲子"者,"子"有"小"字义,盖以别于大曲。这里在原有的"曲子词"上面加上"诗客"二字,成为"诗客曲子词",如翻成白话,便是诗人们做的曲子词,以别于民间的歌唱,这是非常明白的。欧阳炯序里提出"南朝宫体""北里倡风"的概括和"言之不文""秀而不实"的批评,像这样有对立意味又不必合于事实的看法,可以说,词在最初已走着一条狭路,此后历南唐两宋未尝没有豪杰之士自制新篇,其风格题材每轶出《花间》的范围;但其为"诗客曲子词"的性质却没有改变,亦不能发生有意识的变革。"花间"的潜势力依然笼罩着千年的词坛。

我们试从个别方面谈,首先当提出敦煌曲子。敦煌写本,最晚到北宋初年,却无至道、咸平以后的;这些曲子自皆为唐五代的作品。旧传唐五代词约有一千一百四十八首(见近人林大椿辑本《唐五代词》),今又增加了一百六十二首。不但数量增多了,而且反映面也增广,如唐末农民起义等,这些在《花间集》里就踪影毫无。以作者而论,不限于文人诗客,则有"边客游子之呻吟,忠臣义士之壮语,隐君子之怡情悦志,少年学子之热望与失望"[1]。以调子而论,令、引、近、慢已完全了,如《凤归云》、《倾杯》、《内家娇》都是长调,则慢词的兴起远在北宋以前。以题材而论,情形已如上述,"其言闺情与花柳者,尚不及半"(亦根据王说),可破《花间集序》宫体倡风之妄说。过去的看法,词初起时,其体为小令,其词为艳曲,就《花间》说来诚然如此,但《花间》已非词的最初面目了。因此这样的说法是片面的。

以文章来论,有些很差,也有很好的。有些不下于《花间》温、韦诸人之作,因其中亦杂有文人的作品。有的另具一种清新活泼的气息,为民歌所独有,如本书上卷第一部分所录,亦可见一斑。它的支流到宋代仍绵绵不断,表现在下列两个方面:一、民间仍然做着"曲子词"。这些材料,可惜保存得很少,散见各书,《全宋词》最末数卷(二九八至三〇〇卷),辑录若干首,如虽写情恋,当时传为暗示北宋末年动乱的[2],如写南宋里巷风俗的[3]……反映面依然相当广泛。若说"花间"派盛行之后,敦煌曲子一派即风流顿尽了,这也未必尽然。二、所谓"名家"每另有一种白话词,兼收在集子里,如秦观的《淮海居士长短句》、周邦彦

---

[1] 王重民《敦煌曲子词集·叙录》。
[2] 《苕溪渔隐丛话》后集卷三十九引《复斋漫录》:"宣和五年,初复九州……都门盛唱小词曰:'喜则喜,得入手;愁则愁,不长久。忻则忻,我两个厮守;怕则怕,人来破斗。'"
[3] 《岁时广记》卷二十六,录失调名词:"天上佳期,九衢灯月交辉。摩睺孩儿,斗巧争奇,戴短檐珠子帽,披小缕金衣。嗔眉笑眼,百般地敛手相宜。　转眼底工夫,不少引得人,爱后如痴。快输钱,须要扑,不问归迟。归来猛醒,争如我活底孩儿。"

的《清真词》都有少数纯粹口语体的词,我们读起来却比"正规"的词还要难懂些。可见宋代不但一般社会上风尚如此,即专门名家亦复偶一用之。至于词篇,于藻饰中杂用白话,一向如此,迄今未变,又不在话下了。陈郁《藏一话腴》评周词说:"美成自号清真,二百年来以乐府独步,贵人学士、市儈伎女皆知美成词为可爱。"是雅俗并重,仍为词的传统,直到南宋,未尝废弃。

如上所说,"花间"诸词家走着狭深的道路,对民间的词不很赞成;实际上他们也依然部分继承着这个传统,不过将原来的艳体部分特别加大、加工而已。一般说来,思想性差,反映面狭。但其中也有表现民俗的,如欧阳炯、李珣的《南乡子》;也有个别感怀身世的,如鹿虔扆的《临江仙》,并非百分之百的艳体。至于艺术性较高,前人有推崇过当处①,却也不可一概抹杀。

此后的发展也包括两个方面,举重点来说:其一承着这传统向前进展,在北宋为柳永、秦观、周邦彦,在南宋为史达祖、吴文英、王沂孙等等,其二不受这传统的拘束,有如李煜、苏轼、辛弃疾等等。这不过大概的看法,有些作家不易归入那一方面的,如李清照、姜夔。这里拟改变过去一般评述的方式,先从第二方面谈起。

"南唐"之变"花间",变其作风不变其体——仍为令、引之类。如王国维关于冯延巳、李后主词的评述,或不符史实,或估价奇高;但他认为南唐词在"花间"范围之外,堂庑特大,李后主的词,温、韦无此气象②,这些说法

---

① 如张惠言《词选》评注,以温飞卿《菩萨蛮》比《离骚》。
② 如王国维《人间词话》上:"后主之词真所以血书者也。""后主则俨有释迦基督担荷人类罪恶之意。"此皆推许太过,拟不于伦。又如:"冯正中词虽不失五代风格,而堂庑特大,开北宋一代风气,与中后二主词皆在'花间'范围之外,宜《花间集》中不登其只字也。"《花间》结集时代较早,故不收南唐的词,这里的理由也是错的。至如:"'自是人生长恨水长东','流水落花春去也,天上人间',《金荃》、《浣花》能有此气象耶?"评价也还恰当。

还是对的。南唐词确推扩了"花间"的面貌,而开北宋一代的风气。

苏东坡创作新词,无论题材风格都有大大的发展,而后来论者对他每有微词,宋人即已如此。同时如晁补之说:"苏东坡词,人谓多不谐音律,然居士辞横放杰出,自是曲子中缚不住者。"①稍晚如李清照说:"至晏元献、欧阳永叔、苏子瞻学际天人,作为小歌词,直如酌蠡水于大海,然皆句读不葺之诗耳,又往往不协音律者,何耶②。"若依我看来,东坡的写法本是词发展的正轨,他们认为变格、变调,实系颠倒。晁、李都说他不合律,这也是个问题。如不合律,则纵佳,亦非曲子,话虽不错,但何谓合律,却是一个复杂的问题。东坡的词,既非尽不可歌;他人的词也未必尽可歌,可歌也未必尽合律,均屡见于记载。如周邦彦以"知音"独步两宋,而张炎仍说他有未谐音律处③,可见此事,专家意见分歧,不适于做文艺批评的准则。至于后世,词调亡逸,则其合律与否都无实际的意义,即使有,也很少了,而论者犹断断于去上阴阳之辨,诚无谓也。因此东坡的词在当日或者还有些问题,在今日就不成为问题了。胡寅说:"及眉山苏氏,一洗绮罗香泽之态,摆脱绸缪宛转之度,使人登高望远,举首高歌,而逸怀浩气超然乎尘垢之外。于是《花间》为皂隶,而柳氏为舆台矣。"④这是词的一大进展。

李清照在《论词》里,主张协律;又历评北宋诸家均有所不满,而曰"乃知词别是一家,知之者少",似乎夸大。现在我们看她的词却能够相当地实行自己的理论,并非空谈欺世。她擅长白描,善用口语,不艰深,也不庸俗,真所谓"别是一家"。可惜全集不存,现有的只零星篇什而已。至于她在南渡以后虽多伤乱忧生之词,反映面尚觉未广,这是身

---

① 《能改斋漫录》卷十六。
② 《苕溪渔隐丛话》后集卷三十三引李作《论词》。
③ 张炎《词源》下:"美成负一代词名,……而于音谱且间有未谐,可见其难矣。"
④ 汲古阁本《宋六十名家词》录《题酒边词》。

世所限,亦不足为病。

南宋的词,自以辛弃疾为巨擘。向来苏辛并称,但苏辛并非完全一路。东坡的词如行云流水,若不经意,而气体高妙,在本集大体匀称。稼轩的词乱跑野马,非无法度,奔放驰骤的极其奔放驰骤,细腻熨贴的又极其细腻熨贴,表面上似乎不一致。周济说他"敛雄心,抗高调,变温婉,成悲凉"①。其所以慷慨悲歌,正因壮心未已,而本质上仍是温婉,只变其面目使人不觉罢了。照这样说来,骨子里还是一贯的。稼轩词篇什很广,技巧很繁杂,南宋词人追随他的也很多。在词的发展方面,是一个很重要的作家。

姜夔的词在南宋负高名,却难得位置,评论也难得中肯。如宋末的张炎应该算是知道白石的了,他在《词源》里,说白石词"清空"、"清虚"、"骚雅","如野云孤飞,去留无迹"等等,似乎被他说着了,又似乎不曾,很觉得渺茫。白石与从前词家的关系,过去评家的说法也不一致,有说他可比清真的②,有说他脱胎稼轩的③。其实为什么不许他自成一家呢?他有袭旧处,也有创新处,而主要的成绩应当在创新方面。沈义父《乐府指迷》说他"未免有生硬处",虽似贬词,所谓"生硬"已暗逗了这消息。他的词,有个别反映了当时的现实,只比稼轩要含蓄一些,曲折一些。他的创作理论,有变古的倾向,亦见于本集自序④,说得也很精辟。

上面约略评述的几个词家,都不受"花间"以来传统的拘束。他们不必有意变古,而事实上已在创新。至于所谓正统派的词家,自"花

---

① 周济《宋四家词选·序论》。
② 黄昇《花庵词选》:"白石道人,……词极精妙,不减清真乐府,其间高处有美成所不能及。"
③ 周济《宋四家词选·序论》:"白石脱胎稼轩,变雄健为清刚,变驰骤为疏宕。"
④ 《白石诗》自叙之二:"作者求与古人合,不若求与古人异。求与古人异,不若不求与古人合而不能不合,不求与古人异而不能不异。"

间"以来也不断地进展着,并非没有变化,却走着与过去相似的道路。这里只重点地略说三人,在北宋为柳永、周邦彦,在南宋为吴文英。其他名家,不及一一列举了。

柳永词之于《花间》,在声调技巧方面进展很大。如《花间》纯为令曲,《乐章》慢词独多,此李清照所谓"变旧声作新声"也。柳词多用俗语,长于铺叙,局度开阔,也是它的特点。就其本质内容来说,却不曾变,仍为情恋香艳之辞,绮靡且有甚于昔。集中亦有"雅词",只占极少数,例如本书中卷所录《八声甘州》。

周邦彦词,令、慢兼工,声调方面更大大的进展①。虽后人评他的词,"创调之才多,创意之才少",固有道着处,亦未必尽然②。周词实为《花间》之后劲,近承秦、柳,下启南宋,对后来词家影响很大。

一般地说,南宋名家都祖《清真》而祧《花间》,尤以吴文英词与周邦彦词更为接近。宋代词评家都说梦窗出于清真③,不仅反映面窄小,艺术方面亦有形式主义的倾向。如清真的绵密,梦窗转为晦涩;清真的繁秾,梦窗转为堆砌,都是变本加厉。全集中明快的词占极少数。如仔细分析,则所谓"人不可晓"者亦自有脉络可寻,但这样的读词,未免使人为难了。说它为狭深的典型,当不为过。词如按照这条路走去,越往前走便愈觉其黯淡,如清末词人多学梦窗,就是不容易为一般读者接受的。

南宋还有很多的词家,比较北宋更显得繁杂而不平衡;有极粗糙的,有很工细的,有注重形式美的,也有连形式也不甚美的,不能一概而

---

① 张炎《词源》下:"美成诸人又复增演慢曲、引、近,或移宫换羽为三犯、四犯之曲,按月律为之,其曲遂繁。"
② 此王国维说,见《人间词话》上。但他在《清真先生遗事》里却说:"词中老杜则非先生不可",可见王氏晚年已修改他的前说。
③ 沈义父《乐府指迷》:"梦窗深得清真之妙,其失在用事下语太晦处,人不可晓。"尹焕《梦窗词序》:"求词于吾宋,前有清真,后有梦窗,此非焕之言,天下之言也。"

论。大体上反映时代的动乱,个人的苦闷,都比较鲜明,如本书下卷所录可见一斑。不但辛弃疾、二刘(刘过、刘克庄)如此,姜夔如此,即吴文英、史达祖、周密、王沂孙、张炎亦未尝不如此。有些词人情绪之低沉,思想之颓堕,缺点自无可讳言,他们却每通过典故词藻的掩饰,曲折地传达眷怀家国的感情,这不能不说比之"花间"词为深刻,也比北宋词有较大的进展。

以上都是我个人的看法,拉杂草率,未必正确。所述各家,只举出若干"点",不能代表"面",或者隐约地可以看到连络的"线"来:这"线"就表示出词的发展的两条方向。这非创见,过去词论家评家选家都看到了这样的事实。他们却有"正变"之说。显明的事例,如周济《词辨》之分为上下两卷,以温、韦等为正,苏、辛等为变。这样一来,非但说不出正当的理由,事实上恰好颠倒①。他们所谓"正",以《花间》为标准而言,其实《花间》远远的不够"正"。如陆游说:

> 方斯时,天下岌岌,生民救死不暇,士大夫乃流宕至此,可叹也哉!或者出于无聊故耶。②

《花间集》如何可作为词的标准呢!《花间》既不足为准,则正变云云即属无根。我们不必将正变倒过来用,却尽可以说,苏、辛一路,本为词的康庄大道,而非硗确小径。说他们不够倒是有的;说他们不对却不然。如陈无己说:

> 子瞻以诗为词,如教坊雷大使之舞,虽极天下之工,要非本色③。

---

① 王国维《人间词话》上:"周介存置诸温、韦之下(指李后主),可谓颠倒黑白矣。"
② 明汲古阁覆宋本《花间集》陆游跋之一。
③ 魏庆之《诗人玉屑》卷二十引《后山诗话》。

"要非本色",即使极天下之工也还是不成,这样的说法已很勉强;何况所谓"本色"无非指"花间"、柳七之类,非真正的本色。本色盖非他,即词的本来面目,如今传唐人"曲子"近之。它的反映面广阔,岂不能包后来苏、辛诸词在内? 因此,过去的变化,其病不在于轶出范围,相反的在于还不够广阔。

词的本色是健康的,它的发展应当更大,成就应当更高。其所以受到限制,主要的关键在于思想;其次,形式方面也未能充分利用。以历史的观点,我们自然不能多责备前人。过去的各种诗型,这里所说"曲子词"以外,尚有散曲、民歌等等,都有成为广义新诗中一体的希望。

关于选释本的一些说明

《唐宋词选释》自唐迄南宋,共二百五十一首,分为三卷。上卷为唐、五代词,又分为三部分:一、唐,二、《花间》,三、南唐;共八十七首。中、下卷为宋词,共一百六十四首。中卷题为"宋词之一",下卷题为"宋词之二",即相当于北宋和南宋。其所以不曰北、南,而分一、二者,因南渡词人正当两宋之际,其属前属后每每两可,不易恰当。其反映时代动荡的作品大部分录在下卷。中、下两卷之区别,也想约略表示出两宋词的面貌,有少数作家不专以作者的年代先后来分。如叶梦得生年较早,今所录二首均南渡以后之作,故移下卷。张孝祥生年稍晚,所录《六州歌头》作于一一六三,《念奴娇》作于一一六六,时代均较早,且反映南宋初年政治情况,故置韩元吉诸人之前。

因本书为提供古典文学研究者参考之用,作法与一般普及性的选本有所不同。选词的面稍宽,想努力体现出词家的风格特色和词的发展途径。但唐宋词翰,浩如烟海,今所选二百五十馀篇,只是一勺水罢了,真古人所谓"以蠡测海"。词的发展途径(如上文所说),本书是否体现出来了呢？恐怕没有。即以某一词家论，所选亦未必能代表他的全貌。例如中卷柳永词，取其较雅者，看不出他俚俗浮艳的特点；下卷吴文英词，取其较明快者，看不出他堆砌晦涩的特点。这也是一般选本的情况，本书亦非例外。

下文借本书说明一些注释的情况。

作"注"原比较复杂。有些是必需下注的。以本书为例，如姜夔的《疏影》："那人正睡里，飞近蛾绿。"设若不注"那人"是谁，谁在睡觉？又如辛弃疾的《鹧鸪天》"书咄咄"句用晋殷浩事，一般大都这样注；但殷浩"咄咄书空"表示他热中名利，和辛的性格与本篇的词意绝不相符，若不下注，就更不妥了。有些似乎可注可不注，如引用前人之句说明本句或本篇。这个是否必要呢？依我看，也有些必要，不避孤陋之诮，在这选本中妄下了若干条注。虽然分量似已不少，离完备还差得多。

前人写作以有出典为贵，评家亦以"无一字无来历"为高。互相因袭，相习成风，过去有这样的情形，其是非暂置不论。其另一种情形：虽时代相先后，却并无因袭的关系。有些情感，有些想象，不必谁抄袭谁。例如李后主《浪淘沙》中的名句"别时容易见时难"，前人说它出于《颜氏家训》的"别易会难"，引见上卷李煜此篇注〔3〕。果真是这样么？恐怕未必。所以二者相似，或竟相同，未必就有关连，也未必竟无关连，究竟谁是偶合，谁是承用，得看具体的情况来决定。所谓"看"，当然用注家的眼光看，那就不免有他的主观成分在内了。

而且所谓"二者"，本不止二者，要多得多，这就更加复杂了。譬如以本句为甲，比它早一点的句子为乙，却还有比乙更早的丙丁戊己哩。盖杜甫诗所谓"递相祖述复先谁"也。注家引用的文句，大都不过聊供参考而已。若云某出于某，却不敢这样保证的。

再说，可以增进了解，这情形也很复杂。如以乙句注甲句，而两句

15

差不多;读者如不懂得甲,正未必懂得乙。其另一种情形,注文甚至于比本文还要深些,那就更不合理了。怎样会发生这类情形的呢?因为作注,照例以前注后,更着重最早的出典,故注中所引材料每较本文为古,如《诗》、《书》、《史》、《汉》之类,总要比唐诗、宋词更难懂一些,这就常常造成这似乎颠倒的情况。然所注纵有时难懂,却不能因噎废食。注还是可以相当增进了解、扩大眼光的。将"注"和"释"分开来看,只为了说明的方便,其实"注"也是释,而且是比较客观的"释"。古典浩瀚,情形繁复,有诗文的差别,有古今言语的隔阂。有些较容易直接解释,有些只能引用许多事例作为比较,使读者自会其意。如近人张相《诗词曲语辞汇释》,其中每一条开首为解释,下面所附为原材料。其功力最深、用途最大的即在他所引许多实例,至于他的解释虽然大致不差,也未必完全可靠。我们将这些实例,比较归纳起来,就可以得出与张氏相同的结论,也可以得出和他不尽相同的结论,会比他更进一步。这样,我认为正得张氏作书之意。书名"汇释","汇"才能"释",与其不"汇"而"释",似无宁"汇"而不"释"。因若触类旁通,你自然会得到解释的。

  以上所谈,为了使读者明了注释一般的情况以及如何利用它,原非为本书的缺点解嘲。就本书来说,诚恐不免尚有错误。当选录和注释之初,原想尽力排除个人主观的偏爱成见,而忠实地将古人的作品、作意介绍给读者;及写完一看,这个选本虽稍有新意,仍未脱前人的窠臼。选材方面,或偏于消极伤感,或过于香艳纤巧,这虽然和词本身发展的缺陷有关,但以今日观之,总不恰当。而且注释中关于作意的分析和时代背景的论述,上中两卷亦较下卷为少。注释的其他毛病,如深而不浅,曲而未达,偏而不全,掉书袋又不利落,文言白话相夹杂等等,那就更多了:自己也难得满意,更切盼读者指教。

附　记

前编《唐宋词选》有试印本,至今已十六年。近人民文学出版社同志来,说要正式出版,文学研究所也表示赞同。起初我还很踌躇;为了贯彻"百花齐放、百家争鸣"的方针,响应党的号召,经过思考,也就同意了。但旧本的缺点需要修整,我勉力从事,做得很慢。

现改名《唐宋词选释》,除删去存疑的两首,馀未动,虽经修订,仍未必完善。如内容形式过于陈旧,解说文白杂用,繁简不均,深入未能浅出等等;且或不免有其他的错误,请读者指正。

编写之中,承友人与出版社同志殷勤相助,深表感谢。

一九七八年十月

上卷　唐五代词

敦煌曲子词

菩萨蛮[1]

枕前发尽千般愿,要休且待青山烂。水面上秤锤浮,直待黄河彻底枯。　　白日参辰现[2],北斗回南面。休即未能休,且待三更见日头[3]。

〔1〕这篇叠用许多人世断不可能的事作为比喻,和汉乐府《上邪》相似。但那诗山盟海誓是直说;这里反说,虽发尽千般愿,毕竟负了心,却是不曾说破。

〔2〕"参、辰",两星名。参(所今切),参宿在西方,辰,心宿在东方。天体上距离约一百八十度。出没不相值,亦叫"参、商"。辰为商(殷商)星,见《左传》昭公元年。参、辰本不能并见,况在白昼。

〔3〕纵然具备上边所说各项条件,盟誓可以罢休,却仍不能休,还要等待三更时看见日头。一意分作两层,加重之辞。

浣溪沙

五里竿头[1]风欲平。长风[2]举棹觉船行。柔橹不施停却棹,是船行。　　满眼风波多闪灼,看山恰似走来迎。仔细看山山不动,是船行[3]。

〔1〕"竿头"或校作"滩头"。"五里"疑为"五两"之误。五两,鸡毛制,占风具。郭璞《江赋》:"觇五两之动静。"如不改字,解释为船行五里,风忽小了,亦通。

〔2〕"长风"似与上文"风欲平"矛盾,故或校作"张帆"。但张帆即无须举棹,这里恐是倒句。追叙风未平、未转顺风时的状况。逆风划船,走得很慢,所以说"觉船行"。"举棹"正和"停却棹"对,反起下文不摇船,顺风挂帆,船走快了,所以说"是船行"。两语相承,用"觉""是"两字分点,似复非复。

〔3〕梁元帝《早发龙巢》:"不疑行舫动,唯看远树来。"

望江南

天上月,遥望似一团银。夜久更阑风渐紧,为奴吹散月边云,照见负心人。

鹊踏枝[1]

叵耐[2]灵鹊[3]多谩语[4],送喜何曾有凭据。几度飞来活捉取,锁上金笼休共语[5]。　　比拟[6]好心来送喜,谁知锁我在金笼里。欲他征夫早归来,腾身却放我向青云里。

〔1〕《鹊踏枝》为《蝶恋花》之异名。这和后来的《蝶恋花》,句法亦颇不同,故仍其原题。

〔2〕"叵"是"可"的反文,不可也;读为"不可"的合音。叵耐,不可耐。犹俗语说"叵测",不可测。

〔3〕《淮南子·氾论训》高注:"乾鹊,鹊也,人将有来客,忧喜之征则鸣。"《开元天宝遗事》:"时人之家闻鹊声皆以为喜兆,故谓灵鹊报喜。"近代也还有这种迷信的说法。参看下宋欧阳修《玉楼春》注〔5〕。

〔4〕原作"满语","满"字疑是"谩"之形误,欺瞒。或校作"漫"。"谩"与"满"较近。

〔5〕不要和他说话,即不要听他的话。

〔6〕"比拟",准备。

别仙子[1]

此时模样,算来是秋天月。无一事,堪惆怅,须圆阙[2]。穿窗牖,人寂静,满面蟾光如雪。照泪痕何似,两眉双结。晓楼钟动,执纤手,看看[3]别。移银烛,偎身泣,声哽噎。家私事,频付嘱,上马临行说。长思忆,莫负少年时节[4]。

〔1〕全篇从男子方面,追忆离别,描写对方。开首借月比人,即以月的圆缺来说明人事的变迁;以后用月影穿窗照见美人,实写临别情景,直贯篇终。

〔2〕人本和月一样的圆满,所以说无一事堪惆怅,只是月有圆缺,

人有离合,未免可惜,即是可惆怅。圆阙并列,却重在"阙"。"须圆阙",须有圆缺,定有圆缺的意思,惟口气较软。须犹应也,必也,见张相《诗词曲语辞汇释》卷一。

〔3〕"看看",转眼,估量时间之辞,见《诗词曲语辞汇释》卷六。

〔4〕这是总结上文的种种的叮咛嘱咐,语在虚实之间。

南歌子二首[1]

斜影珠帘立[2],情事共谁亲?分明面上指痕新?罗带同心谁绾[3]?甚人踏褪裙[4]? 蝉鬓因何乱?金钗为甚分?红妆垂泪忆何君?分明殿前直说,莫沉吟。

自从君去后,无心恋别人。梦中面上指痕新[5]。罗带同心自绾。被蛮儿[6]踏褪裙。 蝉鬓珠帘乱[7],金钗旧股分[8]。红妆垂泪哭郎君。信是南山松柏,无心恋别人。

〔1〕设为男女两方相互问答。这是民歌的一种形式,源流都很长远。词的初起,有多样不同的风格。此二首有意校字。第二首"哭郎君"以下原在另一首上,盖是错简,今校改。

〔2〕影,原作瘿,将"彡"搬在左边,即影字的俗写。人的影子映着珠帘。或将"影"改为"倚",未是。

〔3〕"同心",结子的一种式样,表示恩爱。

〔4〕褪,补也,文义不合,当是错字。或引唐窦梁宾《喜卢郎及第》:"小玉惊人踏破裙"句校作"破"。"破"可作语助用,当轻读。

〔5〕说面上的指痕是自己梦中弄上的。

〔6〕"蛮"校改字,原作"绌",误。"蛮儿",小儿。李贺《马诗》:"吾闻果下马,羁策任蛮儿。"

〔7〕即用原第一问"斜影珠帘立,情事共谁亲",回答第五问"蝉鬓因何乱",章法整中有散。

〔8〕金钗是早年丢掉的,或从前别君时所分,所以说"旧股分"。

抛毬乐

珠泪纷纷湿绮罗,少年公子负恩多。当初姊姊分明道,莫把真心过与他〔1〕。仔细思量着。淡薄知闻解好么〔2〕?

〔1〕白描写法,口气神情非常宛转,不像一般的七言诗句,别具一种风格。"他"音拖。

〔2〕"知闻"在唐诗中,或作名词用,或作动词用,详见《诗词曲语辞汇释》卷五。这里当是名词,作朋友、相知解。若释为过从结交,当动词用,就和下文"解"字相犯,一句中有了两个云谓语反而费解。"淡薄知闻"是一个词组。和张书所引"琴里知闻""酒知闻"相像。这句如翻成现代语,大略是:薄幸的相知懂得人好心么?是承上"少年公子负恩多",说出这首词的本意。

李 白

李白(701—762),字太白,生于碎叶城(当时属安西都护府),后迁居四川。天宝初,入长安,贺知章一见,称为谪仙人,荐于唐玄宗,待诏翰林。后漫游江湖间,永王李璘聘为幕僚。璘起兵,事败,白坐流放夜郎(在今贵州省)。中途遇赦,至当涂依李阳冰,未几卒。

李白所作词,宋人已有传说(如文莹《湘山野录》卷上)。证以崔令钦《教坊记》及今所传敦煌卷子,唐开元间已有词调。然今传篇章是否果出于太白,甚难断定。今仍录《菩萨蛮》、《忆秦娥》各一首。

菩萨蛮

平林漠漠[1]烟如织,寒山一带伤心碧[2]。暝色入高楼,有人楼上愁[3]。　玉阶空伫立[4],宿鸟归飞急。何处是归程[5],长亭更短亭[6]。

[1] 漠有广阔义。"漠漠",平远貌。
[2] 这和杜甫《滕王亭子》:"清江锦石伤心丽",句法极类似。伤心是重笔。"伤心丽"极言文石五色的华美。"伤心碧"极言晚山之青,有如碧玉。
[3] "人"指思念征夫的女子。孟浩然《秋登南山寄张五》:"愁因薄

暮起",又皇甫冉《归渡洛水》:"暝色赴春愁",都和这词句意境相近。孟浩然和李白同时,皇甫比太白年代更后。李白恐不会袭用他们的句子。前人诗词每有一种常用的言语,亦可偶合。如梁费昶《长门怨》:"向夕千愁起",早在唐人之先。意境亦大略相同。

〔4〕过片另起,和上片"有人楼上愁",不必冲突。如《西洲曲》:"忆郎郎不至,仰首望飞鸿",这是在楼下;下文换韵接"鸿飞满西洲,望郎上青楼",便在楼上了。这些都表示多方的盼望。《草堂诗馀》"玉阶"作"栏干"。

〔5〕许昂霄《词综偶评》:"远客思归口气,或注作'闺情',恐误。又按李益《鹧鸪词》云:'处处湘云合,郎从何处归。'此词末二句,似亦可如此解,故旧人以为闺思耳。"许亦无定见,两说并存。但释为闺情当比较合适。如许说:"楼上凝愁,阶前伫立,皆属遥想之词",岂非全篇都是想象了。

〔6〕《释名》卷五:"亭,停也,人所停集也。"指大道上行人休息停留的地方。庾信《哀江南赋》:"十里五里,长亭短亭。"《白氏六帖》卷三"馆驿门"引庾赋,并云:"言十里一长亭,五里一短亭。"

忆秦娥

箫声咽,秦娥梦断秦楼月[1]。秦楼月,年年柳色,灞陵伤别[2]。　　乐游原[3]上清秋节,咸阳古道音尘绝。音尘绝,西风残照,汉家陵阙[4]。

〔1〕《列仙传》上:"箫史者秦穆公时人,善吹箫,能致孔雀白鹤于庭。穆公有女字弄玉好之,公遂以女妻焉。日教弄玉作凤鸣。居数年,

吹似凤声,凤凰来止其屋。公为作凤台,夫妇止其上,一旦皆随凤凰飞去。""娥",美人通称,秦娥犹言秦女,指弄玉。楼、台亦通称,秦楼即秦台。

〔2〕"灞陵",汉文帝陵,在长安东,附近有灞桥,唐人折柳送别的所在。

〔3〕乐游苑在汉长安东南,至唐称乐游原,一名乐游园,在长安城内昇道坊龙华寺之南。曲江在同地。

〔4〕汉代宫殿唐时尚有存者,如史载贞观七年太宗从上皇置酒故汉未央宫(见《资治通鉴》卷一九四唐纪)。又借汉喻唐,唐人诗中常见。篇中所云,不必泥于汉家,盖中晚唐时人伤乱之作。

韩 翃

韩翃,字君平,南阳(今属河南)人。天宝十三载(754)进士。姬人柳氏,曾为番将沙吒利所夺,后仍归韩。德宗时为中书舍人。

章台柳[1]

章台柳[2],章台柳,往日依依[3]今在否？纵使长条似旧垂,也应攀折他人手。

〔1〕韩翃和柳氏赠答故事,详见许尧佐《章台柳传》(《太平广记》卷四八五)、孟棨《本事诗》。

〔2〕"章台",汉长安中街名,见《汉书·张敞传》,是繁华的地方,后来每借称妓院所在。六朝、唐人已用其事与杨柳相连。如费昶《和萧记室春旦有所思》:"杨柳何时归,袅袅复依依,已映章台陌,复扫长门扉。"崔国辅《少年行》:"章台折杨柳。"《古今诗话》:"汉张敞为京兆尹,走马章台街。街有柳,终唐世曰章台柳。故杜诗云:京兆空柳色。"(《古今图书集成·草木典》卷二六七柳部引。《事文类聚》后集卷二十三所引略同,有脱文,引杜诗"柳色"作"柳市",出杜集别本。杜句在《八哀篇·严武》诗中。《古今诗话》已逸,疑即宋李颀《古今诗话录》,见《宋史·艺文志》)。

〔3〕"依依",柔软貌。《诗·小雅·采薇》:"昔我往矣,杨柳依

依。""往日依依"从《全唐诗》本,《章台柳传》引作"颜色青青",《本事诗》引作"往日青青"。

柳　氏

事迹见前。

杨柳枝

杨柳枝,芳菲节,可恨年年赠离别。一叶随风忽报秋[1],纵使君来岂堪折。

[1]《淮南子·说山训》:"见一叶落而知岁之将暮。"

张志和

张志和,本名龟龄,字子同,金华(今属浙江)人。唐肃宗时待诏翰林。后隐居江湖间,自号烟波钓徒。著书名《玄真子》,亦以自号。

渔父

西塞山前[1]白鹭飞,桃花流水鳜鱼[2]肥。青箬笠[3],绿蓑衣,斜风细雨不须归。

[1]《历代诗馀》卷一百十一引《乐府记闻》称张志和"往来苕霅间作《渔歌子》词"。西塞山在浙江吴兴县西。

[2]"鳜鱼",一种大口细鳞,淡黄带褐色的鱼,今呼桂鱼,即鳜之音转。

[3]"箬笠",箬通作篛,竹箬做的斗笠。

韦应物

韦应物(737—?),长安人。唐玄宗时为三卫郎。建中二年(781)为比部员外郎,出为滁州、江州刺史。贞元初(785年左右)为苏州刺史,后世称为"韦苏州"。所作词仅存《三台》、《转应》数曲。

调笑令[1]

胡马,胡马,远放燕支山下[2]。跑沙跑雪独嘶,东望西望路迷。迷路,迷路,边草无穷日暮。

[1] 本调"仄、平、仄",凡三换韵。
[2] 即焉支山,在甘肃山丹县东。《史记·匈奴传》索隐:"匈奴失焉支山,歌曰:失我焉支山,使我妇女无颜色。""焉支"通作"燕支"、"胭脂",本植物名,亦叫红蓝,花汁可做成红的颜料。

刘禹锡

刘禹锡(772—842),字梦得,洛阳(今属河南)人。贞元九年(793)登进士第,后因王叔文事贬为朗州(今属湖南)司马。元和十年(815)召还,又贬连州刺史。晚为太子宾客,加检校礼部尚书。禹锡在朗州,曾仿民歌为新词。有《刘宾客集》。

竹枝四首[1]

山桃红花满上头,蜀江春水拍山流。花红易衰似郎意,水流无限似侬愁。

瞿塘[2]嘈嘈十二滩,此中道路古来难。长恨人心不如水,等闲平地起波澜。

山上层层桃李花,云间烟火是人家。银钏金钗来负水,长刀短笠去烧畲[3]。

杨柳青青江水平,闻郎江上唱歌声。东边日出西边雨,道是无情还有情[4]。

〔1〕《乐府诗集》卷八十一近工曲辞："竹枝本出于巴渝。唐贞元中，刘禹锡在沅、湘，以俚歌鄙陋，乃依骚人《九歌》作《竹枝》新辞九章，教里中儿歌之，由是盛于贞元、元和之间。"刘禹锡原作有小引。

〔2〕"瞿塘"亦作瞿唐，长江三峡之一，在今重庆奉节。有滟滪堆，在江心。

〔3〕"畬"，麻韵，音奢。杜甫《秋日夔府咏怀》："烧畬度地偏。"钱谦益笺引旧注："楚俗烧榛种田曰畬。先以刀芟治林木曰研畬。其刀以木为柄，刃向曲谓之畬刀。"即所谓"刀耕火种"。耕种三年，田地须休息一次，故用《尔雅》"三岁曰畬"的畬字。

〔4〕情、晴谐音。古乐府诗廋词，或出谜面，或出谜底。一般多用谜面，如"见莲不分明"，莲者，怜也之类；亦有出谜底者，如"明灯照空局，悠然未有期"，期者，棊也。或依宋本刘集作"道是无晴还有晴"。《乐府诗集》卷八十一："一作晴"。作两"情"者出谜底也，作两"晴"者用谜面也，亦有上"情"下"晴"，谐音互见，蕴藉出之者，如清人朱子涵《重刊明钞刘宾客文集》卷二十七作"道是无情还有晴"。"情""晴"形似音同，流传易误。既各有合于古乐府辞例，自不妨并存。今仍从通行本并作"情"字，而记其异文，以供参考。

浪淘沙

日照澄洲江雾开，淘金女伴〔1〕满江隈。美人首饰王侯印，尽是沙中浪底来〔2〕。

〔1〕许浑《题峡山寺》四首之三："蛮女半淘金。"金有矿金、沙金诸名称。淘沙金称为"淘金"或"淘沙"。

〔2〕盖言王侯贵妇之金钱富贵,尽是从劳动男女在沙中浪底之辛勤劳动中得来。本篇在唐人词中,思想性殊高。

白居易

白居易(772—846),字乐天,太原(今属山西)人。元和三年(808)拜左拾遗,后贬江州(今属江西)司马,移忠州(今属四川)刺史。后为杭州刺史,又为苏州、同州(今属陕西)刺史,以刑部尚书致仕。晚居洛阳,自号醉吟先生、香山居士。其诗早年与元稹齐名,称"元白";晚年又与刘禹锡齐名,称"刘白"。词不多,但影响后世甚大。有《白氏长庆集》。

竹枝

瞿塘峡口水烟低,白帝城头[1]月向西。唱得竹枝声咽处,寒猿闇鸟[2]一时啼。

[1]今重庆奉节白帝山上,西汉末公孙述据此,自号白帝,山、城因此得名。刘备伐东吴败归就死在白帝城。用地名即景,亦有怀古意。

[2]《水经注》卷三十四"江水":"每至晴初霜旦,林寒涧肃,常有高猿长啸,属引凄异,空谷传响,哀转久绝;故渔者歌曰:'巴东三峡巫峡长,猿鸣三声泪沾裳。'"李白诗《下江陵》"两岸猿声啼不住",到唐代还是那样。"闇",同"暗"。传世本《尊前集》,如黄尧圃旧藏明钞本、《唐宋名贤百家词》本、汲古阁本,俱作"闇",彊村本作"闲",盖误。残夜鸟啼,作

"阊"自好。白氏本集亦作"阊"。

望江南二首

江南好,风景旧曾谙[1]。日出江花红胜火,春来江水绿如蓝[2],能不忆江南。

江南忆,最忆是杭州。山寺月中寻桂子[3],郡亭枕上看潮头[4],何日更重游。

〔1〕"谙",熟悉。
〔2〕蓝草,蓼蓝,可制靛青。
〔3〕宋之问《灵隐寺》:"桂子月中落,天香云外飘。"作者有《留题天竺灵隐两寺》诗:"宿因月桂落",自注云:"天竺尝有月中桂子落。"又《东城桂》诗自注:"旧说杭州天竺寺,每岁中秋有月桂子堕。"这不过是中秋晚上到天竺山中赏月罢了。
〔4〕"郡亭",在杭州,盖即虚白亭。作者有《郡亭》诗:"况有虚白亭,坐见海门山。"

温庭筠

温庭筠(812—?),本名岐,字飞卿,太原祁县(今属山西)人。大中初(850年左右)应进士,不第。黜为方城(今属河南)尉,改隋县(今属湖北)尉,后为国子助教。卒于咸通八年(867)以前。《旧唐书》谓其"士行尘杂,不修边幅,能逐弦吹之音,为侧艳之词",词有《握兰集》、《金荃集》,今不传。惟《花间集》中尚存其词六十六首。诗与李商隐齐名,称"温李"。

菩萨蛮

小山[1]重叠金明灭[2],鬓云欲度[3]香腮雪。懒起画蛾眉,弄妆梳洗迟。 照花前后镜,花面交相映[4]。新帖绣罗襦,双双金鹧鸪[5]。

〔1〕近有两说,或以为"眉山",或以为"屏山",许昂霄《词综偶评》:"小山,盖指屏山而言",说是。若"眉山"不得云"重叠"。
〔2〕承上屏山,指初日光辉映着金色画屏。或释为"额黄"、"金钗",恐未是。
〔3〕《词综偶评》:"犹言鬓丝撩乱也。""度"字含有飞动意。
〔4〕这里写"打反镜",措词简明。

〔5〕"帖","贴"字通,和下文金鹧鸪的金字遥接,即贴金,唐代有这种工艺。"襦",短衣。绣罗襦上,用金箔贴成鹧鸪的花纹。

又〔1〕

水精帘里颇黎枕〔2〕,暖香惹梦鸳鸯锦。江上柳如烟,雁飞残月天〔3〕。　　藕丝秋色浅〔4〕。人胜参差剪〔5〕。双鬓隔香红〔6〕,玉钗头上风〔7〕。

〔1〕本词咏立春或人日。全篇上下两片大意从隋薛道衡《人日》诗:"人归落雁后,思发在花前"脱化。

〔2〕李白《玉阶怨》"却下水精帘",李商隐《偶题》"水纹簟上琥珀枕",表示光明洁净的境界和这句相类。"颇黎"即玻瓈、玻璃。

〔3〕张惠言《词选》评注:"江上以下,略叙梦境",后来说本篇者亦多采用张说。说实了梦境似亦太呆,不妨看作远景,详见《读词偶得》。

〔4〕当断句,不与下"人胜参差剪"连。藕合色近乎白,故说"秋色浅",不当是戴在头上花胜的颜色。这里藕丝是借代用法,把所指的本名略去,古词常见。如温庭筠另首《菩萨蛮》"画罗金翡翠",不言帷帐;李璟《山花子》"手卷真珠上玉钩"不言帘。这里所省名词,当是衣裳。作者另篇《归国遥》:"舞衣无力风敛,藕丝秋色染",可知。李贺《天上谣》:"粉霞红绶藕丝裙。"

〔5〕"胜",花胜,以人日为之,亦称"人胜"。《荆楚岁时记》:"正月七日为人日,……剪彩为人,或镂金簿(箔)为人以贴屏风,亦戴之头鬓,又造华胜以相遗。"花胜男女都可以戴;有时亦戴小幡,合称幡胜。到宋时这风俗犹存,见《梦粱录》、《武林旧事》"立春"条。

〔6〕"香红"指花,即以之代花。着一"隔"字,两鬓簪花,光景分明。
〔7〕幡胜摇曳,花气摇荡,都在春风中。作者《咏春幡》诗:"玉钗风不定,香步独徘徊",意境相近。

又

满宫明月梨花白,故人万里关山隔。金雁一双飞[1],泪痕沾绣衣。　　小园芳草绿,家住越溪曲[2]。杨柳色依依,燕归君不归[3]。

〔1〕指衣上的绣纹。
〔2〕"越溪"即若耶溪,北流入镜湖,在浙江绍兴。相传西施浣纱处。本词疑亦借用西施事。或以为越兵入吴经由的越溪,恐未是。杜荀鹤《春宫怨》:"年年越溪女,相忆采芙蓉。"亦指若耶溪。
〔3〕上片写宫廷光景;下片写若耶溪,女子的故乡。结句即从故人的怀念中写,犹前注所引杜荀鹤诗意。"君"盖指宫女,从对面看来,用字甚新。柳色如旧,而人远天涯,活用经典语。见前韩翃《章台柳》注〔3〕。

又

夜来皓月才当午,重帘悄悄无人语,深处麝烟长[1],卧时留薄妆。　　当年还自惜,往事那堪忆。花落月明残[2],锦衾知晓寒[3]。

〔1〕"深处"承上"重帘"来,指帘帷的深处。"麝烟",一作"麝煤",都指烛花。其指香墨另是一义。以香料和油脂制烛,叫"香烛"。作者另篇《菩萨蛮》:"香烛销成泪。""麝烟"、"麝煤"是另一种说法。薛昭蕴《浣溪沙》"麝烟兰焰簇花钿",可互证。

〔2〕这里不必纪实,犹李存勖《忆仙姿》(《如梦令》)"残月落花烟重"。或校"花落"作"花露",恐非。

〔3〕张惠言《词选》评:"此自卧时至晓,所谓'相忆梦难成'也。"

更漏子

柳丝长,春雨细,花外漏声迢递。惊塞雁,起城乌[1],画屏金鹧鸪[2]。　　香雾薄,透帘幕,惆怅谢家池阁[3]。红烛背,绣帘垂,梦长君不知。

〔1〕陈伏知道《从军五更转》:"城乌初起堞。"

〔2〕"塞雁""城乌"是真的鸟,屏上的"金鹧鸪"却是画的,意想极妙。张惠言《词选》评:"三句言欢戚不同。"陈廷焯《白雨斋词话》卷一:"此言苦者自苦,乐者自乐",即张氏说。李贺《屏风曲》:"月风吹露屏外寒,城上乌啼楚女眠。"词意如本此,画屏中人,亦未必乐也。

〔3〕"谢家池阁",字面似从谢灵运《登池上楼》诗来,词意盖为"谢娘家",指女子所居。韦庄《浣溪沙》:"小楼高阁谢娘家",这里不过省去一"娘"字而已。

又

玉炉香,红蜡泪,偏照画堂秋思。眉翠薄,鬓云残,夜长衾枕寒。　　梧桐树[1],三更雨,不道[2]离情正苦,一叶叶,一声声,空阶滴到明。

[1]"梧桐树"以下,谭献评《词辨》:"似直下语,正从'夜长'逗出。亦书家无垂不缩之法。"谭评末句不大明白。后半首写得很直,而一夜无眠却终未说破,依然含蓄;谭意或者如此罢。

[2]"不道",不理会。言风雨不管人心里的痛苦。

杨柳枝

织锦机边[1]莺语频,停梭垂泪忆征人。塞门三月犹萧索,纵有垂杨未觉春[2]。

[1] 借用前秦窦滔妻苏蕙故事。苏氏织锦为回文旋图诗以赠滔,事见《晋书·列女传》。

[2]"塞门"两句,翻用王之涣《凉州词》"羌笛何须怨杨柳,春风不度玉门关"意,更深一层。张敬忠《边词》:"二月垂杨未挂丝。"

南歌子[1]

手里金鹦鹉,胸前绣凤凰[2]。偷眼暗形相[3],不如从嫁与[4],作鸳鸯。

〔1〕谭献评《词辨》:"尽头语,单调中重笔,五代后绝响。"
〔2〕这两句,一指小针线,一指大针线。小件拿在手里,所以说"手里金鹦鹉"。大件绷在架子上,俗称"绷子",古言"绣床",人坐在前,约齐胸,所以说"胸前绣凤凰"。和下面"作鸳鸯"对照,结出本意。
〔3〕"形相",犹说打量,相看。曹唐《小游仙诗》:"心知不敢一形相。"
〔4〕"从",任从。"从嫁与",就这样嫁给他,不仔细考虑。

望江南

梳洗罢,独倚望江楼[1]。过尽千帆皆不是,斜晖脉脉[2]水悠悠[3],肠断白蘋州[4]。

〔1〕《西洲曲》:"望郎上青楼。"
〔2〕"脉脉",含情相视貌。古诗:"盈盈一水间,脉脉不得语。""脉(脈)"字当作"眽",相视也。
〔3〕《西洲曲》"楼高望不见,尽日阑干头"意境相同;诗简远,词宛

转,风格不同。

〔4〕 蘋花白色,故称"白蘋"。"洲",水中可住的小岛。《白香山诗集》补遗卷上《送刘郎中赴任苏州》,汪立名注引《太平寰宇记》:"白蘋洲在湖州霅溪之东南,去洲一里。洲上有鲁公颜真卿芳菲亭,内有梁太守柳恽诗《江南曲》云:'汀洲采白蘋,日暮江南春',因以为名。"又白居易《得杨湖州书》诗:"白蘋洲上春传语";后集卷十五附白氏所作《白蘋洲五亭记》说得很详细。这里若指地名,过于落实,似泛说较好。中唐赵微明《思归》诗中间两联云:"犹疑望可见,日日上高楼。惟见分手处,白蘋满芳洲。"合于本词全章之意,当有些渊源。

韩 偓

韩偓,字致尧,一作致光,京兆万年(今陕西西安)人。龙纪元年(889)进士。唐昭宗时以反对朱温贬濮州(今河南濮阳)司马。唐亡,依王审知。自号玉山樵人。有艳体诗《香奁集》。

生查子

侍女动妆奁,故故[1]惊人睡,那知本未眠,背面偷垂泪。
　懒卸凤凰钗,羞入鸳鸯被[2]。时复见残灯,和烟坠金穗[3]。

[1] "故故",故意。以为人睡着了,久待不耐,有意惊醒她。
[2]《古诗十九首》:"文彩双鸳鸯,裁为合欢被。"
[3] 两句写就寝后依旧不眠。金穗,灯芯结为灯花。结的过长了,有时会掉下了一些火星,写残夜光景。

皇甫松

皇甫松,名一作嵩,字子奇,睦州(今浙江建德)人。皇甫湜子。《花间集》称为"皇甫先辈"。(唐人呼进士为先辈,见《资治通鉴》卷二六七。)

浪淘沙

滩头细草接疏林,浪恶罾船[1]半欲沉。宿鹭眠鸥飞旧浦[2],去年沙嘴是江心[3]。

〔1〕"罾船",扳罾的船。《汉书·陈胜传》颜师古注:"罾,鱼网也,形如仰缴盖,四维而举之,音曾。"
〔2〕"浦",大水有小口别通,亦可作水边解。参看下孙光宪《菩萨蛮》注〔9〕。
〔3〕现在的沙嘴(沙滩)当去年还在江心,言江沙淤积得很快。汤显祖评《花间集》:"桑田沧海,一语道破。"

望江南

兰烬[1]落,屏上暗红蕉[2]。闲梦江南梅熟日,夜船吹笛雨萧萧[3]，人语驿边桥[4]。

〔1〕灯烛之芯结花如兰。李贺《恼公》："蜡泪垂兰烬。"王琦注："兰烬，谓烛之馀烬状似兰心也。"

〔2〕《格致镜原》卷六八引《益部方物略记》："红蕉于芭蕉盖自一种，叶小，其花鲜明可喜（即今之美人蕉），蜀人语染深红者谓之蕉红。"这里"红蕉"，盖亦指颜色，犹言蕉红。残夜灯昏，映着画屏作深红色。

〔3〕白居易《寄殷协律》诗自注："江南《吴二娘曲》云：'暮雨萧萧郎不归。'"《诗·郑风·风雨》："风雨潇潇。""潇潇""萧萧"字通，雨下得很急。

〔4〕骑马以传递公文叫"驿传"，沿途供他们休息的所在叫"驿舍"，或临水有桥叫"驿桥"。

又

楼上寝，残月下帘旌[1]。梦见秣陵[2]惆怅事[3]，桃花柳絮满江城，双髻坐吹笙。

〔1〕"帘旌"，帘额，即帘子上部所缀软帘。白居易《旧房》："床帷半故帘旌断。"李商隐《正月崇让宅》："蝙拂帘旌终展转。"

〔2〕"秣陵"，即金陵，今南京市。

〔3〕下边所写梦境本是美满的，醒后因旧欢不能再遇，就变为惆怅了。用"惆怅事"一语点明梦境，又可包括其他情事，明了而又含蓄。

采莲子

菡萏香连十顷陂^[1]举棹^[2],小姑贪戏采莲迟年少。晚来弄水船头湿举棹,更脱红裙裹鸭儿年少。

〔1〕《尔雅·释草》:"荷,芙蕖……其华菡萏。"《诗·陈风·泽陂》:"彼泽之陂,有蒲菡萏。"陂,水边隄岸。分言之,荷花含苞的叫菡萏,盛开的叫芙蕖,但通言没有分别。
〔2〕"举棹"、"年少",叶韵,都是《采莲子》例有的"和声"。

又

船动湖光滟滟^[1]秋举棹,贪看年少信船流^[2]年少。无端隔水抛莲子举棹,遥被人知半日羞^[3]年少。

〔1〕"滟滟",光动摇貌。张若虚《春江花月夜》:"滟滟随波千万里。"
〔2〕"信船流"犹"任船流"。女子忘却划船,听它自流。
〔3〕"半日羞",羞了好一会儿;倒装句法。

韦 庄

韦庄(836—910),字端己,京兆杜陵(今属陕西)人。广明元年(880)黄巢破长安,庄在都中,有《秦妇吟》纪其事。唐昭宗乾宁元年(894)成进士。蜀王建称帝,庄为宰相。在成都时曾居杜甫草堂故址,故诗集号《浣花集》。

浣溪沙

惆怅梦馀山月斜,孤灯照壁背窗纱。小楼高阁谢娘家[1]。

暗想玉容何所似[2]?一枝春雪冻梅花[3],满身香雾簇朝霞[4]。

[1] "谢娘"六朝时已有此称。《玉台新咏》有徐悱妇《摘同心支子寄谢娘因附此诗》。或以为指李德裕撰《谢秋娘曲》之谢秋娘,恐非。"谢娘家"见上温庭筠《更漏子》注[3]。这句承上"惆怅梦馀"来,梦到伊处,醒却不是,只见斜月残灯而已。又开出过片"暗想"以下。

[2] 汤显祖评:"以暗想句问起,则下二句形容快绝。"

[3] 此句又见作者诗《春陌二首》之一。

[4] 曹植《洛神赋》:"远而望之,皎若太阳升朝霞。"

又

夜夜相思更漏残,伤心明月凭阑干。想君思我锦衾寒[1]。

咫尺画堂深似海[2],忆来唯把旧书看,几时携手入长安[3]。

〔1〕一句叠用两个动词,代对方想到自己,透过一层,曲而能达。句法亦新。

〔2〕仍是室迩人远、咫尺天涯意。

〔3〕下三句说出本事。人不必远,以阻隔而堂深;其所以阻隔却未说破。"携手入长安"者,盖旧约也,今惟有把书重看耳,几时得实现耶?宋周邦彦《浣溪沙》:"不为萧娘旧约寒,何因容易别长安。"殆即由此变化,而句意较明白,可作为解释读。

思帝乡

春日游,杏花吹满头。陌上谁家年少,足风流。妾拟将身嫁与,一生休[1]。纵被无情[2]弃,不能羞。

〔1〕"休",罢。这一辈子也就此算了。

〔2〕"无情"作名词用,彷彿说"薄情",指薄情的男子。

女冠子

四月十七,正是去年今日,别君时[1],忍泪佯低面,含羞半敛眉。　不知魂已断[2],空有梦相随。除却天边月,没人知[3]。

　　[1] 以句法看,当连上"四月十七"为一句;以韵脚论,仄韵换平韵,"时"与"眉"叶;就意思论,"时"字承上,"别君"启下离别光景:如这等地方,句读只可活看。
　　[2] 单看上片,好像是一般的回忆,且确说某月某日,哪知却是梦景。径用"不知"点醒上文,句法挺秀。韦另有《女冠子》,情事相同,当是一题两作,那首结句说:"觉来知是梦,不胜悲",就太明白了。
　　[3] 结句以"天边月"和上"四月十七"时光相应,以"没人知"的重叠来加强上文的"不知",思路亦细。

菩萨蛮

红楼[1]别夜堪惆怅,香灯[2]半卷流苏帐[3]。残月出门时,美人和泪辞。　琵琶金翠羽[4],弦上黄莺语。劝我早归家,绿窗人似花。

　　[1] "红楼"指豪门富家的住所。李白《侍从宜春苑》诗:"紫殿红楼

觉春好。"白居易《秦中吟》："红楼富家女。"作者《长安春》诗："长安春色本无主,古来尽属红楼女。"

〔2〕香灯,用香料制油点的灯。

〔3〕下垂曰"苏"。今吴语犹谓须曰苏,如"苏头"即"须头",也就是流苏。唐诗"须"字亦每读若"苏"音。以五采羽毛为之,后亦用彩线。王维《扶南曲》："翠羽流苏帐。"

〔4〕"金翠羽",琵琶的妆饰,嵌金点翠在捍拨上。琵琶槽上安置金属薄片,来防止弹拨的损伤,叫"捍拨"。捍有捍卫、保护意。

又

人人尽说江南好,游人只合江南老。春水碧于天,画船听雨眠。　炉边人似月,皓腕凝霜雪〔1〕。未老莫还乡,还乡须断肠。

〔1〕"炉",从南宋绍兴刻本《花间集》,各本亦有作"垆"者,意同,谓酒店用土砌台安放的大酒缸。《史记·司马相如传》："而令文君当炉",韦昭曰："炉,酒肆也,以土为堕,边高似炉。"《后汉书·孔融传》注："炉,累土为之,以居酒瓮,四边隆起,一面高,如锻炉,故名炉。"这里用《相如传》卓文君事来比喻西蜀的女子,切本地风光。《西京杂记》卷二："文君姣好,眉色如望远山,脸际常若芙蓉,肌肤柔滑如脂。""皓腕凝霜雪",句意亦相近。

又

洛阳城里春光好,洛阳才子他乡老。柳暗魏王堤[1],此时心转迷。　桃花春水渌[2],水上鸳鸯浴,凝恨对残晖,忆君君不知。

[1] 白居易《魏王堤》:"柳条无力魏王堤。"又屡见白诗,如《魏堤有怀》、《三月三日祓禊洛滨》等篇。即魏王池。《清一统志》卷一六三:"魏王池在洛阳县南,《明统志》:洛水溢为池,为唐都城之胜。贞观中以赐魏王泰,故名。"

[2]《礼记·月令》:"仲春之月,始雨水,桃始华。"韩婴《诗传》:"三月桃花水。"后世称春涨为"桃汛"。这里写景,亦可真有桃花。王维《桃源行》:"春来遍是桃花水,不辨仙源何处寻。"意谓处处都是桃花流水,却找不着这桃花源了。又江总《乌栖曲》"桃花春水木兰桡"用法和这词更近。"渌",水清貌。一本作"绿"。

薛昭蕴

薛昭蕴,《花间集》称为"薛侍郎",字里无考。新旧《唐书》有薛昭纬传,言其乾宁中为礼部侍郎;《北梦琐言》谓昭纬好唱《浣溪沙》词。后世乃有以昭纬、昭蕴为一人者(如王国维《庚辛之间读书记·跋覆宋本花间集》),疑非是。盖史载昭纬卒于唐末;而《花间集》列昭蕴于韦庄、牛峤之间,当为前蜀时人。

浣溪沙

红蓼[1]渡头秋正雨,印沙鸥迹自成行,整鬟飘袖野风香。

不语含嚬[2]深浦里,几回愁煞棹船郎[3],燕归帆尽水茫茫。

〔1〕"蓼",生在水边的叫水蓼,亦称泽蓼。秋日开花,紫红色。
〔2〕"嚬",通颦,颦蹙。
〔3〕美人皱眉,摇船的也似为她惆怅,愁字意思很轻。

又

粉上依稀有泪痕,郡庭花落欲黄昏,远情深恨与谁论。

记得去年寒食节[1],延秋门[2]外卓金轮[3]。日斜人散暗消魂。

〔1〕宗懔《荆楚岁时记》:"去冬节(冬至)一百五日,即有疾风甚雨,谓之寒食,禁火三日。"并云有斗鸡、打毬、秋千等戏。古代为游赏的佳节。

〔2〕"延秋门",唐代长安禁苑的西门,在故汉未央宫之西。

〔3〕"卓",立。"卓轮",停车。

张　泌

　　张泌,《花间集》列于牛峤、毛文锡之间,称为"张舍人",字里无考。南唐时别有张泌者,为李煜舍人,且及见煜之死,则已在九七八年以后,距《花间集》成书迟约四十年。且《花间》不收南唐词,自非一人也。今从《花间集》,列于牛希济之前。

浣溪沙

马上凝情忆旧游,照花淹[1]竹小溪流,钿筝罗幕玉搔头[2]。
　　早是出门长带月[3],可堪分袂又经秋,晚风斜日不胜愁。

　　[1]"淹",浸渍,意比"淹没"稍轻。
　　[2]叠用三名词:玉搔头,玉簪,指妆饰;罗幕,帷帐,指所在地;钿筝,乐器,指技艺;只七字,写人、境、情事都有了。《西京杂记》卷二:"武帝过李夫人,就取玉簪搔头,自此后宫人搔头皆用玉,玉价倍贵焉。"
　　[3]承前"马上"句来。带月披星一般都表示辛劳。

蝴蝶儿[1]

蝴蝶儿,晚春时。阿娇[2]初着淡黄衣,倚窗学画伊。　　还似花间见,双双对对飞。无端和泪湿燕脂,惹教双翅垂。

〔1〕这词不写真的蝴蝶,而写画的蝴蝶;画上的蝴蝶却处处当作真蝴蝶去写,又关合作画美人的情感。

〔2〕汉武帝姑母馆陶公主的女儿,小名叫阿娇,即陈皇后。《汉武故事》:"长公主……末指其女问曰'阿娇好否?'于是乃笑对曰:'好。若得阿娇作妇,当作金屋贮之也。'"这里用作少女的代称。

李存勖

李存勖(885—926),小字亚子,本西突厥人,李克用长子。923年灭梁称帝,在位四年。以伶人郭从谦之变,存勖中流矢死。史称后唐庄宗。存勖好俳优,知音,能度曲,所存词不多。

一叶落[1]

一叶落,褰朱箔,此时景物正萧索。画楼月影寒,西风吹罗幕;吹罗幕,往事思量着。

[1] 白居易有《一叶落》诗。参见前柳氏《杨柳枝》注[1]。

忆仙姿[1]

曾宴桃源[2]深洞,一曲清歌舞凤。长记别伊时,和泪出门相送。如梦,如梦,残月落花烟重。

[1] 从《尊前集》标题。《全唐诗》题作"如梦令"。
[2] 字面出陶潜《桃花源记》,诗人多借来指刘、阮天台故事。

牛希济

牛希济,陇西(今属甘肃)人。牛峤侄。前蜀王衍时为翰林学士,御史中丞。后唐时为雍州节度副使。

生查子

春山烟欲收,天淡稀星小[1]。残月脸边明[2],别泪临清晓。

语已多,情未了,回首犹重道。记得绿罗裙,处处怜芳草[3]。

[1]"天淡"及下句把曹操《短歌行》"月明星稀"拆开来用,而意不同。

[2]"残月"句写人立庭院,缺月西下,破晓的光景。

[3]江总妻《赋庭草》:"雨过草芊芊,连云锁南陌。门前君试看,是妾罗裙色。"

欧阳炯

欧阳炯(？—971)，益州华阳(今属四川)人。前蜀时中书舍人，后蜀时为宰相，归宋为左散骑常侍。曾为《花间集》作序。

南乡子

画舸停桡，槿花篱[1]外竹横桥。水上游人沙上女，回顾，笑指芭蕉林里住。

[1] 槿花有红紫白等色，朝开暮落，多种之以代篱笆，叫槿篱。岭南红槿自四月至十二月常开。

又

岸远沙平，日斜归路晚霞明。孔雀自怜金翠尾，临水，认得行人惊不起[1]。

[1] 孔雀临水看见有人来，吓了一跳，又似乎认得他，依然不动，还在那里照影自怜。读"惊"字略断，句法曲折，写孔雀姿态如生。谭献评

《词辨》："顿挫语似直下。惊字倒装。"

又

路入南中,桄榔[1]叶暗蓼花红。两岸人家微雨后,收红豆[2],树底纤纤抬素手。

〔1〕"桄榔",音光郎,常绿乔木,似棕榈而多节。叶生在枝杪,为羽状复叶。叶下有须。花小,开成穗绿色。子如青珠。一树可得青珠百馀条,每条不下百馀颗,团团悬挂,若伞盖然。海南人俗语:"槟榔为酒,桄榔为饭";又说:"食有面木,饮有酒花。"《文选》左思《蜀都赋》:"面有桄榔",李善注:"木中有屑,如面,可食。"

〔2〕"红豆",相思树所结的实,又名相思子。左思《吴都赋》:"相思之树",李善注:"其实如珊瑚,历年不变。"王维《相思子》诗:"红豆生南国。"

江城子

晚日金陵岸草平,落霞明,水无情。六代繁华,暗逐逝波声。空有姑苏台[1]上月,如西子[2]镜,照江城[3]。

〔1〕春秋时吴建,在姑苏山上。后来苏州由此得名。
〔2〕"西子"见《孟子·离娄》:"西子蒙不洁",即西施。"如"是

衬字。

〔3〕金陵、姑苏本非一地。春秋吴越事更在六朝前。推开一层说，即用西子镜做比喻。苏州在南京的东面，写月光由东而西。

顾　夐

顾夐,前蜀时为宫廷小吏,后官茂州(今属四川)刺史。后蜀孟知祥时官至太尉。

诉衷情

永夜抛人何处去,绝来音。香阁掩,眉敛[1],月将沉。争[2]忍不相寻[3]。怨孤衾。换我心,为你心,始知相忆深。

[1] "掩""敛"为韵,暗叶仄韵。

[2] "争",同"怎"。古多写作"争",读平声。"怎"字后起,如《广韵》、《集韵》皆未收,殆后来音变。

[3] 本篇白描,作情极的说法,仍有含蓄。如本句"争忍不相寻",相寻又怎么样呢!口气未完,却咽住了,得断续之妙。

李　珣

李珣,字德润,上代为波斯人,家于梓州(今四川三台)。前蜀时秀才,王衍昭仪李舜弦兄。有《琼瑶集》。

南乡子

乘彩舫,过莲塘,棹歌惊起睡鸳鸯。带香游女偎伴笑,争窈窕[1],竞折团荷[2]遮晚照。

〔1〕"窈窕",美好貌,有妖冶意。作为幽闲解是另一义。
〔2〕"团荷",荷叶。

又

渔市散,渡船稀,越南云树望中微。行客待潮天欲暮,迷春浦,愁听猩猩啼[1]瘴雨[2]。

〔1〕《尔雅·释兽》:"猩猩小而好啼。"
〔2〕"瘴雨",南方卑湿蒸郁结成,有黑色的叫墨瘴。柳宗元《别舍

弟宗一》诗:"桂岭瘴来云似墨。"

又

相见处,晚晴天,刺桐花[1]下越台[2]前。暗里回眸深属意,遗双翠[3]。骑象背人先过水。

〔1〕"刺桐"一名海桐,产南方,像梧桐而有刺,花深红色。
〔2〕即越王台,汉时赵佗所筑,在广州北越秀山上。
〔3〕故意掉下一双翠羽妆饰的钗子。

又

云髻重,葛衣[1]轻,见人微笑亦多情。拾翠采珠[2]能几许,来还去,争及村居织机女。

〔1〕细葛布做的衣服。左思《吴都赋》:"蕉葛升越,弱于罗纨。"
〔2〕曹植《洛神赋》:"或采明珠,或拾翠羽。"

又

山果熟,水花香,家家风景有池塘。木兰舟[1]上珠帘卷,歌声远,椰子酒[2]倾鹦鹉酼[3]。

〔1〕 木兰树质很坚固,可为舟楫。称"兰舟""兰桡"。《太平御览》卷九五八木部七引任昉《述异记》:"七里洲中有鲁班刻木兰为舟,至今在洲中。诗家所云木兰舟出于此。"(又见《随庵丛书》本《述异记》卷下。)这里不过借用成语,言舟楫之华美。《离骚》:"朝搴阰之木兰兮。"

〔2〕 椰实很大,中有浆液,可以酿酒。

〔3〕 "酼"同盏。有一种海螺形像鹦鹉的嘴,叫鹦鹉螺,壳可制酒杯。薛道衡《和许给事善心戏场转韵》:"共酌琼酥酒,同倾鹦鹉杯。"

孙光宪

孙光宪(？—968)，字孟文，后自号葆光子，贵平(即陵州领县，今四川仁寿)人。唐陵州判官。后唐天成初(926年左右)避地江陵，高季兴署为从事。累官荆南节度副使，检校秘书并御史中丞。后劝高继冲归宋，在宋为黄州刺史。《宋史》有传。

浣溪沙

蓼岸风多橘柚香，江边一望楚天长，片帆烟际闪孤光。
目送征鸿飞杳杳，思随流水去茫茫，兰红波碧忆潇湘[1]。

〔1〕兰，兰草，秋日开花。江淹《别赋》："见红兰之受露。"

菩萨蛮

木棉[1]花映丛祠[2]小，越禽[3]声里春光晓。铜鼓[4]与蛮歌，南人祈赛多[5]。　　客帆风正急，茜[6]袖偎墙[7]立[8]。极浦[9]几回头，烟波无限愁。

〔1〕"木棉",热带乔木,初春时开花,深红色。高士奇《天录识馀》卷上:"南中木棉,树大盈抱,花红似山茶而蕊黄,花片极厚。"

〔2〕"丛祠",荒祠野庙。

〔3〕《本草·释名》:"孔雀,越鸟。"李时珍曰:"凌晨则鸣声相和,其声曰都护。"李德裕《领南道中》:"红槿花中越鸟啼。""越""粤"古字通。

〔4〕《后汉书·马援传》:"骆越铜鼓。"注引裴氏《广州记》:"狸獠铸铜为鼓。鼓惟高大者为贵,面阔丈馀。初成,悬于庭。"

〔5〕"祈",求。"赛",报赛,"报神福也。"(见《史记·封禅书》索隐)与旧日迷信的"还愿"相近。于鹄《江南曲》:"还随女伴赛江神。"许浑《游维山新兴寺宿石屏村谢叟家》:"家家扣铜鼓,欲赛鲁将军。"又《送客南归有怀》:"铜鼓赛江神。"

〔6〕茜草,可做红色染料。茜色即红色。

〔7〕"墙",一本作"樯",桅竿。

〔8〕这两句与杜牧《南陵道中》:"南陵水面漫悠悠,风紧云繁欲变秋。正是客心孤迥处,谁家红袖凭江楼",意境相近,而诗词写法不同。

〔9〕"极浦",远水。《楚辞·湘君》:"望涔阳兮极浦",王逸注:"极,远也。浦,涯水也。"

竹枝

门前春水竹枝白蘋花女儿〔1〕,岸上无人竹枝小艇斜女儿。商女经过竹枝江欲暮女儿,散抛残食竹枝饲神鸦〔2〕女儿。

〔1〕和声叶韵。其格式与《采莲子》不同。

〔2〕杜甫《过洞庭湖》"迎棹舞神鸦",仇兆鳌注引《岳阳风土记》:"巴陵鸦甚多,土人谓之神鸦,无敢弋者。"此当是一种迷信的风俗。参看下卷辛弃疾《永遇乐》注〔13〕。

冯延巳

冯延巳(903—960),一名延嗣,字正中,广陵(今属江苏)人。南唐李昪时为秘书郎。与李璟友善,屡为宰相。有词集《阳春录》,多混入他人之作。

采桑子

小堂深静无人到,满院春风,惆怅墙东[1],一树樱桃带雨红。

愁心似醉兼如病,欲语还慵[2]。日暮疏钟,双燕归栖画阁中。

〔1〕"墙东"借用宋玉《登徒子好色赋》"东家之子"的字面,或寓怀人之意。
〔2〕"慵",懒,蜀容切。

又

花前失却游春侣,极目寻芳,满眼悲凉,纵有笙歌亦断肠。

林间戏蝶帘间燕,各自双双;忍更思量,绿树青苔半夕阳。

清平乐

雨晴烟晚,渌水新池满。双燕飞来垂柳院,小阁画帘高卷。　　黄昏独倚朱阑,西南新月眉弯。砌下落花风起,罗衣特地[1]春寒。

〔1〕"特地",加重语气。"特地春寒",仿佛说"特别觉得春冷"。

蝶恋花[1]

谁道闲情[2]抛弃久,每到春来,惆怅还依旧。日日花前常病酒,不辞镜里朱颜瘦。　　河畔青芜堤上柳[3],为问新愁,何事年年有[4]。独立小桥风满袖,平林新月人归后[5]。

〔1〕本篇别作欧阳修。
〔2〕"闲",一本作"闲"。闲、闲本两字。闲情之闲作闲散解;闲情之闲作防闲讲,如陶潜《闲情赋》。但后来这两字多混用。
〔3〕古诗:"青青河畔草,郁郁园中柳。"
〔4〕"为问新愁",对前文"惆怅还依旧"说,以见新绿而触起新愁,与白居易《赋得古原草送别》所谓"春风吹又生"略同。
〔5〕"独立"两句,用景结情。说"人归后",有伫立很久,独自迟归

的意思。

又

窗外寒鸡[1]天欲曙,香印[2]成灰,坐起浑无绪[3]。庭际高梧凝宿雾,卷帘双鹊惊飞去[4]。　屏上罗衣闲绣缕[5],一饷[6]关情,忆遍江南路[7]。夜夜梦魂休谩语[8],已知前事无寻处。

[1]鲍照《舞鹤赋》:"感寒鸡之早晨。"鸡觉得寒冷,不到天明就叫,所谓"夜半寒鸡"。"早晨",先于晨,亦此意。

[2]"香印",把香研成细末,印成回纹的图案,然后点火,亦叫"香篆"。

[3]加重语气。"浑"作"全"字解。无绪,没有好情绪。

[4]写天明光景,笔意跳脱。鹊本歇在梧桐树上,因帘卷而惊飞。

[5]罗衣搭在屏风上,懒得去拈针线,写白昼闲眠光景。

[6]饷,一顿饭的工夫,通作响。"一响",片刻,亦言"半响"。

[7]或从画屏风景联想。如后来晏几道《蝶恋花》"小屏风上西江路"。

[8]"谩语",胡乱的话。梦魂谩语,即梦话,却比呓语稍轻。"休",休要,否定语。

又

萧索清秋珠泪坠,枕簟微凉,展转浑无寐,残酒欲醒中夜起,

55

月明如练天如水[1]。　　阶下寒声啼络纬[2],庭树金风[3],悄悄重门闭。可惜旧欢携手地,思量一夕成憔悴[4]。

〔1〕梁元帝《春别应令》:"昆明夜月光如练。"
〔2〕"络纬",秋虫名,绿色,鸣声如纺线,南方俗呼"纺织娘"。
〔3〕"金风",秋风。旧说以四季分配五行,秋令属金。
〔4〕相思只一夜,人就憔悴了。用重笔,夸张的写法。

又[1]

几日行云[2]何处去,忘却归来,不道春将暮。百草千花[3]寒食路,香车系在谁家树。　　泪眼倚楼频独语。双燕来时,陌上相逢否[4]?撩乱春愁如柳絮,悠悠梦里无寻处。

〔1〕本篇别作欧阳修。
〔2〕喻人踪迹无定。原出宋玉《高唐赋》:"旦为朝云,暮为行雨。"赋载楚怀王梦见巫山神女,原意谓神灵的变化。
〔3〕白居易《题李次云窗竹》:"千花百草凋零后,留向纷纷雪里看。"又《赠长安妓人阿软》:"绿水红莲一朵开,千花百草无颜色。"
〔4〕看燕子飞来,不知在路上碰见他么?想得极痴;却未必真有这话,与上"频独语"不连读。双燕有寄书的传说,参看中卷柳永《玉蝴蝶》注〔9〕,下卷史达祖《双双燕》注〔8〕。

谒金门

风乍起,吹绉一池春水〔1〕。闲引鸳鸯香径里,手挼红杏蕊〔2〕。　　斗鸭阑干〔3〕独倚,碧玉搔头斜坠〔4〕。终日望君君不至,举头闻鹊喜〔5〕。

〔1〕这和李璟的"小楼吹彻玉笙寒",都为当时的名句。李璟尝戏延巳曰:"吹绉一池春水,干卿何事?"延巳曰:"未如陛下'小楼吹彻玉笙寒'。"见马令《南唐书》卷二十一。《苕溪渔隐丛话》后集卷三十九引《古今词话》,以为成幼文作。

〔2〕"挼",揉搓,音奴何切,即今语推挪之"挪"。手搓着杏花蕊,引逗鸳鸯,是倒装句法。

〔3〕用阑干圈养着一些鸭,使他们相斗,三国时已有。《三国志·吴书·陆逊传》:"时建昌侯虑于堂前作斗鸭栏。"又伶玄《赵飞燕外传》:"忆在江都时,阳华李姑畜斗鸭水池上。"虽出于小说,但这样的风尚,相传当已甚久。这里不过说在池塘里养些鸭儿而已,恐未必真斗鸭。赵与旹《宾退录》卷八,说此句曰:"人多疑鸭不能斗",下引各史书反证之,赵氏盖以为此词写实。然宋时此风已稀,故曰"人多疑"。

〔4〕玉搔头即玉簪。见前张泌《浣溪沙》注〔2〕。"坠",掉下;但这里只形容斜露玉簪,仿佛欲落,略如《花间集》张泌《浣溪沙》"翠鬟抛掷一簪长"的意思。

〔5〕"鹊喜"见前敦煌曲子词《鹊踏枝》注〔3〕。这词多用禽鸟点缀风物,兴起情感。上云鸳鸯、斗鸭,这里用喜鹊作结。

长命女[1]

春日宴,绿酒[2]一杯歌一遍,再拜陈三愿:一愿郎君千岁,二愿妾身常健,三愿如同梁上燕,岁岁长相见。

[1]《能改斋漫录》卷十七:"南唐宰相冯延巳有乐府一章名《长命女》云云。其后有以其词意改为《雨中花》云:'我有五重深深愿:第一愿且图久远;二愿恰如雕梁双燕,岁岁得长相见;三愿薄情相顾恋;第四愿永不分散;五愿奴哥收因结果,做个大宅院。'味冯公之词,典雅丰容。虽置在古乐府,可以无愧。一遭俗子窜易,不惟句意重复,而鄙恶甚矣。"按白居易《赠梦得》:"为我尽一杯,与君发三愿:一愿世清平,二愿身强健,三愿临老头,数与君相见。"冯作似本此。

[2]古所谓"绿",有时近乎黄色,绿酒亦是那样。白居易《问刘十九》:"绿蚁新醅酒。"

李　璟

李璟(916—961),字伯玉,徐州人,李昪长子。943年嗣位称帝,后改称国主,史称南唐中主。今存词四首。

山花子

手卷真珠[1]上玉钩,依前春恨锁重楼。风里落花谁是主,思悠悠。　　青鸟不传云外信[2],丁香空结雨中愁[3],回首绿波三峡[4]暮,接天流。

〔1〕《花庵词选》作"珠帘"。《苕溪渔隐丛话》前集卷五十九引《漫叟诗话》:"……余谓词曲亦然。李景有曲,'手卷真珠上玉钩',或改为'珠帘',……非所谓遇知音。"《笺注草堂诗馀》前集卷下在本句之下引李白诗;"真珠高卷对帘钩。"这里用太白句,却省略"帘"字,似不合一般的文法,但古诗中每有此等词例。

〔2〕"信",使者。《山海经·海内北经》:"其南有三青鸟,为西王母取食。"后来小说《汉武故事》也有三青鸟,却分成两起,一个先来,两个跟着王母来。李商隐《汉宫词》:"青雀西飞竟未回",即咏这个故事。本句和下"丁香"句又都用李义山诗句。

〔3〕丁香子黑色,一名鸡舌香,作香料用,可含之口中。李商隐《代

赠》:"芭蕉不展丁香结,同向春风各自愁。"这里亦借丁香枝条的柔弱纠结来形容心绪郁结不舒的状态。杜甫《江头五咏》之一:"丁香体柔弱,乱结枝犹垫。"

〔4〕"三峡",从《花庵词选》、《草堂诗馀》本。长江下流,回望上游,巫山云雨,在想象中,故下云"接天流",与后主词"一江春水向东流"意境相似。一本作"三楚",谓南楚、东楚、西楚。

又

菡萏香销翠叶残,西风愁起绿波间〔1〕。还与韶光共憔悴,不堪看。　　细雨梦回鸡塞〔2〕远,小楼吹彻玉笙寒〔3〕。多少泪珠何限恨,倚〔4〕阑干。

〔1〕西风从绿波之间起来。以花叶凋零,故曰"愁起"。

〔2〕《汉书·匈奴传》:"送单于出朔方鸡鹿塞。"颜师古注:"在朔方窳浑县西北。"在今陕西榆林市横山区西。《后汉书·和帝纪》:"窦宪出鸡鹿塞",简称鸡塞。亦作鸡禄山。《花间集》卷八孙光宪《定西番》:"鸡禄山前游骑。"这里泛指边塞。

〔3〕"彻",大曲中的最后一遍。"吹彻"意谓吹到最后一曲。笙以吹久而含润,故云"寒"。元稹《连昌宫词》:"逡巡大遍凉州彻","大遍"有几十段。后主《玉楼春》:"重按霓裳歌遍彻",可以参证。

〔4〕明吕远本作"寄",《读词偶得》曾采用之。但"寄"字虽好,文义比较晦,今仍从《花庵词选》与通行本,作"倚"。

李 煜

李煜(937—978),初名从嘉,字重光,璟第六子,961年嗣位,史称南唐后主。975年,宋曹彬破金陵,煜降宋,封违命侯,改封陇西郡公。太平兴国三年七月卒。据宋人王铚《默记》,盖为宋太宗赐牵机药所毒毙。煜善为诗词,著作甚多,惟已散逸。后人辑存,仅诗词数十篇而已。

长相思

云一缌[1],玉一梭,淡淡衫儿薄薄罗,轻颦双黛螺[2]。
秋风多,雨如和[3],帘外芭蕉三两窠[4],夜长人奈何。

〔1〕"缌",《说文》:"绶青紫色",音锅。这里比喻头发。"玉一梭",指玉簪。
〔2〕螺子黛出波斯国。借称妇女的画眉为螺黛,亦称黛螺。《释名》卷四:"黛,代也。灭眉毛去之,以此画代其处也。"
〔3〕"如和",仿佛相应和。
〔4〕"窠",丛。植物一根多茎曰一窠,犹言一丛。字亦作"科"。

捣练子令[1]

深院静,小庭空,断续寒砧[2]断续风。无奈夜长人不寐,数声和月到帘栊。

[1]《尊前集》题作冯延巳。
[2] "砧",捣帛石。用来捣帛的棍子叫杵,合称"砧杵"。

望江南

多少恨,昨夜梦魂中。还似旧时游上苑,车如流水马如龙[1],花月正春风。

[1] 此句与唐苏颋《夜宴安乐公主新宅》七绝首句相同。俱本《后汉书·皇后纪》马后诏:"车如流水,马如游龙。"

相见欢

林花谢了春红,太匆匆,无奈朝来寒雨晚来风。　　胭脂泪,相留醉,几时重,自是人生长恨水长东[1]。

〔1〕本词从杜甫《曲江对雨》:"林花着雨燕脂湿"变化,却将一语演作上下两片。"春红""寒雨"已为下片"胭脂泪"伏脉。主意咏别情,"几时重"犹言"何时再","重",平声。

又[1]

无言独上西楼,月如钩,寂寞梧桐深院锁清秋。　　剪不断,理还乱,是离愁,别是一般滋味在心头[2]。

〔1〕这篇在《花庵词选》有"凄惋哀思"的评语。虽上片写景,下片抒情,凄凉的气氛,却融会全篇。如起笔"无言独上西楼"一句,已摄尽凄惋的神情。

〔2〕"别是一般滋味"也是离愁。剪不断,理还乱,还可形状,这却说不出,是更深一层的写法。

菩萨蛮

人生愁恨何能免,消魂独我情无限。故国梦重归,觉来双泪垂。　　高楼谁与上,长记秋晴望。往事已成空,还如一梦中。

清平乐

别来春半,触目愁肠断。砌下落梅如雪乱[1],拂了一身还满。　　雁来音信无凭,路遥归梦难成[2]。离恨却如春草,更行更远还生[3]。

〔1〕指白梅花,开较迟,故春半还有落梅。
〔2〕梦的成否原不在乎路的远近,却说路远以致归梦难成,语婉而意悲。
〔3〕上片"拂了一身还满",分为四、二,一句两折。这里二字一折,一句三折。古诗"青青河边草,绵绵思远道",白居易《赋得古原草送别》"野火烧不尽,春风吹又生""远芳侵古道,晴翠接荒城"等句,均与本句意近。

浪淘沙

帘外雨潺潺,春意阑珊。罗衾不耐[1]五更寒。梦里不知身是客,一晌贪欢。　　独自暮凭栏[2],无限江山,别时容易见时难[3]。流水落花春去也,天上人间[4]。

〔1〕明刊本作"不暖","不耐"出语更自然,今从《全唐诗》及通行本。

〔2〕各本多作"莫","莫"字原为"暮"的本字。故有两解：一读入声,解为勿,一读去声,解为黄昏。各家说亦不同。我前在《读词偶得》里读为入声,作否定语讲,并引后主另词"高楼谁与上"来作比较。一人两作固不必全同,说亦未必是。下片从"凭阑"生出,略点晚景,"无限江山"以下,转入沉思境界,作"暮"字自好。今从《全唐诗》写作"暮"。

〔3〕《颜氏家训·风操》："别易会难。"《苕溪渔隐丛话》后集卷三十九引《复斋漫录》以为李后主盖用此语。古诗中类此者正多。如曹丕《燕歌行》："别日何易会日难"；戴叔伦《织女词》："难得相逢容易别"。但这里是人人心中的一句普通话,即便相同,也不必看作用典。

〔4〕有春归何处的意思。"天上人间"极言其阻隔遥远且无定。《花间集》卷四张泌《浣溪沙》："天上人间何处去,旧欢新梦觉来时",意思就很明白了。

又

往事只堪哀,对景难排。秋风庭院藓侵阶。一桁[1]珠帘闲不卷,终日谁来。　　金剑[2]已沉埋,壮气[3]蒿莱[4]。晚凉天净月华开,想得玉楼瑶殿影,空照秦淮。

〔1〕"桁",通作"行",读仄声。"一桁",一带、一列。

〔2〕《史记·吴太伯世家》裴骃《集解》引《越绝书》："阖庐冢在吴县昌门外,……扁诸之剑三千,方员之口三千,槃郢鱼肠之剑在焉。"这里借古事说自己亡国的痛苦。

〔3〕"壮气"与上"金剑"连,暗用丰城剑气,见《晋书·张华传》。

〔4〕"蒿莱",野草,犹言蓬蒿。阮籍《咏怀》："贤者处蒿莱。"

虞美人

风回小院庭芜绿,柳眼春相续[1]。凭阑半日独无言,依旧竹声新月似当年[2]。　　笙歌未散尊罍在,池面冰初解。烛明香暗画楼深,满鬓清霜残雪思难任。

〔1〕柳芽初舒曰"柳眼"。元稹《寄浙西李大夫》四首之一:"柳眼梅心渐欲春。"李商隐《二月二日》:"花须柳眼各无赖。"庭草先绿,稚柳继黄,是春光相续。犹前录冯延巳词"河畔青芜堤上柳"也。此眼前之景。

〔2〕"当年"引下片回忆境界,早春光景。实景与所忆不必同,借"竹声新月"逗入,是变幻处。

又

春花秋月何时了,往事知多少。小楼昨夜又东风,故国不堪回首月明中。　　雕阑玉砌应犹在,只是朱颜改。问君能有几多愁,恰似一江春水向东流[1]。

〔1〕王国维《人间词话》谓此句可作后主词的评语。

蝶恋花[1]

遥夜[2]亭皋[3]闲信步,才过清明,渐觉伤春暮。数点雨声风约[4]住,朦胧淡月云来去。　　桃李依依春暗度。谁在秋千,笑里轻轻语[5]。一片芳心千万绪,人间没个安排处。

〔1〕杨元素《本事曲》以为山东李冠作。冠,北宋时人。今从《尊前集》入后主词。

〔2〕"遥夜"犹言长夜。宋玉《九辩》:"靓杪秋之遥夜兮。"

〔3〕司马相如《上林赋》:"亭皋千里,靡不被筑。"颜师古注:"为亭候于皋隰之中,千里相接,皆筑令平也。"柳恽《捣衣诗》:"亭皋木叶下。""亭皋"一般可作平原低湿地解。

〔4〕"约",约束。《诗词曲语辞汇释》卷五:"言拦住雨声也。"

〔5〕依调逗句。九字当连读。

中卷　宋词之一

范仲淹

范仲淹(989—1052),字希文,其先邠(今属陕西)人,后徙苏州吴县。大中祥符八年进士。官至枢密副使,参知政事。以资政殿学士为陕西四路宣抚使,知邠州。羌人亲爱,呼为龙图老子。卒谥文正。词流传甚少,有《范文正公诗馀》辑本。

苏幕遮[1]

碧云天,黄叶地[2],秋色连波,波上寒烟翠。山映斜阳天接水,芳草无情,更在斜阳外。　　黯乡魂,追旅思[3],夜夜除非,好梦留人睡[4]。明月楼高休独倚[5]。酒入愁肠,化作相思泪。

[1]《容斋四笔》"浑脱队"条:"唐中宗时,清源尉吕元泰上书言时政曰:'比见坊邑相率为浑脱队,骏马胡服,名曰苏幕遮。旗鼓相当,胜逐喧噪。'"当是马戏之类所吹奏的曲牌。近人说"苏幕遮"为波斯语之译音,原义为披在肩上的头巾。

[2]后来元杂剧《西厢记·长亭送别》,"碧云天,黄花地"即拟此句。

[3]"乡魂""旅思"互文。"黯"本有褪色之意。"黯乡魂"用江淹

《别赋》"黯然销魂"语。"追旅思",追忆逆旅中情怀。

〔4〕九字当一句读,依调分点。"好梦留人睡",不说是什么,有含蓄。

〔5〕逆挽,承接前文。知上片皆凭高所见。上写丽景,下抒柔情,即一气呵成。

渔家傲

塞下秋来风景异,衡阳雁去[1]无留意。四面边声连角起[2]。千嶂[3]里,长烟落日孤城闭。　　浊酒[4]一杯家万里,燕然未勒[5]归无计。羌管[6]悠悠霜满地。人不寐,将军白发征夫泪。

〔1〕指秋日南飞的雁。班固《西都赋》:"南翔衡阳。"王勃《秋日登洪府滕王阁饯别序》(下简称《滕王阁序》):"雁阵惊寒,声断衡阳之浦。"宋范成大《骖鸾录》、吴曾《能改斋漫录》并云衡州有回雁峰,在南岳七十二峰之数,相传雁南飞至此而回。

〔2〕"边声",边塞的声音,所包很广。角,画角,军中乐器。李陵《答苏武书》:"胡笳互动,牧马悲鸣,吟啸成群,边声四起,晨坐听之,不觉泪下。"

〔3〕"嶂",山峰如屏障者。

〔4〕古人酿米为酒,作乳色,称"浊酒"。

〔5〕言自己功名未立。《后汉书·窦融传》:"宪、秉(耿秉)遂登燕然山,去塞三千馀里,刻石勒功,纪汉威德,令班固作铭。"

〔6〕羌,西方种族名,笛本出于羌中,故称羌管,或羌笛。详见马融《长笛赋》。

张　先

张先(990—1078),字子野,乌程(今属浙江)人。天圣八年进士,历官都官郎中。晚年退居乡间,卒年八十九。有《安陆集》,长调颇多。

木兰花

乙卯吴兴寒食[1]

龙头舴艋[2]吴儿竞,笋柱秋千[3]游女并。芳洲拾翠[4]暮忘归,秀野踏青[5]来不定。　　行云[6]去后遥山暝,已放[7]笙歌池院静。中庭月色正清明,无数杨花过无影[8]。

[1]《木兰花》即《玉楼春》。"乙卯",宋神宗熙宁八年(1075),作者八十六岁。"吴兴",今浙江湖州市。"寒食"见上卷薛昭蕴《浣溪沙》之二注[1]。

[2] 指竞赛的龙船。"舴艋",小船,从"蚱蜢"取义。

[3] "笋柱",秋千架的形状。"秋千"今通作鞦韆。鞦韆乃后起的字。

[4] "水中可居者曰洲",见《尔雅·释水》。亦可泛称水边。"拾翠"见上卷李珣《南乡子》之四注[2]。拾翠鸟的羽毛,以点缀首饰。这

里不过借来比喻女子游春。杜甫《秋兴》八首之八:"佳人拾翠春相问。"

〔5〕阴历二三月出游郊外,以寒食清明为盛,名"踏青"。

〔6〕行云指天上的云彩,亦借指美人,是双关语。用宋玉《高唐赋》,见上卷冯延巳《蝶恋花》之四注〔2〕。

〔7〕古代歌舞杂戏,呼唤他们来时,叫"勾队";遣他们去时,叫"放队",略如现在放假放学的"放"。

〔8〕上片繁华境界,下片幽静。由人去而夜静,由云散而月明,逐步写来。"无数杨花"一句,说飞絮漫天,却不遮明月,说"无影"更无声,极静中有动态。

青门引

乍暖还轻冷,风雨晚来方定。庭轩寂寞近清明,残花中酒[1],又是去年病[2]。　　楼头画角风吹醒,入夜重门静。那[3]堪更被明月,隔墙送过秋千影[4]。

〔1〕"中酒",见《史记·樊哙传》,亦见《汉书》,酒酣也,意即醉了。《汉书》颜师古注:"饮酒之中也,不醉不醒故谓之中。中音竹仲反。"其说稍异。杜牧《睦州四韵》:"残春杜陵客,中酒落花前",与此词意近。

〔2〕"病"字承上"中酒"来,言酒病。

〔3〕"那"为"奈何"之合音,读平声,亦读上声。

〔4〕言秋千影,人影可知。盖值寒食佳节,明月中有人在打秋千。一说秋千架的影儿被明月送过墙来,是怀人寂寞境界,亦通。但此处以动态结静境,有人影似较好。薛能《寒食日题》:"夜半无灯还有睡,秋千悬在月明中。"这秋千也空着,却与"隔墙送影"不同。

晏 殊

晏殊(991—1055),字同叔,临川(今属江西)人。七岁能属文,以神童荐。真宗景德二年召试,赐同进士出身。仁宗庆历间,官至集贤殿学士,同平章事兼枢密使,卒谥元献。有《珠玉词》。

浣溪沙[1]

一曲新词酒一杯,去年天气旧亭台,夕阳西下几时回[2]。
　　无可奈何花落去,似曾相识燕归来[3]。小园香径独徘徊。

〔1〕作者另有《示张寺丞王校勘》七律一首,"无可奈何"是诗中五六两句,"小园"句("香"作"幽")是诗的第二句。既写为诗,又写为词,前人认为"无可奈何"云云入词很好,作为诗句未免软弱。详见张宗橚《词林纪事》卷三。
〔2〕郑谷《和知己秋日伤怀》:"流水歌声共不回,去年天气旧池台。"
〔3〕这一联写出"花落""燕归",自己对这环境的感想。

蝶恋花

槛菊愁烟兰泣露[1],罗幕轻寒,燕子双飞去。明月不谙[2]离恨苦,斜光到晓穿朱户。　　昨夜西风凋碧树,独上高楼,望尽天涯路[3]。欲寄彩笺无尺素[4],山长水阔知何处。

〔1〕汉武帝《秋风辞》:"兰有秀兮菊有芳。"这里亦兰菊并提,说花草凋零。江淹《别赋》:"见红兰之受露。"

〔2〕"谙",了解,熟悉。

〔3〕这三句纯用白描,气象开展。王国维《人间词话》以为有古诗(《诗·秦风·蒹葭》)之意。

〔4〕"彩笺""尺素",都是书简,只有近代古代之别。这里却一分为二。盖用古乐府《饮马长城窟行》:"客从远方来,遗我双鲤鱼。呼童烹鲤鱼,中有尺素书。"意谓欲寄彩笺,却不能如尺素之得附托鲤鱼也。"无",汲古阁《宋六十名家词》本原缺,据《词综》补。

柳　永

柳永，字耆卿，原名三变，崇安（今属福建）人。景祐元年（1034）进士，官屯田员外郎；排行第七，世称柳七，或柳屯田。为人放荡不羁。善为歌辞，有《乐章集》，集中慢词甚多，生卒年代不详，张舜民《画墁录》说他曾见晏殊，则行辈甚早。

雨霖铃

寒蝉[1]凄切，对长亭[2]晚，骤雨初歇。都门帐饮无绪[3]，方留恋处，兰舟[4]催发。执手相看泪眼，竟无语凝咽。念去去千里烟波[5]，暮霭[6]沉沉楚天阔[7]。　　多情自古伤离别，更那堪冷落清秋节。今宵酒醒何处，杨柳岸晓风残月[8]。此去经年，应是良辰好景虚设。便纵有千种风情，更与何人说。

〔1〕"寒蝉"是蝉的一种，亦名寒蜩、寒螀。《礼记·月令》："孟秋之月，寒蝉鸣。"据说它可以叫到深秋。

〔2〕"长亭"，馆驿，古代送别的地方。见上卷李白《菩萨蛮》注〔6〕。

〔3〕"帐饮无绪"，喝饯行的酒，没有心绪。"帐饮"，古作"张（音

同帐,竹亮反)饮",见《汉书·高帝纪》及《疏广传》;《文选·别赋》李善注引《汉书》两条,并作"帐";是两字通用。又《高帝纪》注引张晏曰:"张帷帐也。"《疏广传》:"供张东都门外。"原指长安之东门。这里当借指北宋之汴京。叶廷珪《海录碎事》卷六酒门:"野次无宫室,故曰帐饮。"

〔4〕相传鲁班刻木兰为舟,出《述异记》,见上卷李珣《南乡子》之五注〔1〕。

〔5〕孟浩然《送吴悦游韶阳》:"去去日千里,茫茫天一隅。"

〔6〕"霭",云气,亦通指烟雾。杜牧《题扬州禅智寺》:"暮霭生深树。"

〔7〕"楚",江南一带,皆故楚地。刘长卿《石梁湖有寄》:"相思楚天阔。"

〔8〕这两句情中带景,为上文"伤离别"的较具体的描写,自来传诵,当时人认为宜于十七八女郎执红牙板来歌唱,见俞文豹《吹剑续录》。韩琮《露》"晓风残月正潸然",魏承班《渔歌子》"窗外晓莺残月",字句俱相似。柳词后出,而措语实佳,虽似过艳,在柳词中犹为近雅音者。

八声甘州

对潇潇暮雨洒江天,一番洗清秋。渐霜风凄紧,关河冷落,残照当楼[1]。是处[2]红衰绿减[3],苒苒物华[4]休。惟有长江水,无语东流。　　不忍登高临远[5],望故乡渺邈,归思难收。叹年来踪迹,何事苦淹留[6]。想佳人妆楼长望[7],误几回天际识归舟[8]。争知我倚阑干处,正恁[9]凝愁。

〔1〕苏轼平常不大赞成柳七的词,却很赏识这一首,称霜风三句"不减唐人高处",见赵令畤《侯鲭录》卷七。魏庆之《诗人玉屑》卷二十引《复斋漫录》作"晁无咎评本朝乐章"云云;《能改斋漫录》卷十六,亦引作晁无咎评。但赵是东坡友人,所记自当有本。

〔2〕"是处",犹到处、处处,亦可写作"任处"、"在处",意同。

〔3〕"绿减"一本作"翠减"。李商隐《赠荷花》:"翠减红衰愁杀人。"

〔4〕"苒苒"通作"冉冉",缓缓移动貌。"物华"指岁时的风物。

〔5〕将上文一结,引起下文。已登高临远了,却偏说"不忍"。宋玉《九辩》:"登山临水兮送将归。"引下"归思难收"意。

〔6〕这里还在说自己。

〔7〕从自己望她,想她亦许在望我,说到对方。"长望"一本作"颙望",颙训大头,又释为敬,引申有举首凝望意,亦很切合。以字面较生僻,未采用。

〔8〕谢朓《宣城郡出新林浦向板桥》:"天际识归舟,云中辨江树。"刘采春所唱《望夫歌》一名《罗唝之曲》:"朝朝江口望,错认几人船。"与此句意近。

〔9〕"恁",如此。

玉蝴蝶

望处雨收云断[1],凭阑悄悄,目送秋光。晚景萧疏,堪动宋玉悲凉[2]。水风轻蘋花[3]渐老,月露冷梧叶飘黄。遣[4]情伤,故人何在,烟水茫茫。　　难忘,文期酒会[5],几辜[6]风月,屡变星霜[7]。海阔山遥,未知何处是潇湘[8]。念双燕难凭远信[9],指暮天空识归航[10]。黯相望[11],断鸿声里,立尽斜阳。

〔1〕韩翃《送张儋水归北海》:"梧台宿雨收。"许浑《王秀才题诗因以酬寄》:"云断越王台。"

〔2〕宋玉《九辩》:"悲哉秋之为气也。"

〔3〕蘋,一种大的浮萍,夏秋间开小白花,也称白蘋。参看下注〔8〕及上卷温庭筠《望江南》注〔4〕。

〔4〕"遣",使。

〔5〕朋友相约一定的日期做文章叫"文期"。"文酒赏会"见《梁书·萧介传》。

〔6〕"辜",辜负,当作"孤负"。李陵《答苏武书》:"陵虽孤恩,汉亦负德。"辜,罪也,借字,后来通用。

〔7〕"星"指岁星(木星)的移动,"霜"指气候转凉,举秋以概四季。"屡变星霜",即过了几年。

〔8〕潇湘,古为一水之名,即湘水,在今湖南省。《水经注》卷三十八"湘水"条:"出入潇湘之浦。潇者水清深也。"这里写清幽的境界,抒望远之意,结合上文"蘋花渐老"句。柳宗元《得卢衡州书因以诗寄》:"非是白蘋洲畔客,还将远意问潇湘。"

〔9〕古称使者为信,仿佛现在的邮递员,引申为书札。"难凭",不可靠。难凭远信,犹言"音信无凭"。

〔10〕谢朓诗见前《八声甘州》注〔8〕。航,现多作动词,古亦作名词用。《方言》卷九:"自关而东,舟或谓之航。"一本"航"作"艎"。艅艎,

舟名。谢朓《拜中军记室辞隋王笺》:"候归艎于春渚。"柳词或系合用谢朓诗文。但"艎"字稍僻,未用。

〔11〕"望",读平,与读仄声者义同。

宋 祁

宋祁(998—1062),字子京,安陆(今属湖北)人,后徙开封雍丘(今属河南)。天圣二年进士,官翰林学士、史馆修撰,与欧阳修等合修《新唐书》。谥景文。词有《宋景文公长短句》辑本。

玉楼春

东城渐觉风光好,縠皱波纹迎客棹[1]。绿杨烟外晓寒轻,红杏枝头春意闹[2]。 浮生长恨欢娱少,肯爱千金轻一笑[3]。为君持酒劝斜阳,且向花间留晚照[4]。

[1] 细的水波像轻纱的皱纹。"棹",船上的桨。
[2] 当时传说,称宋为"红杏枝头春意闹尚书",见《苕溪渔隐丛话》前集卷三十七引《遯斋闲览》。王士禛《花草蒙拾》云出于《花间集》"暖觉杏梢红"(和凝《菩萨蛮》),却比原句更进一层。
[3] "爱",爱惜,吝惜。"肯",怎肯、岂肯的省略。言岂肯吝惜千金而轻视这一笑。王僧孺《咏宠姬》:"一笑千金买。"
[4] 李商隐《写意》:"日向花间留晚照。"

欧阳修

欧阳修(1007—1072),字永叔,号六一居士,庐陵(今江西吉安)人。天圣八年进士。以翰林学士修《新唐书》。英宗时,官至枢密副使参知政事。谥文忠。有《欧阳文忠公近体乐府》、《醉翁琴趣外篇》。汲古阁本有《六一词》,略同《近体乐府》。

踏莎行

候馆[1]梅残,溪桥柳细,草薰风暖[2]摇征辔。离愁渐远渐无穷,迢迢不断如春水。　　寸寸柔肠,盈盈粉泪,楼高莫近危栏倚[3]。平芜尽处是春山,行人更在春山外[4]。

〔1〕候馆,这里意谓旅舍。《周礼·地官·遗人》:"市有候馆。"郑注:"候馆,楼可以观望者也。"

〔2〕薰,香草,引申为香气。江淹《别赋》:"闺中风暖,陌上草薰。"兼详下苏轼《浣溪沙》之四注〔4〕。

〔3〕"危栏",即高栏。《说文》:"危,在高而惧也。"李商隐《北楼》:"此楼堪北望,轻命倚危栏。"

〔4〕上片征人,下片思妇。结尾两句又从居者心眼中说到行人。似乎可画,却又画不到。王士禛《花草蒙拾》以为比石曼卿"水尽天不尽,

人在天尽头"为工;又说此等入词为本色,入诗即失古雅。说可参考。

玉楼春

去时梅萼初凝粉,不觉小桃[1]风力损,梨花最晚又凋零,何事归期无定准[2]。　　栏干倚遍重来凭[3],泪粉偷将红袖印[4]。蜘蛛喜鹊[5]误人多,似此无凭安足信。

　〔1〕小桃,桃花的一种,状如垂丝海棠,开花在旧历正月。
　〔2〕上片三折而下,作一句读。
　〔3〕"凭"字去声,倚靠。
　〔4〕拭泪故粉痕渍袖。"偷"字有避人垂泪意。
　〔5〕蜘蛛喜鹊都是俗传报喜信的。《西京杂记》卷三引陆贾对樊哙语:"乾鹊噪而行人至,蜘蛛集而百事喜。"李绅《江南暮春寄家》:"想得心知近寒食,潜听喜鹊望归来。"有一种小蜘蛛,称为喜蛛,亦称蟢子。韩翃《送襄垣王君归南阳别墅》:"少妇比来多远望,应知蟢子上罗巾。"

蝶恋花[1]

庭院深深深几许[2],杨柳堆烟,帘幕无重数。玉勒雕鞍游冶处[3],楼高不见章台路[4]。　　雨横[5]风狂三月暮,门掩黄昏,无计留春住[6]。泪眼问花花不语[7],乱红飞过秋千去。

〔1〕此篇亦收在冯延巳的集子里,李清照称为欧阳修词(见她作同调的词序)自当不误。

〔2〕"庭院深深"言其深;"深几许"犹言"深多少",作疑问口气,却不必甚深,正如《古诗十九首》"河汉清且浅,相去复几许",言其不远。接"杨柳""帘幕"两句,以有重重阻隔,虽不深而似深,故结语说,楼虽高迥,却望不见章台之路也。上片一意转折,圆浑而又跌宕。

〔3〕这七字即"章台路"的形容语,倒装句法。

〔4〕"章台",街名,在长安,"走马章台街"见《汉书·张敞传》。这里只泛指繁华游玩之处。

〔5〕"横"字读去声,"映"韵。

〔6〕"三月暮"点季节,"风雨"点气候,"黄昏"点时刻,三层渲染,才逼出"无计"句来。

〔7〕花既不语,故说"问花"。问字是虚用,只不过泪眼相看而已。温庭筠《惜春词》"百舌问花花不语",句法相似。《词林纪事》卷四:"《南部新书》记严恽诗:'尽日问花花不语,为谁零落为谁开。'此阕结二语似本此。"按严作乃《落花》诗。

诉衷情

清晨帘幕卷轻霜,呵手〔1〕试梅妆〔2〕,都缘自有离恨,故画作远山长〔3〕。　　思往事,惜流芳,易成伤。拟歌先敛,欲笑还颦〔4〕,最断人肠。

〔1〕呵手因天寒,承上句来。唐僖宗时宫人《金锁》诗:"金刀呵手

裁。"(《全唐诗》卷七九七)

〔2〕"梅妆",以梅花插鬓,借用宋寿阳公主梅花妆故事,并详下卷姜夔《疏影》词注〔7〕。

〔3〕《赵飞燕外传》:"女弟合德入宫为薄眉,号远山黛。"

〔4〕两句蕴藉曲折。后来周邦彦《风流子》词有相似的写法,如"欲说又休,虑乖芳信;未歌先咽,愁近清觞",当系拟此。

生查子[1]

去年元夜[2]时,花市灯如昼;月上柳梢头,人约黄昏后。
今年元夜时,月与灯依旧,不见去年人,泪满春衫袖。

〔1〕本篇亦见朱淑真《断肠集》,曾慥《乐府雅词》以为欧阳修作。按此词虽佳,却很显露;现存朱淑真词,措语都很蕴藉,旧本《断肠词》亦无此首,今录入欧阳词。

〔2〕元夜,正月十五日,即元宵,亦称上元节。

临江仙

柳外轻雷池上雨[1],雨声滴碎荷声。小楼西角断虹明,栏干倚处[2],待得月华生。　燕子飞来窥画栋[3],玉钩垂下帘旌[4]。凉波不动簟纹平[5],水精双枕[6],傍有坠钗横[7]。

〔1〕李商隐《无题》四之二:"飒飒东风细雨来,芙蓉塘外有轻雷。"

〔2〕李白《清平调》:"沉香亭北倚栏干。"

〔3〕借燕子飞来逗入室内光景。燕亦只能隔帘窥看,写得极细。

〔4〕这里只是放下帘子的意思。参看上卷皇甫松《望江南》之二注〔1〕。

〔5〕"簟",竹席。韩愈《新亭》:"水文凉枕簟。"又和凝《山花子》,鹿虔扆《虞美人》亦有类似的句子。

〔6〕水精即水晶。古代有以水晶镶枕,亦真有以水晶作枕者,如《邵氏闻见后录》卷二十六:"楚氏洛阳旧族元辅者,家藏一黑水晶枕,中有半开繁杏一枝,希代之宝也。"这里不过借辞藻作为夸饰。

〔7〕李商隐《偶题》:"水文簟上琥珀枕,旁有坠钗双翠翘。"下片只写景,不言人物情致,和晚唐韩偓诗《已凉》一篇写法亦相似。

王安石

王安石(1021—1086),字介甫,临川(今江西抚州)人。庆历二年进士。神宗时,两为宰相,创新法。后罢相居金陵,号半山老人。其政事文学皆著名,词传不多,却一洗五代绮靡旧习。今有辑本《临川先生歌曲》。

桂枝香

登临送目,正故国[1]晚秋,天气初肃[2]。千里澄江似练[3],翠峰如簇。征帆去棹残阳里,背西风酒旗斜矗[4]。彩舟云淡,星河鹭起[5],画图难足。　　念往昔豪华竞逐,叹门外楼头[6],悲恨相续。千古凭高对此,漫嗟荣辱[7]。六朝旧事随流水,但寒烟衰草凝绿[8]。至今商女,时时犹唱,《后庭》遗曲[9]。

〔1〕"故国"指南朝旧都建业,今江苏南京市。《花庵词选》此篇题作"金陵怀古"。

〔2〕"肃",严肃,肃杀,这里有寒冷高爽的意思。《诗·豳风·七月》:"九月肃霜"。

〔3〕谢朓《晚登三山还望京邑》:"澄江静如练。"

〔4〕"矗",直立。"斜矗"犹言斜插。

〔5〕二句盖谓秦淮,承上"残阳""酒旗",接下"画图""豪华"。"彩舟",河上之舟,与上文"征帆去棹"的江上之舟有别。空水相辉,雪羽下上,灯火沿流,华星倒落,皆凭高眺望中秦淮河晚景,所谓"画图难足",引起过片"念往昔豪华"。

〔6〕杜牧《台城曲》:"门外韩擒虎,楼头张丽华。"诗言后主方晏安江左,北兵已临城外。这里用来示六朝之终结。

〔7〕"荣"承上"豪华","辱"承上"悲恨",虽是双举,意重在后者。"辱"字仍遥接叔宝丽华故事,盖景阳宫井,一名辱井。

〔8〕《古诗十九首》:"秋草萋已绿。"

〔9〕杜牧《夜泊秦淮》诗:"商女不知亡国恨,隔江犹唱后庭花。"《玉树后庭花》,陈后主所作,其词哀怨靡丽;亦简称《后庭花》。

晏几道

晏几道,字叔原,号小山,晏殊第七子,有《小山词》。早年曾任颍昌府许田镇监。后为乾宁军通判、开封府推官,已在徽宗崇宁间。又王灼《碧鸡漫志》卷二载蔡京请作长短句事,则年寿亦颇高。其生卒年未详,或云当在1030至1106年间。

临江仙

梦后楼台高锁,酒醒帘幕低垂[1]。去年春恨却来时,落花人独立,微雨燕双飞[2]。　　记得小蘋初见[3],两重心字罗衣[4]。琵琶弦上说相思。当时明月在,曾照彩云归[5]。

〔1〕这两句眼前实景,"梦后""酒醒"互文,犹晏殊《踏莎行》所云"一场愁梦酒醒时";"楼台高锁",从外面看,"帘幕低垂",就里面说,也只是一个地方的互文,表示春来意兴非常阑珊。许浑《客有卜居不遂薄游汧陇因题》:"楼台深锁无人到,落尽春风第一花。"

〔2〕"却来",又来,再来。"去年春恨"是较近的一层回忆,独立花前,闲看燕子,比今年的醉眠愁卧,静掩房栊,意兴还稍好一点。郑谷《杏花》:"小桃初谢后,双燕却来时。""独立"与双飞对照,已暗逗怀人意。《五代诗话》卷七引翁宏《宫词》:"落花人独立,微雨燕双飞。"(翁诗全

篇见《诗话总龟》前集卷十一。)此篇盖袭用成句,但翁作不出名,晏句却十分烜赫。这里也有好些原因:(1)乐府向例可引用诗句,所谓"以诗入乐",如用得浑然天成,恰当好处,评家且认为是一种优点。(2)诗词体性亦不尽同,有用在诗中并不甚好,而在词中却很好的,如前录晏殊的"无可奈何""似曾相识"一联(见晏殊《浣溪沙》注〔1〕)。(3)优劣当以全篇论,不可单凭摘句。

〔3〕以下直到篇末,是更远的回忆,即此篇的本事。小蘋,当时歌女名。汲古阁本《小山词》作者自跋:"始时沈十二廉叔、陈十君宠家,有莲鸿蘋云,品清讴娱客。每得一解,即以草授诸儿。"小莲、小蘋等名,又见他的《玉楼春》词中。

〔4〕"心字罗衣",未详。杨慎《词品》卷二:"心字罗衣则谓心字香熏之尔,或谓女人衣曲领如心字。"说亦未必确。疑指衣上的花纹。"心"当是篆体,故可作为图案。"两重心字",殆含"心心"义。李白《宫中行乐词》八首之一"山花插宝髻,石竹绣罗衣",仅就两句字面,难似与本句差远,但太白彼诗篇末云"只愁歌舞散,化作彩云飞",显然为此词结句所本,则"罗衣"云云盖亦相绾合。前人记诵广博,于创作时,每以联想的关系,错杂融会,成为新篇。此等例子正多,殆有不胜枚举者。此书注释,只略见一斑而已。

〔5〕彩云比美人。江淹《丽色赋》:"其少进也,如彩云出崖。"其比喻美人之取义仍从《高唐赋》"行云"来,屡见李白集中,如《感遇》四首之四"巫山赋彩云"、《凤凰曲》"影灭彩云断"及前引《宫中行乐词》。白居易《简简吟》:"彩云易散琉璃脆。"本篇"当时明月""曾照彩云",与诸例均合,寓追怀悼惜之意,即作者自跋所云。

蝶恋花

醉别西楼醒不记[1],春梦秋云[2],聚散真容易。斜月半窗还少睡,画屏闲展吴山翠[3]。　　衣上酒痕[4]诗里字,点点行行,总是凄凉意。红烛自怜无好计,夜寒空替人垂泪[5]。

〔1〕回忆往事。李白《鲁中都东楼醉起作》:"昨日东楼醉,还应倒接䍦。阿谁扶上马,不省下楼时。"

〔2〕白居易《花非花》:"来如春梦不多时,去似朝云无觅处。"又晏殊《木兰花》:"长于春梦几多时,散似秋云无觅处。"小山或承其父语。

〔3〕"吴山",指画屏上的江南山水,有怀旧的意思。后来周邦彦《隔浦莲》"屏里吴山梦自到",意思相同,而较醒豁。

〔4〕白居易《故衫》:"襟上杭州旧酒痕。"

〔5〕烛油倾泻,如人流泪,称烛泪。杜牧《赠别》二首之二:"蜡烛有心还惜别,替人垂泪到天明。"

鹧鸪天

彩袖殷勤捧玉钟,当年拚却醉颜红。舞低杨柳楼心月,歌尽桃花扇影风[1]。　　从别后,忆相逢[2],几回魂梦与君同[3]。今宵賸把银釭[4]照,犹恐相逢是梦中[5]。

〔1〕"舞低""歌尽",极言歌舞酣畅,亦不必是一桩事,一日之事。杨柳下连楼台是真景;桃花下连歌扇,是扇上画的,对偶中有错综。

〔2〕"相逢"指初见时,所谓"当年",即上片云云。

〔3〕话虽这样说,梦见与否,有多少次,如何光景,都不曾说,句意很

含蓄，"同梦"字面出《诗·齐风·鸡鸣》"甘与子同梦"。"与君同"者，仿佛那人真的来了，有疑梦为真的感觉。

〔4〕釭，音公，车毂口上所用，《说文》十四篇上："车毂中铁。"其形状外圆内方。屋壁的妆饰品形似之，亦叫釭。班固《西都赋》："金釭衔璧，是为列钱。"转为灯的同义语，约始于六朝。见《文选》卷十六《别赋》"冬釭凝兮夜何长"下，李善注引夏侯湛《釭灯赋》。至音读的转入"江阳"韵，殆在更后。兰釭、金釭、银釭等，六朝唐以来诗文中常见。如王勃《梓州郪县兜率寺浮图碑》："银釭夕映。"

〔5〕杜甫《羌村》"夜阑更秉烛，相对如梦寐"，司空曙《云阳馆与韩绅宿别》"乍见翻疑梦，相悲各问年"，均为此词句所本，见《野客丛书》卷二十。两"相逢"是本篇下片的转折关节所在。第一"相逢"实是初逢，第二"相逢"应是重逢，却同用这"相逢"字。回忆本是虚，因忆而有梦，梦也是虚，却疑为实。及真的相逢，翻疑为梦。上句"賸把"，与下句"犹恐"口吻呼应。"賸"，亦作"剩"，犹"惟"也，说见刘淇《助字辨略》。"賸把，尽把也。"（《诗词曲语辞汇释》卷二）意谓"只管把光明的灯火来照，却怕它还是梦"，有点担心，妙得神味。然清灯一点，不是繁华，见今昔之不同，喜极而含悲矣。上片单纯浓深，似乎板重，下片用回环的句法，淡远的笔调，将悲喜错杂的真情迤逦写来，就把上面的浮艳给融化开了。此篇笔意极细，承用杜诗，却非抄袭，意境略近司空曙，亦在同异之间。若仅从诗词分疆上着眼，似乎只是二者体裁风格一般的区别，那样说法还觉得空泛一些。

少年游

离多最是，东西流水[1]，终解两相逢。浅情终似，行云无定，犹到梦魂中。　　可怜人意,薄于云水[2],佳会更难重。细想从来,断肠多处,不与者[3]番同。

〔1〕传为卓文君作的《白头吟》:"躞蹀御沟上,沟水东西流。"

〔2〕行云流水,一般作为一种比喻。本词上片却分为两,仿佛行云不如流水。这里又合并了,说人情之薄既不如流水之"终解相逢",亦且不如行云之"犹近梦魂",有意分作三层,加倍渲染。近人夏敬观评这词,云作法变幻。

〔3〕这个之"这",本作"者",是代词。唐以来已有借用"这"字的。"这"原音彦,本义迎也。

苏　轼

苏轼(1036—1101),字子瞻,号东坡居士,眉山(今属四川)人。苏洵子。嘉祐二年进士。因反对王安石新法,言官劾其作诗"谤讪朝廷",下狱,贬谪黄州。哲宗时为翰林学士,官礼部尚书。绍圣初年,复行新法,贬惠州(今属广东),又贬琼州(今属海南)。徽宗立,遇赦召还,卒于常州。学识广博,于文章诗词书画均工。有《东坡乐府》。

昭君怨[1]

谁作桓伊三弄[2],惊破绿窗[3]幽梦。新月与愁烟,满江天[4]。　欲去又还不去,明日落花飞絮[5]。飞絮送行舟,水东流[6]。

[1] 一本题《金山送柳子玉(瑾)》。
[2] 晋桓伊,字子野,善吹笛,曾为王子猷踞胡床作三调(吹了三个曲调),见《世说新语·任诞》。这里不过说听见笛声。
[3] "绿窗",碧纱窗。
[4] 客将远行,故如此说。张继《枫桥夜泊》:"月落乌啼霜满天,江枫渔火对愁眠。"
[5] 欲去还留恋,终于不得不去。

〔6〕上片平稳。下片首句一顿,以下便顺流而下。叠用"飞絮"接上"落花飞絮"句,顶针接麻格,更显得生动。诗意实是"落花飞絮送行舟",以为调所限,只用了"飞絮"二字。

醉落魄

离京口作[1]

轻云微月,二更酒醒船初发。孤城回望苍烟合。记得歌时,不记归时节[2]。　　巾偏扇坠藤床滑,觉来幽梦无人说。此生飘荡何时歇。家在西南,常作东南别[3]。

〔1〕"京口",今江苏镇江。与前《昭君怨》并熙宁七年作。
〔2〕醉归情况。引李白诗,见前晏几道《蝶恋花》注〔1〕。
〔3〕作者西蜀人,自宋神宗熙宁四年至七年(1071—1074),在苏杭一带做官。

南乡子

送述古[1]

回首乱山横,不见居人只见城[2]。谁似临平山上塔,亭亭[3],迎客西来送客行。　　归路晚风清,一枕初寒梦不成。今夜残灯斜照处,荧荧[4],秋雨晴时泪不晴[5]。

〔1〕"述古",陈襄字。熙宁七年秋七月,陈襄交卸杭州太守,赴南都(今河南商丘),作者时为杭州通判,在临平舟中送别。

〔2〕欧阳詹《初发太原途中寄太原所思》:"高城已不见,况复城中人。"

〔3〕临平山在杭州市东北。"亭亭",孤峻貌。山上有塔,未见志书记载。陆游《入蜀记》卷一:"临平者,太师蔡京葬其父准于此。……山形如骆驼,葬于驼之耳,而筑塔于驼之峰。……然东坡先生乐府固已云,'谁似临平山上塔,……',则临平有塔亦久矣,当是蔡氏葬后增筑或迁之耳。京责太子少保制云:'托祝圣而饰临平之山'是也。"《老学庵笔记》卷十:"蔡太师父准葬临平山,山为驼形;术家谓驼负重则行,故作塔于驼峰,而其墓以钱唐江为水,越之秦望山为案,可谓雄矣。然富贵既极,一旦丧败,几于覆族,至今不能振,俗师之不可信如此。"《茶香室丛钞》卷十六引此条,并云:"余少时侨寓临平,问之土人,莫知蔡京父葬之所在,且山亦无塔。……按东坡集《次韵杭人裴惟甫诗》云:'一别临平山上塔,五年云梦泽南州。'则临平山上有塔,由来久矣,非始于蔡京也,或蔡又增修之耳。"既两见放翁记载,似临平之塔其来历在南宋时已不甚可考,而东坡诗词亦两见,其先有一古塔则无可疑。

〔4〕荧荧,光明貌,形容灯火,亦状泪珠。

〔5〕将泪比雨,故曰泪不晴。

蝶恋花

密州上元[1]

灯火钱塘[2]三五夜,明月如霜,照见人如画。帐底吹笙香吐麝[3],更无一点尘随马[4]。　　寂寞山城人老也,击鼓吹箫[5],却入农桑社[6]。火冷灯稀霜露下,昏昏雪意云垂野。

〔1〕熙宁八年元宵节。密州,今山东诸城。
〔2〕作者于熙宁七年九月离杭州。
〔3〕王建《宫词》:"沉香火底坐吹笙。"
〔4〕苏味道《上元》:"暗尘随马去,明月逐人来。""无一点尘",言江南气候清润。
〔5〕《周礼·春官·籥章》:"凡国祈年于田祖,吹(原作龡)豳雅,击土鼓,以乐田畯。国祭蜡,则吹豳颂,击土鼓,以息老物。"又《地官·鼓人》:"以灵鼓鼓社祭。"今于元宵节言"击鼓吹箫,又入农桑社",有新年祈谷之意,与《周礼》文并相合。王维《凉州郊外游望》:"婆娑依里社,箫鼓赛田神。"
〔6〕"社",祭土神的所在,后来演化为土地祠。

江城子

乙卯[1]正月二十日夜记梦

十年[2]生死两茫茫,不思量,自难忘。千里孤坟[3],无处话凄凉。纵使相逢应不识,尘满面,鬓如霜。　夜来幽梦忽还乡,小轩窗,正梳妆。相顾无言,惟有泪千行。料得年年肠断处,明月夜,短松冈。

〔1〕乙卯,熙宁八年(1075)。
〔2〕作者妻王氏卒于治平二年(1065)。
〔3〕王氏于次年葬在四川彭山县,作者的故乡,见本集《亡妻王氏墓志铭》。《本事诗》"徵异第五",录张姓妻孔氏赠夫诗:"欲知肠断处,明月照孤坟。"

又

密州出猎[1]

老夫聊发少年狂,左牵黄,右擎苍[2],锦帽貂裘,千骑卷平冈。为报倾城[3]随太守,亲射虎,看孙郎[4]。　酒酣胸胆尚开张,鬓微霜,又何妨。持节云中,何日遣冯唐[5]。会挽[6]雕弓如满月,西北望,射天狼[7]。

〔1〕作者在密州《与鲜于子骏(侁)书》:"数日前猎于郊外,所获颇多,作得一阕,令东州壮士抵掌顿足而歌之,吹笛击鼓以为节,颇壮观也。"当即指此词。

〔2〕左手牵着黄狗,右臂擎着苍鹰。《太平御览》卷九二六羽族部"鹰"引《史记》:"李斯临刑,思牵黄犬,臂苍鹰,出上蔡东门,不可得矣。"与今《史记》文略异。《梁书·张充传》:"值充出猎,左手臂鹰,右手牵狗。"

〔3〕倾城,有万人空巷,看热闹的意思。孙楚《征西官属送于陟阳侯作诗》:"倾城远追送。""为报"云云,为了报答大家追随的盛意。

〔4〕《三国志·吴书·吴主传》:"(建安)二十三年十月,权将如吴,亲乘马,射虎于庱亭。马为虎所伤,权投以双戟,虎却废。常从张世击以戈,获之。"作者以孙郎自比,即上所谓"少年狂"也。

〔5〕"节"以竹竿为之,使者所执,以为符信。汉文帝遣冯唐持节赦魏尚,复以为云中守,拜唐为车骑都尉,主中尉及郡国车士,事见《史记·冯唐传》。这里盖以冯唐自比,兼采左思《咏史》"冯公岂不伟,白首不见招"及王勃《滕王阁序》所谓"冯唐易老"等意,承"鬓微霜,又何妨"来,亦即上文所谓"老夫"。其实作者年方四十。冯唐在武帝时,年九十不能为官,亦见本传,他在文帝朝,持节赦免魏尚时,也并不太老,用在这里似乎不太合适。但词人遣词每不拘。古代文士又有叹老嗟卑的习气,年未半百即已称老。如上录《蝶恋花》词亦云"人老也",而作者年方三十九;又如元丰七年有《除夜病中赠段屯田》:"龙钟三十九,劳生已强半。"现在看来,都觉得很奇怪。近来注家,或释本句为作者以魏尚自比。按史所载,魏尚时因有罪,下吏削爵;东坡于元丰七年自杭州通判调密州太

守,是升官,非贬职,更非有罪下狱,与魏尚事不合。其另一面,史载冯唐其时不但持节为使者,且做车骑都尉,带了许多兵,也和本词下文"挽雕弓""射天狼"等等意思得相呼应。审文意,仍以自比冯唐为较恰当。以有异说,故附记所见。

〔6〕"会",将要。假定的口气,有预期意。

〔7〕"天狼",狼星。古代谈天文者以为主侵掠,盗贼,贪残等等。《楚辞·九歌·东君》:"举长矢兮射天狼。"时西夏常与宋开衅,词意盖有为而发。云"西北望",地望亦合。

水调歌头

丙辰中秋[1]欢饮达旦,大醉作此篇,兼怀子由。

明月几时有?把酒问青天[2]。不知天上宫阙,今夕是何年[3]。我欲乘风[4]归去,惟恐琼楼玉宇[5],高处不胜寒。起舞弄清影[6],何似在人间。　　转朱阁,低绮户[7],照无眠。不应有恨,何事偏向别时圆[8]。人有悲欢离合,月有阴晴圆缺,此事古难全。但愿人长久,千里共婵娟[9]。

〔1〕熙宁九年(1076),仍在密州。

〔2〕"天问",《楚辞》篇名。李白《把酒问月》:"青天有月来几时,我欲停杯一问之。"

〔3〕戴叔伦《二灵寺守岁》:"不知今夕是何年。"又《容斋随笔》卷十五"注书难"条引"共道人间惆怅事,不知今夕是何年"之句。按此二

句见于唐人小说,假托牛僧孺作的《周秦行纪》。

〔4〕《列子·黄帝》:"竟不知风乘我邪,我乘风乎。"

〔5〕《酉阳杂俎》前集卷二:"翟天师名乾祐,峡中人。……曾于江岸,与弟子数十玩月。或曰:'此中竟何有?'翟笑曰:'可随吾指观。'弟子中两人见月规半天,琼楼金阙满焉。数息间,不复见。"此词虽系想象,或亦用传说故事。

〔6〕李白《月下独酌》四首之一:"我歌月徘徊,我舞影零乱。"

〔7〕月渐西下,"转""低"都指月的动态。

〔8〕"不应有恨",指月而言,言月不知有人世的愁恨,它自己忽圆忽缺也就是了,为什么偏在离别时团圆呢。《司马温公诗话》:"李长吉歌,'天若有情天亦老',人以为奇绝无对。曼卿对'月如无恨月长圆',人以为勍敌。"按石延年(曼卿)行辈甚先,东坡可能借用石句,而变化出之。

〔9〕仍双绾人月。"婵娟",美好貌,亦作美人解,这里盖指嫦娥。谢庄《月赋》:"隔千里兮共明月。"许浑《怀江南同志》:"唯应洞庭月,万里共婵娟。"又《秋霁寄远》:"唯应待明月,千里与君同。"陆畅《新晴爱月》:"野性平生惟爱月,新晴半夜睹婵娟。"宋时盖有这样的俗说:逢八月中秋节,各地阴晴均同。东坡似亦信之。其《中秋月诗》三首之三:"尝闻此宵月,万里同阴晴。"自注引他友人文生转述海贾的话:"虽相去万里,他日会合相问,阴晴无不同者。"以现在看来,这也不过文人说说罢了。

浣溪沙〔1〕

旋抹红妆〔2〕看使君,三三五五棘篱〔3〕门,相排踏破茜罗裙〔4〕。　　老幼扶携收麦社,乌鸢翔舞赛神村,道逢醉叟卧黄昏〔5〕。

〔1〕元丰元年(1078)在徐州,石潭谢雨道上作。原五首,今录四首。

〔2〕"旋",匆忙迅速,有临时做起来之意。"抹红妆",搽脂粉。这些乡女本不曾打扮,因看使君而临时打扮。

〔3〕棘,丛生的小酸枣树。"棘篱",以棘为篱笆,犹木槿亦可为篱,称"槿篱"。

〔4〕红色称茜,"茜""蒨"字通,上片似乎白描,亦有所出。杜牧《村行》:"篱窥蒨裙女。"这里将一句化作三句,而意态生动。

〔5〕收麦的社,赛神的村,都是复合的名词,大众借土地祠来打麦子,又为感谢而祭神,野鸟想吃剩余的祭品,有个老头喝醉了睡在道傍,写农村得雨后欣喜的气象。

又

麻叶层层苘叶〔1〕光,谁家煮茧一村香,隔篱娇语络丝娘〔2〕。　　垂白杖藜〔3〕抬醉眼,捋青捣麨软饥肠〔4〕。问言〔5〕豆叶几时黄?

〔1〕苘麻(苘音倾),即䔛麻,亦麻的一种,叶似苎而薄。

〔2〕络丝郎,指缫丝的女郎,承上"煮茧"来。项斯《山行》:"蒸茗气从茅舍出,缫丝声隔竹篱闻。"又从前江南养蚕的人家禁忌迷信很多,如

蚕时不得到别家串门。这里言女郎隔着篱笆说话,殆此风宋时已然。

〔3〕"藜",草本植物,其茎可作杖。垂白杖藜形容老叟,而将"老叟"省去。杜甫《屏迹》三首之一:"杖藜从白首。"

〔4〕"捋青",摘取新麦。"捣麨"(麨音炒,炒麦),将麦炒干后捣成粉末。汉桓帝时童谣:"小麦青青大麦枯。"《东坡词》傅注:"青者已足捋,而枯者可为麨矣。"以久饥得饱,故曰"软饥肠"。软有慰劳意,以酒食相慰称"软脚"。《海录碎事》卷六"酒门":"玄宗幸杨国忠第,出有饮饯,还有软脚。"(引《开元传信》,当是《开天传信记》)又"宴会门":"郭子仪自同州归,诏大臣就宅作软脚局,人率三百千。"(引《大唐遗记》)这样说法至宋时还有,本词作者有《盐官部役戏呈同事兼寄述古》诗:"耐寒努力归不远,两脚冻硬公须软。"

〔5〕"问言"有慰问之意,当系作者自谓。下片写夏收季节,久饥村民,生活转好,又在期待收成的种种情景。

又

簌簌[1]衣巾落枣花,村南村北响缲车,牛衣[2]古柳卖黄瓜。

酒困路长惟欲睡,日高人渴漫思茶,敲门试问野人家[3]。

〔1〕"簌簌",形容枣花落在衣巾上,句法倒装。元稹《连昌宫词》:"风动落花红簌簌。"

〔2〕"牛衣",编麻或编草披在牛背上的。《汉书·王章传》:"章疾病,无被,卧牛衣中。"这里只不过说卖黄瓜的,衣衫褴褛。

〔3〕下片就自己来说。野人,乡下人,即农民。日高人渴,应该是很

想喝茶,却用"漫"字。漫者,随随便便,并无"很""甚"等字义,这里有"胡乱"的意思。正因十分渴,胡乱地想喝点水,所以不管那个人家,就去敲门借茶,即所谓"漫"也。作者有《偶至野人汪氏之居》一诗,其首句云"酒渴思茶漫扣门",与本篇正同。诗意自分明。词分为两句,将"漫"字用在上句,作为思茶之形容,便觉得不大好懂,其实意思完全一样。皮日休《闲夜酒醒》"酒渴漫思茶",盖即东坡诗词所本。

又

软草平莎[1]过雨新,轻沙走马路无尘,何时收拾耦耕身[2]。

日暖桑麻光似泼[3],风来蒿艾气如薰[4],使君元是此中人[5]。

〔1〕"莎",莎草,音蓑。

〔2〕《论语·微子》:"长沮桀溺耦而耕。"两人以二耜并耕,叫"耦耕"。"何时收拾耦耕身",身在宦途,何时才能抽身归田呢。作者平素深慕陶潜,亦即陶诗《庚戌岁九月中于西田获早稻》"遥遥沮溺心,千载乃相关"意。

〔3〕"光似泼",明如泼过水一般。

〔4〕"薰",蕙草,一名铃铃香。《左传》僖公四年:"一薰一莸。"本是名词,从来亦转作形容词,如前欧阳修《踏莎行》注〔2〕引《别赋》"陌上草薰"。

〔5〕作者常说他自己是农夫出身。如《题渊明诗》:"非余之世农,亦不能识此语之妙也。"

又

游蕲水清泉寺。寺临兰溪,溪水西流[1]。

山上兰芽短浸溪,松间沙路净无泥[2],萧萧暮雨子规[3]啼。
谁道人生无再少,门前流水尚能西[4],休将白发唱黄鸡[5]。

〔1〕元丰五年在黄州(今湖北黄冈),时与医人庞安常(名安时)同游,见《东坡志林》卷一"游沙湖"。蕲(音祈)水,今湖北浠水县。

〔2〕杜甫《到村》:"碧涧虽多雨,秋沙先少泥。"白居易《三月三日祓禊洛滨》:"沙路润无泥。"

〔3〕白居易《寄殷协律诗》自注:"江南吴二娘曲词云,暮雨萧萧郎不归。"子规,杜鹃的别名。

〔4〕"溪水西流"已见序文,此句当为写实。但"门前"云云,亦有所出。《旧唐书》卷一九一《方伎·一行传》,记天台山国济寺有一老僧会布算。他说:"门前水当却西流,弟子亦至。"一行就走进去请业,"而门前水果却西流"。又晚唐周朴《董岭水》诗:"湖州安吉县,门与白云齐。禹力不到处,河声流向西。"《东坡志林》卷一引此句作"君看流水尚能西",君指友人,当是赠庞的初稿。

〔5〕白居易《醉歌示妓人商玲珑》:"谁道使君不解歌,听唱黄鸡与白日。黄鸡催晓丑时鸣,白日催年酉时没。"这里说"休将",乃否定语,反用诗意。

洞仙歌

　　余七岁时见眉山老尼,姓朱,忘其名,年九十馀,自言尝随其师入蜀主孟昶[1]宫中。一日,大热,蜀主与花蕊夫人[2]夜纳凉摩诃池[3]上,作一词,朱具能记之。今四十年,朱已死久矣,人无知此词者,但记其首两句。暇日寻味,岂《洞仙歌令》乎?乃为足之云[4]。

冰肌玉骨,自清凉无汗[5]。水殿风来暗香满[6]。绣帘开,一点明月窥人[7];人未寝,欹枕钗横鬓乱。　　起来携素手,庭户无声,时见疏星渡河汉。试问夜如何?夜已三更[8],金波淡,玉绳低转[9]。但屈指西风几时来,又不道流年暗中偷换。

〔1〕孟昶,五代时后蜀的末主,在位三十一年。
〔2〕《能改斋漫录》卷十六:"徐匡璋纳女于昶,拜贵妃,别号花蕊夫人。……陈无己以夫人姓费,误也。"
〔3〕"摩诃",梵语,有大、多、美好等义。摩诃池在孟蜀的宣华苑,今成都郊外昭觉寺,传是它的故址。
〔4〕当以东坡此序为正,原作不知是什么词牌,故有"岂《洞仙歌令》乎"之说。宋人所传孟昶《玉楼春》词,即系就东坡此篇改写者。若系原作,则东坡既抄袭了,又讳言其所出,这当然是不会有的。其他的传说,如少年遇美人,以此叙自晦等等,恐皆不可信。

〔5〕《庄子·逍遥游》:"藐姑射之山,有神人焉,肌肤若冰雪,淖约若处子。"

〔6〕徐陵《奉和简文帝山斋》:"荷开水殿香。"王昌龄《西宫夜怨》:"芙蓉不及美人妆,水殿风来珠翠香。"李白《口号吴王美人半醉》:"风动荷花水殿香。"

〔7〕杜甫《玩月呈汉中王》:"关山同一点。"

〔8〕《诗·小雅·庭燎》:"夜如何其? 夜未央。"杜甫《春宿左省》:"明朝有封事,数问夜如何。"

〔9〕"金波",金色的波浪,指月光。"玉绳",星名,在斗杓之北。《汉书·礼乐志·郊祀歌》"天门"十一:"月穆穆以金波。"(《初学记》卷一引作"月移彩以金波"。)《文选·西京赋》李善注引《春秋元命苞》:"玉衡北两星为玉绳。"谢朓《暂使下都夜发新林至京邑赠西府同僚》:"金波丽鳷鹊,玉绳低建章。"

念奴娇

赤壁怀古

大江东去,浪淘尽[1]千古风流人物。故垒西边,人道是,三国周郎[2]赤壁[3]。乱石崩云,惊涛拍岸,卷起千堆雪[4]。江山如画,一时多少豪杰。　　遥想公瑾[5]当年,小乔[6]初嫁了,雄姿英发[7]。羽扇纶巾[8]谈笑间,樯橹[9]灰飞烟灭。故国神游[10],多情应笑我,早生华发[11],人间如梦,一尊还酹江月[12]。

〔1〕唐白居易有《浪淘沙》词。

〔2〕《三国志·吴书·周瑜传》:"授建威中郎将,……瑜时年二十四,吴中皆呼为周郎。""郎"亦是尊称。

〔3〕作者所游的赤壁在黄州城外,也称赤鼻矶,与三国时赤壁之战云在嘉鱼县者不同,范致明《岳阳风土记》有较详的辨证;但词人吊古,每借以咏怀,即地望稍误,正不必以词害意,且着"人道是"三字,见得当时人有这样的说法。作者《与范子丰书》:"黄州少西,山麓斗入江中,石室如丹,传云曹公败所,所谓赤壁者。或曰非也。"本未作决定。

〔4〕形容浪花。李煜《渔父词》:"浪花有意千重雪。"

〔5〕"公瑾",周瑜字。

〔6〕"小乔",乔是姓,史作桥。《周瑜传》:"时得桥公二女,皆国色也,策自纳大桥,瑜纳小桥。"注引《江表传》:"策从容戏瑜曰:'桥公二女虽流离,得吾二人作婿,亦足为欢。'"

〔7〕《三国志·吴书·吕蒙传》载孙权和陆逊评论当时人物时,说吕蒙"言议英发"不及周瑜。

〔8〕"纶巾",丝帛做的便巾,一般以青丝为之,有青白织纹的,名白纶巾。亦有紫色的。"纶"音关,羽扇纶巾,便装不是戎服,形容姿态潇洒,与"轻裘缓带"用法相似。这里承上周郎说。

〔9〕"樯橹"句,说火烧战船。李白《赤壁歌》:"赤壁楼船扫地空。"一本作"强虏",恐非。

〔10〕"故国",本意为旧都,这里不过说旧地,古代战争的所在。"神游",犹言神往。

〔11〕这是倒装句法。"多情应笑我早生华发",即"应笑我多情早生华发"也。华发,斑白的头发。谁在笑?是自己笑,却不曾说呆了,与上文年少周郎雄姿英发等等,虽不一定对比,亦相呼应。刘驾《山中夜

坐》:"谁遣我多情,壮年无鬓发。"

〔12〕"酹",以酒浇地。这里只是赏月饮酒而已。《念奴娇》后来一名《酹江月》,又名《大江东去》,即从此词句摘出。本篇传诵很广。当时人以此篇与柳永《雨霖铃》词对比,"学士词须关西大汉,执铁绰板,唱大江东去",亦见俞文豹《吹剑续录》。

临江仙〔1〕

夜饮东坡〔2〕醒复醉,归来仿佛三更。家童鼻息已雷鸣〔3〕,敲门都不应,倚杖听江声。　　长恨此身非我有〔4〕,何时忘却营营〔5〕。夜阑风静縠纹平,小舟从此逝,江海寄馀生〔6〕。

〔1〕元丰五年作于黄州。原题"夜归临皋",地近江边。

〔2〕东坡本是黄州的地名,作者在那边筑雪堂。准备躬耕。唐白居易在忠州时亦有东坡,苏轼仰慕前贤,即引来作为自己的别号。这里写从雪堂夜归临皋,行踪正和《后赤壁赋》所云相同。据《年谱》,元丰四年营东坡,五年筑雪堂。盖其时雪堂尚未造好,故夜归临皋住宿。"东坡",这里作为地名解。

〔3〕韩愈《石鼎联句序》称衡山道士"倚墙睡,鼻息如雷鸣"。

〔4〕《庄子·知北游》"舜问乎丞曰"条:"舜曰:吾身非吾有也,孰有之哉?曰:是天地之委形也。"这里借古语,不全用其意。

〔5〕"营营",纷扰貌,承上句来。此身为名利所牵,故非我有,什么时候才能忘却营营呢。《诗·小雅·青蝇》:"营营青蝇。"《庄子·庚桑楚》:"无使汝思虑营营。"

〔6〕苏东坡本是被看管住在黄州的。因这两句就引起谣言,说他

挂冠江边逃了。郡守徐君猷急去看他,他正在鼾呼大睡。见叶梦得《避暑录话》卷二。

卜算子[1]

缺月挂疏桐,漏断[2]人初静。谁见幽人[3]独往来,缥缈孤鸿影[4]。　　惊起却回头,有恨无人省[5]。拣尽寒枝不肯栖[6],寂寞沙洲冷[7]。

〔1〕原题"黄州定慧寺寓居作"。

〔2〕"漏"指更漏而言。这里"漏断"不过说夜深罢了。

〔3〕《易·履卦》:"幽人贞吉",其义为幽囚。引申为幽静、幽雅。

〔4〕张九龄《感遇》十二之四:"孤鸿海上来。"胡仔《苕溪渔隐丛话》前集三十九:"此词本咏夜景,至换头但只说鸿,正如《贺新郎》词'乳燕飞华屋',至换头但只说榴花。……"按两词均系泛咏,本未尝有"夜景"等题,多说鸿,多说石榴,既无所妨,亦未必因之而奇妙。胡评似未谛。

〔5〕"省",理解。"无人省",犹言"无人识"。

〔6〕或以为"拣尽寒枝"有语病,亦见注〔4〕所引同书同条。《稗海》本《野客丛书》:"观隋李元操《鸿雁行》曰:'夕宿寒枝上,朝飞空井傍。'坡语岂无自邪?"此言固是。寒枝意广泛,又说"不肯栖",本属无碍。此句亦有良禽择木而栖的意思。《左传》哀公十一年:"鸟则择木,木岂能择鸟。"杜甫《遣愁》:"择木知幽鸟。"

〔7〕末句一本作"枫落吴江冷",全用唐人崔信明断句,且上下不接,恐非。

一丛花

初春病起

今年春浅腊侵年[1],冰雪破春妍[2]。东风有信[3]无人见,露微意柳际花边。寒夜纵长,孤衾易暖,钟鼓渐清圆[4]。

朝来初日半衔山,楼阁淡疏烟。游人便作寻芳计,小桃杏应已争先[5]。衰病少惊[6],疏慵自放,惟爱日高眠[7]。

[1] 在阴历遇有闰月的年,其前立春节候较迟。虽交正月,过了年,却未交春,尚在腊月(十二月)的节气内,故云"春浅腊侵年"。"春浅"犹言春迟。腊,岁终之祭,祭日旧在冬至后约二十多天,称为腊日。《初学记》卷四:"汉以戌日为腊,魏以辰,晋以丑。"《梦粱录》卷六:"自冬至后戌日,数至第三戌,便是腊日。"这当是宋时的情况。

[2] 春意在冰雪中含孕着等待展放,开下"东风""花柳"等句。

[3] 曹松《除夜》:"残腊即又尽,东风应渐闻。"

[4] "寒夜"以下三句,感觉兼有想象在内。其实并不必真暖和,却仿佛暖和了,暮鼓晨钟其实也还是平常的声音,却仿佛格外清圆了,写早春极细。这和下片"初日""楼阁"句并用杜甫《院中晚晴怀西郭茅舍》:"复有楼台衔暮景,不劳钟鼓报新晴。"浦起龙《读杜心解》卷四之一:"旧注,俗以钟鼓声亮为晴占。"亦与此词意合。

[5] 直说春来以后怎样怎样,在预期想象中。

[6] "少惊",少乐趣。

〔7〕结句较衰飒,亦病后实情。全篇说冬尽春来,自己虽老病,而万物已有苏生意。

贺新郎〔1〕

乳燕飞华屋〔2〕,悄无人槐阴〔3〕转午,晚凉新浴。手弄生绡白团扇,扇手一时似玉〔4〕。渐困倚孤眠清熟。帘外谁来〔5〕推绣户,枉教人梦断瑶台曲〔6〕,又却是,风敲竹〔7〕。　　石榴半吐红巾蹙〔8〕。待浮花浪蕊〔9〕都尽,伴君幽独〔10〕。秾艳一枝细看取,芳意千重似束〔11〕。又恐被秋风惊绿〔12〕。若待得君〔13〕来向此,花前对酒不忍触。共粉泪,两簌簌〔14〕。

〔1〕本词后片多咏石榴,如元吴师道《礼部诗话》称为"别一格",同前《卜算子》注〔4〕引《苕溪渔隐丛话》之说;如清谭献评《词辨》说"下阕别开异境";这类说法大意不误,亦未尽合。如本词下片并非只说石榴,参看《卜算子》词注〔4〕及下注〔14〕。

关于本词也有一些故事,有谓为官妓秀兰而作(见杨湜《古今词话》,胡仔已驳之)。有谓为侍妾榴花作(见《耆旧续闻》卷二)。有谓在杭州万顷寺作,寺有榴花(见《艇斋诗话》)。这些都不过传说而已。如"寺有榴花"云云,疑即从白居易《题孤山寺山石榴花》诗而附会之。

〔2〕燕子营巢,喜欢在雕梁画栋间。小燕学飞,夏初景象。杜甫《题省中院壁》:"落花游丝白日静,鸣鸠乳燕青春深。"

〔3〕"槐阴"一作"桐阴"。

〔4〕"白团扇"见晋谢芳姿《团扇歌》。"扇手"句兼用《世说新语·容止》："王夷甫容貌整丽,妙于谈玄,恒捉白玉柄麈尾,与手都无分别。"(《晋书·王衍传》作："每捉玉柄麈尾,与手同色。")

〔5〕"谁来",有谁来,言无人。

〔6〕"瑶台",传说在昆仑山,仙人所居。"曲",深曲之处。《离骚》："望瑶台之偃蹇兮,见有娀之佚女。"

〔7〕李益《竹窗闻风寄苗发司空曙》："开门复动竹,疑是故人来。"

〔8〕白居易《题孤山寺山石榴花》："山榴花似结红巾"。山石榴是杜鹃花,一名映山红。这里借指石榴花。

〔9〕韩愈《杏花》："浮花浪蕊镇长有。"

〔10〕《苕溪渔隐丛话》后集卷三十九："盖初夏之时,千花事退,榴花独芳,因以写幽闺之情。"

〔11〕榴花多千叶重台的,此句与上"红巾蹙"句,并深得形容之妙。

〔12〕秋风摇落,不但千红早尽,亦万绿全消,是深一层写法。皮日休《石榴》："石榴香老愁寒霜。"

〔13〕此"君"字与上"君"字,均指远人。

〔14〕"若待得"以下,作一句读。谢朓《王孙游》："无论君不归,君归芳已歇。"大意正同。"簌簌"近接粉泪,远承落花,故曰"共",曰"两"。用"若"字领头,全句只是虚拟,泛指落花,已不限于上文石榴。

蝶恋花

花褪残红青杏小,燕子飞时,绿水人家绕。枝上柳绵吹又少,天涯何处无芳草。[1]　墙里秋千墙外道,墙外行人,墙里佳人笑。笑渐不闻声渐悄,多情却被无情恼[2]。

　　[1] 言春光已晚,且有思乡之意。《离骚》:"何所独无芳草兮,又何怀乎故宇。"传作者在惠州命朝云歌此词。朝云泪满衣襟,说:"奴所不能歌,是'枝上柳绵吹又少,天涯何处无芳草'也。"见《词林纪事》卷五引《林下词谈》。
　　[2]《诗人玉屑》卷二十引《古今词话》说此句:"盖行人多情,佳人无情耳。"《诗词曲语辞汇释》卷五:"言墙里佳人之笑,本出于无心情,而墙外行人闻之,枉自多情,却如被其撩拨矣。"张释较详,又说"恼"为"撩"。按"恼"字仍从烦恼取义,被引起烦恼,即是被撩拨。

李之仪

李之仪(1038—1117),字端叔,号姑溪居士,沧州无棣人。熙宁三年进士。曾从苏轼于定州幕府,后历官枢密院编修官。徽宗初年,以文章获罪,编管太平(今安徽当涂),卒年八十。有《姑溪词》。

卜算子

我住长江头,君住长江尾,日日思君不见君,共饮长江水[1]。

此水几时休,此恨何时已。只愿君心似我心,定不负相思意[2]。

[1] 汲古阁《宋六十名家词·姑溪词》毛晋跋引此云:"真是古乐府俊语矣。"《宋书·五行志》二:"孙皓初童谣曰:'宁饮建业水,不食武昌鱼。'"这里"饮长江水"云云,盖借用民谣。

[2] 顾敻《诉衷情》词:"换我心,为你心,始知相忆深。"

黄庭坚

黄庭坚(1045—1105),字鲁直,号山谷道人、涪翁,分宁(今属江西)人。治平四年进士。哲宗时为校书郎,神宗实录检讨官。后以元祐党人,屡遭贬谪,卒于宜州(今属广西)。有《山谷词》。

清平乐

春归何处?寂寞无行路。若有人知春去处,唤取归来同住。

春无踪迹谁知,除非问取黄鹂,百啭无人能解,因风飞过蔷薇[1]。

[1] 上片提出问题,下片自己试为解答。"除非问取黄鹂",莺啼虽十分宛转,却无人能解。飞过蔷薇,又是春尽的光景。全篇宛转一意,但何以特提出这黄鹂呢?冯贽《云仙杂记》卷二引《高隐外书》:"戴颙携黄柑斗酒,人问何之,曰:往听黄鹂声。此俗耳针砭,诗肠鼓吹,汝知之乎!"这里借寓自己身份怀抱,恐亦非泛泛之笔。

秦　观

秦观(1049—1100)，字少游、太虚，号淮海居士，高邮(今属江苏)人。元丰八年进士。元祐初，以苏轼之荐，除太学博士兼国史编修官。绍圣时，屡遭贬谪。后召还，道卒于藤州(今属广西)。有《淮海词》。

望海潮[1]

梅英疏淡，冰澌溶泄，东风暗换年华[2]，金谷俊游[3]，铜驼巷陌[4]，新晴细履平沙。长记误随车[5]。正絮翻蝶舞，芳思交加[6]。柳下桃蹊，乱分春色到人家[7]。　　西园夜饮鸣笳，有华灯碍月，飞盖妨花[8]。兰苑[9]未空，行人渐老，重来是事[10]堪嗟。烟暝酒旗斜。但倚楼极目，时见栖鸦。无奈归心，暗随流水到天涯[11]。

〔1〕词用"金谷""铜驼"，均洛阳古迹，或系在洛阳作。汲古阁本题作"洛阳怀古"，恐是后人所加，以词意不重在怀古。

〔2〕白梅花开于早春。"澌"，流冰。冰初凝或初融皆可称冰澌。《礼记·月令》："东风解冻。""东风暗换年华"是本篇的主句，意直贯篇终。以下即就此发挥。

〔3〕《文选》卷二十潘岳《金谷集作诗》,李善注引石崇《金谷诗序》曰:"有别庐在河南县界金谷涧。"又引郦道元《水经注》:"金谷水出河南太白原,东南流,历金谷,谓之金谷水,东南流,经石崇故居。"《初学记》卷八引郭缘生《述征记》:"金谷,谷也,地有金水,自太白源南流,经此谷,注谷水。"据此,本名金水。金谷即从金水得名。

〔4〕陆机《洛阳记》:"洛阳有铜驼街。汉铸铜驼二枚,在宫南四会道相对。俗语曰:'金马门外集众贤,铜驼陌上集少年。'"(《太平御览》卷一五八"州郡部"四引)华氏《洛阳记》:"两铜驼在宫之南街,东西相对,高九尺。汉时所谓铜驼街。"(同书卷一九五"居处部"二三引)又《初学记》卷八引华延寯《洛阳记》,文字略同。"铜驼"与"金谷"对文,屡见唐人诗,如骆宾王《艳情》:"铜驼路上柳千条,金谷园中花几色";又如杜甫《至后》:"金谷铜驼非故乡"。本篇这两句,不仅说京洛繁华,且点明自己少年游乐的场所。

〔5〕谭献评《词辨》曰:"顿宕。""长记"以下,乃追忆情况,逆承上文"金谷俊游,铜驼巷陌"。韩愈《嘲少年》:"只知闲信马,不觉误随车。"本是嘲笑他人,这里借作自嘲口气。

〔6〕"交加",纷多杂乱貌,仿佛李商隐《燕台》诗所云"絮乱丝繁天亦迷。"

〔7〕《史记·李将军传》:"谚曰:'桃李不言,下自成蹊。'"蹊,小径。王涯《游春词》:"经过柳陌与桃蹊。"杜甫《绝句漫兴》九首之一:"无赖春色到江亭。"

〔8〕过片写繁华,却是夜景,仍接上文,并不换意。"西园",两汉皆有之,俱指上林苑,见扬雄《羽猎赋》及张衡《东京赋》。这里借指园林,盖用曹植《公宴诗》:"清夜游西园,飞盖相追随。"谢朓《隋王鼓吹曲》十之四《入朝曲》:"凝笳翼高盖。"李善注:"徐引声谓之凝。"谭献评这几句:"陈隋小赋缩本。"

〔9〕"兰苑",指园林,承上"金谷""西园"。释贯休《送姚泊拾遗自江陵幕赴京》:"兰苑涨芳尘。"

〔10〕"是事",事事,任何事。

〔11〕上片结句"到人家"与这里结句"到天涯"相呼应。周济曰:"两两相形,以整见劲,以两'到'字作眼,点出'换'字精神。"(《宋四家词选》)

满庭芳

山抹微云,天黏衰草[1],画角声断谯门[2]。暂停征棹,聊共引[3]离尊。多少蓬莱旧事[4],空回首烟霭纷纷。斜阳外,寒鸦数点,流水绕孤村[5]。　　销魂,当此际,香囊暗解,罗带轻分。谩赢得青楼薄幸名存[6]。此去何时见也,襟袖上空惹啼痕。伤情处,高城望断[7],灯火已黄昏[8]。

〔1〕"抹""黏",炼字极工。"黏天"字面屡见前人诗文中,如张祜《草》诗"草色黏天鹈鸪恨",和这两句很相近,详见汲古阁本此篇附注。一本作"天连",似不如"天黏"。

〔2〕"谯门",城门。城门楼谓之谯楼,以彩饰美丽谓之丽谯。《汉书·陈胜传》:"战谯门中。"师古注:"门上为高楼以望,曰谯。"

〔3〕"引"有延长牵连义。引酒即连续地喝酒。"共引离尊",言饯行时举杯相属。杜甫《夜宴左氏庄》:"看剑引杯长。"

〔4〕蓬莱山是海上仙山,"蓬莱旧事",回忆从前的欢乐,恐只是泛说。《苕溪渔隐丛话》后集卷三十三引《艺苑雌黄》:"程公阐守会稽,少

游客焉,馆之蓬莱阁,一日席上有所悦,自尔眷眷不能忘情,因赋长短句"云云。会稽虽旧有蓬莱阁,在龙山下,本篇是否实指其地未可定。

〔5〕隋炀帝诗(断句):"寒鸦千万点,流水绕孤村。"见叶梦得《避暑录话》卷三引。《全隋诗》卷一引《铁围山丛谈》作"寒鸦飞数点,流水绕孤村"。

〔6〕杜牧《遣怀》:"十年一觉扬州梦,赢得青楼薄幸名。"

〔7〕用欧阳詹诗,引见苏轼《南乡子》词注〔2〕。

〔8〕本篇流传很广,传说故事亦很多。《避暑录话》卷三:"元丰间盛行于淮楚。……'山抹微云,天黏衰草'尤为当时所传。"相传苏东坡说秦观的词像柳七(柳永),亦不知可信否。但如《高斋诗话》记东坡的话:"'销魂,当此际',非柳七语乎?"(《词林纪事》卷六引)在这些地方,确乎有点像,且有些滑。谭献评曰:"不假雕琢,水到渠成。"

鹊桥仙

纤云弄巧〔1〕,飞星传恨,银汉迢迢暗度〔2〕。金风玉露〔3〕一相逢,便胜却人间无数。　　柔情似水,佳期〔4〕如梦,忍顾鹊桥归路〔5〕。两情若是久长时,又岂在朝朝暮暮〔6〕。

〔1〕秋天的云多纹彩,或像人物,叫巧云。

〔2〕织女牵牛两星,中隔银河,在天文上说距离很遥远。但织女渡河的传说,由来已久。如《白氏六帖》卷二十九"鹊门""填河"条引《淮南子》:"乌鹊填河成桥渡织女",但今本《淮南子》无此文,类书所引是否佚文,只可存疑。稍后如《文选》卷二十七曹丕《燕歌行》李善注引曹植《九咏》注曰:"牵牛为夫,织女为妇。织女牵牛之星各处一方,七月七日

得一会同矣。"虽未明言渡河,亦已有七夕会同之说。《南史》卷三《宋纪》载刘昱在七夕令杨玉夫"伺织女度报己"(叫玉夫守候着,如看见织女渡河就报告他),后来被玉夫所杀。《初学记》卷四注:"吴均《续齐谐记》曰:桂阳城武丁有仙道,忽谓其弟曰:'七月七日织女当渡河,吾向已被召。'弟问织女何事渡河。答曰:'暂诣牵牛。'世人至今云,织女嫁牵牛是也。又傅玄《拟天问》曰:七月七日牵牛织女会天河。"

〔3〕"金风",秋风,见上卷冯延巳《蝶恋花》之三注〔3〕。"玉露",白露。李商隐《辛未七夕》:"由来碧落银河畔,可要金风玉露时。"

〔4〕《楚辞·九歌·湘夫人》:"与佳期兮夕张。"佳,犹言美人,本是名词,但后来佳期之"佳"每转作形容词,这里亦然。

〔5〕庾肩吾《七夕》:"倩语雕陵鹊,填河未可飞。""忍顾",不忍顾,以语促而省。织女为伤离别,故就归路时,不忍回头也。

〔6〕牛女虽一年一度,毕竟地久天长;人世虽暮暮朝朝,却百年顷刻,这里补足前片结句天上胜人间意,并用《高唐赋》字面。

蝶恋花

晓日窥轩双燕语,似与佳人,共惜春将暮。屈指艳阳都几许,可无时霎闲风雨〔1〕。　　流水落花无问处,只有飞云,冉冉来还去。持酒劝云云且住,凭君碍断春归路〔2〕。

〔1〕"可无"犹说"岂无",口气还要软一些。"时霎",犹一霎。"可无时霎闲风雨",实际一定会有闲风雨的,至少是一刹那,却说得十分微婉。周邦彦《浣溪沙》:"一春须有忆人时。"实际上是一定有,却用这"须"字。这些都可见语助活用之妙。

〔2〕这下片和前录黄庭坚《清平乐》词相近。流水落花既不可问，难道飞云就可问么？浮云是最虚飘飘的，又岂能凭他遮住春的归路呢。全篇悲凉，却用微婉语写出。

如梦令

遥夜沉沉如水，风紧驿亭深闭。梦破鼠窥灯[1]，霜送晓寒侵被。无寐，无寐，门外马嘶人起。

〔1〕写旅舍荒寂，行客待晓的景况。点着"油盏火"（吴语，油灯），耗子偷油吃。"梦破鼠窥灯"，"窥"字得神。

南歌子

香墨弯弯画，燕脂淡淡匀，揉蓝衫子杏黄裙，独倚玉阑无语，点檀唇[1]。　人去[2]空流水，花飞半掩门。乱山何处觅行云，又是一钩新月，照黄昏[3]。

〔1〕檀色，近赭的红色，屡见《花间集》，如张泌《生查子》"檀画荔枝红"，表示这个颜色最为明白。这口红只圆圆地涂在唇中间，故曰"点"。李珣《浣溪沙》"翠钿檀注助容光"，"注"，亦"点"也。又称"檀的"。杜牧《寄澧州张舍人笛》"檀的染时痕半月"，写形状尤为明白。

〔2〕上片写一独立的美人，多用颜色字面渲染映射，如一幅工笔

画。过片用"人去"两字紧接上文,非常清楚。

〔3〕下片亦不多说情事,只是写景,"人去"以下,一气呵成,绝无停顿,真见得风流云散,其意自明,亦无须多说了。

浣溪沙

漠漠轻寒上小楼,晓阴无赖似穷秋[1],淡烟流水[2]画屏幽。　　自在飞花轻若梦,无边丝雨细如愁,宝帘闲挂小银钩[3]。

〔1〕言春阴寒重故似秋。韩偓《惜春》:"节过清明却似秋。"以"无赖"形容春光,屡见杜甫诗,如"韦曲花无赖"(《奉陪郑驸马韦曲》二首之一),"无赖春色到江亭"(已见前《望海潮》注〔7〕引)。这里用法亦相似,言其不可人意。"无赖"字面见《史记·高祖本纪》及《张释之传》。赖,依靠;无赖,不可靠。引申有多义,如狡猾无用等等,总之是不得人心。

〔2〕"淡烟流水",屏上的风景。

〔3〕下片偶句,情景双融,境界略似崔橹《过华清宫诗》三首之三:"湿云如梦雨如尘。"全篇不甚分析层次,亦不写人物,而伊人宛在,情踪自见。末借挂起帘栊一点,用笔极轻淡,却收束正好,意境仿佛李璟词"手卷真珠上玉钩",惟彼作起笔,此乃结语耳。

踏莎行[1]

雾失楼台,月迷津渡,桃源望断无寻处[2]。可堪孤馆闭春寒,杜鹃声里斜阳暮[3]。　　驿寄梅花,鱼传尺素[4],砌[5]成此恨无重数。郴江[6]幸自绕郴山,为谁流下潇湘去[7]。

[1] 汲古阁本题"郴州旅舍"。今湖南郴州市。

[2] 这有两重意思:桃花源,避世的地方,也就仿佛神仙的境界,表示向往,陶潜记中本假云在武陵;武陵,今湖南常德,作者贬官南去时北望,离家乡愈远,也有思乡之意。

[3] 写景甚工。王国维《人间词话》评为"凄厉"。"斜阳"与"暮"似重复,却不为病,详见汲古阁本《淮海词》本篇附注及《词林纪事》卷六。

[4] 周邦彦《片玉词》卷二陈元龙注引《荆州记》:"吴陆凯与范晔善,自江南寄梅花与晔,并赠诗曰:'折梅逢驿使,寄与陇头人。江南无所有,聊赠一枝春。'""尺素"见前晏殊《蝶恋花》注[4]。

[5] "砌",堆砌,犹言堆叠,动词。

[6] 郴江在郴州,北流入湘水。

[7] 汲古阁本此词附注:"释天隐注三体唐诗,谓此二句实自'沅湘日夜东流去,不为愁人住少时'变化。然《邶》之'毖彼泉水,亦流于淇',已有此意,秦公盖出诸此。"所引唐诗,为戴叔伦《湘南即事》诗。刘长卿《岳阳馆中望洞庭湖》:"孤舟有归客,早晚过潇湘。"意亦略同。这类句法渊源承袭固已甚久,而秦此词却语法生新,写出望远思乡的真情,传为东坡所赞赏,将这二句写在自己的扇头。(见《苕溪渔隐丛话》前集卷五十,又《诗人玉屑》卷二十一引《冷斋夜话》。今本《冷斋夜话》不载)

贺　铸

贺铸(1052—1125),字方回,卫州(今河南卫辉)人。在其诗集中自序称"越人",又号"庆湖遗老"。自言是唐贺知章之后,"庆湖"即"镜湖"也。曾任泗州、太平州通判,晚年退居苏州。有《东山词》。

鹧鸪天

重过阊门[1]万事非,同来何事不同归[2],梧桐半死[3]清霜后,头白鸳鸯失伴飞。　　原上草,露初晞[4]。旧栖[5]新垅两依依。空床卧听南窗雨,谁复挑灯夜补衣。

〔1〕"阊门",苏州西北的城门。

〔2〕"何事",为什么。作者北人,旅居苏州,故有"不同归"之说。

〔3〕枚乘《七发》:"龙门之桐,……其根半死半生。"庾信《枯树赋》:"桐何为而半死。"用来比喻丧失配偶,唐人诗中已然。白居易《为薛台悼亡》:"半死梧桐老病身。"

〔4〕白居易《赋得古原草送别》:"离离原上草。"《古薤露歌》:"薤上露,何易晞。""晞",干。喻人命短促,如朝露易干。

〔5〕"旧栖",旧居,昔年同住的地方。

踏莎行[1]

杨柳回塘,鸳鸯别浦[2],绿萍涨断莲舟路。断无蜂蝶慕幽香[3],红衣[4]脱尽芳心苦[5]。　　返照迎潮,行云带雨[6],依依似与骚人语。当年不肯嫁春风,无端却被秋风误[7]。

〔1〕当是咏荷花。《白雨斋词话》卷一评为"骚情雅意,哀怨无端。"

〔2〕"回塘",曲折的池沼。张衡《南都赋》:"分背回塘。"水有小口别通曰浦,称"别浦"。李贺《七夕》:"别浦今朝暗。"

〔3〕唐人诗:"蜂蝶无情极,残香更不寻。"详后周邦彦《六丑》注〔7〕。这里却云"幽香",不指"残香",更用"断无",以加重语气,形容荷花的高洁。

〔4〕"红衣",红莲花瓣。赵嘏《长安晚秋》:"红衣落尽渚莲愁",许浑《秋望云阳驿西亭莲池》:"水泛红衣白露秋",李商隐《如有》:"菡萏荐红衣",皆在赵前,惟赵诗与本句尤为接近耳。《楚辞·九歌·少司命》:"荷衣兮蕙带",故下片云"骚人语"。

〔5〕言莲瓣凋零,只剩得莲子了。现在口语莲子也叫莲心。"苦"指"薏",在最里面,绿色,味苦。"芳心"云云,亦是比喻。

〔6〕这里带写夏秋间雨晴光景,宕开说。

〔7〕李贺《南园》十三首之一:"嫁与东风不用媒。"韩偓《寄恨》:"莲花不肯嫁春风。"本词盖用此句。"无端却被秋风误",至秋时零落,亦指莲花而言。

128

浣溪沙

闲把琵琶旧谱寻,四弦声怨却沉吟。燕飞人静画堂深[1]。

　　欹枕有时成雨梦,隔帘无处说春心[2]。一从灯夜到如今[3]。

〔1〕首两句借事言情,淡淡说起。白居易《代琵琶弟子谢女师曹供奉》:"一纸展开非旧谱,四弦翻出是新声。"下句"燕飞",现在光景,亦只略点。

〔2〕"欹枕"句宕开,"有时"言非一时。"隔帘"句关合上文燕子,言燕虽细语,还隔帘栊,纵知人意,亦无处可说。

〔3〕本事盖与灯节有关,结尾一语将全篇点醒。

又

秋水斜阳演漾金[1],远山隐隐隔平林,几家村落几声砧[2]。

　　记得西楼凝醉眼,昔年风物似如今,只无人与共登临[3]。

〔1〕"演漾金",状斜阳照水。"演漾"犹荡漾。

〔2〕上片只平平出之。

〔3〕《浣溪沙》第二段开首每用对句。这里三句联下,不对偶,纯用

白描。陈廷焯以为"只用数虚字盘旋唱叹,而情事毕现"(《白雨斋词话》卷一),说是。诗词于空里传神处,吟诵有时比解释更为切用。

周邦彦

周邦彦(1056—1121),字美成,钱塘(今浙江杭州)人,元丰初,游京师,七年献《汴都赋》,为宋神宗所赏。后曾为溧水(今属江苏)令。徽宗时为徽猷阁待制,提举大晟府。晚年退休,提举南京(今属河南)鸿庆宫,卒。有《清真词》,后又名《片玉词》。

浣溪沙[1]

楼上晴天碧四垂[2],楼前芳草接天涯,劝君莫上最高梯[3]。

新笋已成堂下竹,落花都上燕巢泥[4],忍听林表杜鹃啼[5]。

〔1〕本篇与《花间集》卷七载孙光宪《浣溪沙》一词用语颇相似,而意境各别,可参看。本篇又见李清照《漱玉词》。

〔2〕韩偓《有忆》:"泪眼倚楼天四垂。"

〔3〕古乐府《饮马长城窟行》:"青青河边草,绵绵思远道。"这里"芳草接天涯"句是正用。唐王之涣《登鹳雀楼》:"欲穷千里目,更上一层楼。"这里"莫上最高梯"句是反用。都挺秀明洁,不觉其有辞藻典故。

〔4〕这一联新生与迟暮互见。六朝人诗如萧悫《春庭晚望》、王僧孺《春怨》都有类似的句子。注〔1〕所云孙光宪词亦有"粉箨半开新竹

径,红苞尽落旧桃蹊"等句。

〔5〕陈元龙注引李商隐《锦瑟》"望帝春心托杜鹃";又说:"其声哀怨,不忍听之耳。"读"忍"为"不忍",是"不忍"即"忍",以语促而省字。李中《钟陵禁烟寄从弟》"忍听黄昏杜宇啼",似较上引义山句更为相近。

苏幕遮

燎沉香[1],消溽暑[2]。鸟雀呼晴,侵晓窥檐语。叶上初阳干宿雨,水面清圆,一一风荷举[3]。　故乡遥,何日去,家住吴门[4],久作长安[5]旅。五月渔郎相忆否[6]?小楫轻舟,梦入芙蓉浦[7]。

〔1〕《片玉集》陈元龙注引东坡诗:"沉香作庭燎。"李商隐《隋宫守岁》:"沉香甲煎为庭燎",在苏诗前。"庭燎"是在旷地或庭院燃烧堆积着的木柴。字面虽有关合,这里"燎"字作为小火煨炙解;如《后汉书·冯异传》:"光武对灶燎衣。"注释"燎"为"炙"。沉香木很重,一种名贵的香料,以放在水中沉下故名,亦称"水沉"、"沉水"。句意当为在室内细细焚香。

〔2〕溽暑,潮湿闷热的暑天。

〔3〕这几句自然生动。着一"举"字,荷叶亭亭出水的姿态如画。前人多表示赞美,如王国维《人间词话》及夏孙桐评语。

〔4〕作者钱塘人,却称"家住吴门",盖古吴地,包括今浙江省北部,如柳永《望海潮》词说:"东南形胜,三吴都会,钱塘自古繁华。"

〔5〕长安,这里借指汴京。

〔6〕钓游旧伴,还忆我否?

〔7〕梦见摇着小船,荡入莲花中,和上文描写相连,示客子思乡之切,亦不必呆看。芙蓉即荷花。"浦",这里指流动的浅水。晏几道《生查子》:"闲荡木兰舟,误入双鸳浦。"

玉楼春

桃溪[1]不作从容住,秋藕绝来无续处[2]。当时相候赤栏桥[3],今日独寻黄叶路。　　烟中列岫青无数,雁背夕阳红欲暮[4]。人如风后入江云,情似雨馀黏地絮[5]。

〔1〕"桃溪"虽说在宜兴有这地名,这里不作地名用。周济《宋四家词选》所谓"只赋天台事,态浓意远"是也。刘晨、阮肇天台山故事,本云山上有桃树,山下有一大溪,见《幽明录》、《续齐谐记》。韩愈《梨花发赠刘师命》:"桃溪惆怅不能过。"魏承班《黄钟乐》词:"遥想玉人情事远,音容浑似隔桃溪。"用法均与本篇相同。

〔2〕"秋藕"与"桃溪",约略相对,不必工稳。俗语所谓"藕断丝连",这里说藕断而丝不连。

〔3〕"赤栏桥",这里似不作地名用。顾况《题叶道士山房》:"水边垂柳赤栏桥。"温庭筠《杨柳枝》词:"一渠春水赤栏桥。"韩偓《重过李氏园亭有怀》:"往年同在弯桥上,见倚朱阑咏柳绵;今日独来春径里,更无人迹有苔钱。"诗虽把"朱阑"、"弯桥"分开,而本词这两句正与诗意相合,不仅关合字面。黄叶路点明秋景;赤栏桥未言杨柳,是春景却不说破。

〔4〕"列岫",陈元龙注引《文选》"窗中列远岫",乃谢朓《郡内高斋

闲望》诗。全篇细腻,这里宕开,远景如画。亦对偶,却为流水句法。类似这两句意境的,唐人诗中多有,如刘长卿、李商隐、马戴、温庭筠。李商隐《与赵氏昆季燕集》"虹收青嶂雨,鸟没夕阳天",与此更相近。

〔5〕晏几道《玉楼春》词:"便教春思乱如云,莫管世情轻似絮。"本词上句意略异,取譬同,下句所比亦同,而意却相反,疑周词从晏句变化。《白雨斋词话》卷一:"似拙实工。"又说:"上言人不能留,下言情不能已,呆作两譬,别饶姿态。"

蝶恋花

月皎惊乌栖不定[1],更漏将残,辘轳牵金井[2]。唤起两眸清炯炯[3],泪花落枕红绵冷[4]。　执手霜风吹鬓影[5],去意徊徨,别语愁难听[6]。楼上阑干横斗柄[7],露寒人远鸡相应[8]。

〔1〕用曹操《短歌行》意。此下三句,写天尚未明,全从枕上听来。

〔2〕彊村校本作"辂辘",云"原作辘轳,从毛本"。陈注:"六一公词,金井辘轳闻汲水",则陈本自作"辘轳"。辘轳,井上用来拉吊桶的滑车。张籍《楚妃怨》:"梧桐叶下黄金井,横架辘轳牵素绠。"辘轳当不误。朱殆因此处宜两仄声,故改从毛本,"辂辘"是声音的形容,如苏轼《浣溪沙》"门前辂辘使君车",如用在这里却并不适当。王维《早朝》:"城乌睥睨晓,宫井辘轳声。"此与上句"惊乌"亦有关连。

〔3〕不言朦胧,却说清醒,与作者《早梅芳近》"正魂惊梦怯,门外已知晓"相似。

〔4〕绵,絮也,即丝绵,以装枕,盖有类近用软枕。"红绵冷"承上"泪花落枕"来,谓燕脂妆泪沾浥枕绵。"红"字轻点。两句写将起未起的情景。

〔5〕过片由室内转至室外。李贺《咏怀》二首之一:"春风吹鬓影。"

〔6〕三语迤逦而下,流转中有蕴藉,已由庭院而途路矣。

〔7〕"阑干",横斜貌,非指楼上的阑干。乐府《善哉行》:"月落参横,北斗阑干。"李贺《七月》:"晓风何拂拂,北斗光阑干。"

〔8〕人去已远,惟斗柄横斜,露寒鸡唱而已。温庭筠《商山早行》:"鸡声茅店月,人迹板桥霜。"又《更漏子》词末句云:"一声村落鸡。"均为晓鸡,与此词意近。若顾非熊《秋日陕州道中作》"村落一声鸡",却是咏午鸡。

六 丑[1]

正单衣试酒[2],怅客里光阴虚掷。愿春暂留,春归如过翼[3],一去无迹。为问家何在,夜来风雨,葬楚宫倾国[4]。钗钿堕处遗香泽[5]。乱点桃蹊,轻翻柳陌[6],多情为谁追惜;但蜂媒蝶使,时叩窗隔[7]。　　东园岑寂,渐蒙笼暗碧[8]。静绕珍丛底,成叹息。长条故惹行客,似牵衣待话[9],别情无极。残英小,强簪巾帻。终不似一朵钗头颤袅[10],向人欹侧。漂流处莫趁潮汐[11],恐断红尚有相思字[12],何由见得[13]。

〔1〕周密《浩然斋雅谈》卷下:"(徽宗)问'六丑'之义,莫能对。急

召邦彦问之,对曰:'此犯六调皆声之美者,然绝难歌。昔高阳氏有子六人,才而丑,故以比之。'"汲古阁本题"蔷薇谢后作"。

〔2〕"试酒",夏历四月初酒库呈样尝酒(指煮酒),见《武林旧事》卷三。张镃《赏心乐事》"三月季春……花院尝煮酒",见同书卷十。南宋风俗多沿汴都之旧,周词亦指三四月间。

〔3〕三句一语一转,《宋四家词选》评为"千锤百炼"。"过翼",以鸟飞作比方,言春归的迅速。陈注引杜诗:"村墟过翼稀。"(《夜》二首之二)"翼"字又作小船解,亦可比喻时光之迅速。如《文选》卷二十三颜延年诗李善注:"千翼,谓舟也。"《容斋四笔》卷十一引元稹诗"光阴三翼过",与本词意合。但解作鸟飞,似较普遍。

〔4〕沈亚之《异梦录》:"王炎梦游吴,闻葬西施。"是唐人有这样的故事。韩偓《哭花》:"夜来风雨葬西施。"这里以花为主,将美人来比落花。实当说吴宫,但为律所限,须仄声,故说"楚宫"。吴楚地望相接,楚宫亦多美人,故借用耳。"倾国",见汉乐府《李延年歌》,后来即作为美人的代称。

〔5〕徐寅《蔷薇》:"晚风飘处似遗钿。""泽",油膏之类。

〔6〕刘禹锡《踏歌词》四之二:"桃蹊柳陌好经过。"此诗一作张籍"无题"。

〔7〕崔涂《残花》:"蜂蝶无情极,残香更不寻。"这里说蜂蝶犹恋落花,意若相反。裴说《牡丹》:"游蜂与蝴蝶,来往自多情",意略同,但裴诗却不指残花。

〔8〕郭璞《游仙》十四首之三:"绿萝结高林,蒙笼盖一山。"

〔9〕下片以人为主,用花来比美人。储光羲《蔷薇歌》:"低边绿刺已牵衣。"

〔10〕杜牧《山石榴》:"一朵佳人玉钗上。"

〔11〕"潮"是通称。分言,早潮为"潮",晚潮为"汐"。

〔12〕朱孝臧《彊村丛书·片玉集校记》引庞元英《谈薮》："御沟红叶,本朝词人,罕用其事。惟清真咏落花云,断红尚有相思字。"红叶题诗事,屡见唐人笔记中,如《云溪友议》、《本事诗》等,但这里却借指飘零的花瓣,亦是活用。

〔13〕"何由见得",即何由得见,亦"几时重见"意。此处别转一意,谭献评"结笔仍用逆挽"。

兰陵王[1]

柳阴直[2],烟里丝丝弄碧。隋堤[3]上,曾见几番,拂水飘绵送行色[4]。登临望故国[5],谁识京华倦客[6]。长亭路,年去岁来,应折柔条过千尺[7]。　　闲寻旧踪迹[8],又酒趁哀弦,灯照离席,梨花榆火[9]催寒食[10]。愁[11]一箭风快,半篙波暖,回头迢递便数驿,望人在天北[12]。　　凄恻,恨堆积。渐别浦萦回,津堠[13]岑寂,斜阳冉冉春无极[14]。念月榭携手,露桥闻笛[15]。沉思前事,似梦里,泪暗滴[16]。

〔1〕刘𫗧《隋唐嘉话》卷下:"高齐兰陵王长恭,白类美妇人,乃着假面以对敌,与周师战于金墉下,勇冠三军。齐人壮之,乃为舞以效其指麾击刺之容,今'人面'是。"当是古曲入词者。"人面",即后来舞台上所用代面,又演化为脸谱。本篇为周邦彦代表作之一,在南宋绍兴年间颇流行,歌以送别,又本曲凡三换头,称"渭城三叠",见毛开《樵隐笔录》。

〔2〕开首第一段借柳说起。

〔3〕"隋堤",汴河堤,为隋炀帝时所筑。

〔4〕"飘绵",飞柳花。陈注:"隋炀帝疏洛为河,抵江都宫,道皆种柳。"白居易《新乐府·隋堤柳》:"西自黄河东至淮,绿阴一千三百里。"

〔5〕宋玉《九辩》:"登山临水兮送将归"。"故国",这里作"故乡"解。

〔6〕杜甫《奉赠韦左丞丈》:"旅食京华春。""京华倦客",作者自谓,时客汴都。

〔7〕李商隐《离亭赋得折杨柳》:"含烟惹雾每依依,万缕千条拂落晖。为报行人休尽折,半留相送半迎归。"与本篇词意相近。

〔8〕缴上启下。以下说自己也要离开这里。"又酒趁哀弦"三句,眼前实景。

〔9〕古代钻木取火。《周礼·夏官·司爟》"四时变国火",注云:"春取榆柳之火。"宋代清明有赐新火之制,仅限于宰执学士等,亦云"榆柳之火",详见《春明退朝录》卷中。这里不过用作辞藻,点缀禁烟节令。在民间烧柴薪亦还有"改火"的风俗。如苏轼《老饕赋》"火恶陈而薪恶劳",自注:"江右久不改火,火色皆青。"可见其他各地还有灭旧火而生新火的,即所谓"改火",只是不必钻木。在此词不过用作点缀禁烟节令的辞藻而已。

〔10〕寒食禁烟禁火本有一段时期,后来将时间缩短,便将这剩下的最后两三天称为寒食节。周密《癸辛杂识》别集卷下:"绵上火禁计平时禁七日,丧乱以来犹三日。"这是南宋时的情形。

〔11〕"愁"字绾以下,直至本片结尾"望人在天北"。下片"念"、"渐",并领头字,各绾两句八字。"愁"者,预愁,想象别时光景。

〔12〕以自己南去,故"望人在天北"。

〔13〕"津",渡口。"堠",守望之所,每五里、十里一个。

〔14〕一句中含两意,一日光景已近黄昏,春光却无限,也是无穷的。前人多有美评,如谭献评《词辨》、梁启超评《艺蘅馆词选》。

〔15〕想象去后定将回忆京华往事,即所谓"旧踪迹"。

〔16〕结用六仄声字而分去上,实笔拙笔。本词押入声韵,《樵隐笔录》云:"至末段声尤激越。"

满庭芳〔1〕

风老莺雏,雨肥梅子〔2〕,午阴嘉树清圆〔3〕。地卑山近,衣润费炉烟〔4〕。人静乌鸢自乐〔5〕,小桥外新渌溅溅〔6〕。凭栏久,黄芦苦竹〔7〕,拟泛九江船〔8〕。　　年年,如社燕〔9〕,飘流瀚海〔10〕,来寄修椽〔11〕。且莫思身外,长近尊前〔12〕。憔悴江南倦客,不堪听急管繁弦〔13〕。歌筵畔,先安簟枕,容我醉时眠〔14〕。

〔1〕汲古阁本题"夏日溧水无想山作"。时元祐八年癸酉(1093),作者任溧水令。溧水,今为江苏南京市溧水区。

〔2〕"老""肥"二字均形容词转作动词,言雏莺渐长,梅子已肥。杜牧《赴京初入汴口晓景即事》:"风蒲燕雏老。"杜甫《游何将军山林十首》之五:"红绽雨肥梅。"

〔3〕"嘉树"见《左传》昭公二年。刘禹锡《早夏郡中书事》:"华堂对嘉树。"又《昼居池上亭独吟》:"日午树阴正。"

〔4〕"地卑山近",兼用白居易"浔城地低湿"意,见下注〔7〕。南方黄梅天潮湿,衣服容易生霉,须以炉香熏之。杜甫《自阆州领妻子却赴蜀山行》三首之二:"衫裹翠微润。"

〔5〕陈注引杜甫诗"人静乌鸢乐",检今本杜集无之。当是佚句,未

可知;或陈误引他人诗。王安石《永济道中寄诸弟》"似闻空舍乌鸢乐",在周词之前,盖皆用《左传》襄公十八年记平阴之战"乌乌之声乐,齐师其遁"句意。"乌乌""乌鸢"字面虽有别,而意可通。(《颜氏家训·文章篇》谓《汉书》朝夕乌事,文士每误作乌鸢用之,可参看。)乌鸢连用,见《周礼·夏官》:"射鸟氏……以弓矢驱乌鸢。"《尔雅·释鸟》:"鸢,乌丑,其飞也翔。"盖古以鸢为乌类,故二字连举。

〔6〕"新渌",从汲古阁本。"渌",水清。"溅溅",水声。

〔7〕白居易《琵琶行》:"住近湓城地低湿,黄芦苦竹绕宅生。"

〔8〕郭璞《江赋》:"流九派乎浔阳。"李善注引应劭曰:"江自庐江浔阳,分为九也。"陈注引杜诗:"闻道巴山里,春船正好行。都将百年兴,一望九江城。"(《绝句九首》之七)杜甫之意希望出峡东下,而周词却说想离开这江南卑湿之地,与原典似乎相反,而意却相通,总是客居在外,不大得意。引起下文事实上的不能离开。

〔9〕"年年",短句叶韵。江南一带,燕子每于春社日来,秋社日去,称为社燕。

〔10〕《汉书·霍去病传》"登临翰海",如淳注:"翰海,北海名也。"盖漠北之湖泊,其地未详。《史记索隐》引崔浩说:"群鸟之所解羽,故云翰海。"翰,羽翰也。后加水傍,作"瀚海",意同。又一说,指戈壁沙漠,沙漠广大如海。唐贞观初在漠北立瀚海都护府。

〔11〕自比燕子来自朔漠,飘流已久,幸得一椽暂寄,又如何能就离开呢。《白雨斋词话》卷一:"九江之船卒未尝泛,此中有多少说不出处。"

〔12〕杜甫《绝句漫兴》九首之四:"莫思身外无穷事,且尽生前有限杯。"这里略为修改,用入词中,却不觉其"歇后"。杜牧《张好好诗》:"身外任尘土,尊前极欢娱。""身外""尊前"字俱合,意亦相似。

〔13〕杜甫《陪王使君》:"不须吹急管,衰老易悲伤。"说到这里才直

出本意。上片以景寓情,写江南初夏风景入妙,似褒似贬,含蓄顿挫。下片"年年"句换头,一气呵成,直贯篇终。

〔14〕《南史·陶潜传》:"潜若先醉,便语客:'我醉欲眠卿可去',其真率如此。"李白《山中与幽人对酌》"我醉欲眠卿且去",全用陶语。这里意思却稍不同,只言"容我醉眠",而客人暂可勿去,意在言外,正和苏轼诗意合。周邦彦是苏轼的侄辈,却未必引用苏诗,当是偶合。但陈元龙旧注《片玉词》已屡引苏句。兹录苏诗于下备考:"君且归休我欲眠,人言此语出天然。醉中对客眠何害,始信陶潜未若贤。"(《李行中秀才醉眠亭》)

夜飞鹊

河桥送人处,良夜何其〔1〕?斜月远堕馀辉。铜盘烛泪已流尽〔2〕,霏霏凉露霑衣〔3〕。相将散离会,探风前津鼓〔4〕,树杪参旗〔5〕。花骢会意,纵扬鞭亦自行迟〔6〕。　　迢递路回清野〔7〕,人语渐无闻,空带愁归。何意重经前地〔8〕,遗钿不见,斜径都迷〔9〕。兔葵燕麦〔10〕,向残阳影与人齐,但徘徊班草〔11〕,欷歔酹酒〔12〕,极望天西。

〔1〕点明地点、时间。"夜何其"见前苏轼《洞仙歌》注〔8〕。

〔2〕庾信《对烛赋》:"铜荷承泪蜡。"兼用李商隐诗,见注〔5〕。

〔3〕《史记·淮南王安传》载伍被之言:"今臣亦见宫中生荆棘,露霑衣也。"陈注引作《西汉·淮南王传》,误。若引《汉书》,亦当在《伍被传》中。又在"露"上添一"凉"字,《史》、《汉》均无之,乃涉本文而误。

〔4〕"探",探听。"探"字领下两句,言打听什么时候了。"津鼓",在渡口报时的更鼓。李端《古别离》:"月落闻津鼓。"陈注引作王介甫诗,疑误。

〔5〕《史记·天官书正义》:"参旗九星在参西,天旗也。"李商隐《明日》:"天上参旗过,人间烛焰消。"参星和北斗星在后半夜转了方向,所谓"斗转参横"。

〔6〕陈注引李贺诗,颇得词意。李贺《代崔家送客》:"恐随行处尽,何忍重扬鞭。"白居易《闲出》:"马蹄知意缘行熟。"张蠙《上所知》:"而今马亦知人意。"与"花骢会意"并有关合。

〔7〕"过变"一般以换笔换意为多。这里仍言送别情事,径连上文不断。到"何意重经"以下方换一意。

〔8〕"重经前地"从毛本、元巾箱本。彊村本作"重红满地",似误。

〔9〕"遗钿不见,斜径都迷",已是往迹全非,下文"兔葵燕麦"云云,更加一番渲染。

〔10〕"兔葵燕麦,动摇春风",见刘禹锡《再游玄都观绝句诗序》。但"兔葵燕麦"云云六朝时已有之,详见《容斋三笔》卷三引《北史·邢邵传》,这里不过用唐诗而已。

〔11〕《后汉书·陈留老父传》:"陈留张升去官归乡里,道逢友人,共班草而言。"注曰:"班,布也。""班草"语从《左传》"班荆"来,"班"字用法亦同。

〔12〕陈注:"扬雄《方言》云:'哀而不泣曰唏嘘。'"今传宋本《方言》卷一无"嘘"字,陈注盖误。"欷歔"、"唏嘘"字通。"欷歔"见《太平广记》卷三五〇引《纂异记》:"白叟命飞杯,凡数巡,而座中欷歔不已。"亦作"歔欷"。玄应《一切经音义》引《仓颉篇》:"歔欷,泣馀声也。"以上二义相同,似与《方言》相反。其实或欲泣未泣,或泣犹未止,皆得谓之"欷歔"、"歔欷",各随其文义定之。若此词所云,自未真哭,合于"哀而

不泣"之义,《广雅·释诂》云"悲也",亦甚明简。二字连用,平声。"欵"字又读去声。"酹酒"见前苏轼《念奴娇》注〔12〕。"班草"、"酹酒",皆指昔年送别言,即所谓"前地"。

本篇写残夜清晨,写黄昏落日。夏孙桐评:"以景写情,方能深厚。"陈廷焯曰:"白石《扬州慢》一阕从此脱胎,超处或过之,而厚意微逊。"(《白雨斋词话》卷一)

齐天乐

绿芜凋尽台城路[1],殊乡又逢秋晚。暮雨生寒,鸣蛩劝织[2],深阁时闻裁剪[3]。云窗静掩,叹重拂罗裀,顿疏花簟[4];尚有练囊,露萤清夜照书卷[5]。　　荆江留滞最久[6],故人相望处,离思何限。渭水西风,长安乱叶[7],空忆诗情宛转。凭高眺远,正玉液新篘[8],蟹螯初荐[9]。醉倒山翁[10],但愁斜照敛[11]。

〔1〕陈元龙注:"晋明帝咸和年间新宫成,署曰建康宫,即今所谓台城也。"六朝时称宫省为"台",故呼禁城为"台城"。故址在今南京城北玄武湖边。此词当作于金陵。《齐天乐》一名《台城路》,即用此词首句为名。

〔2〕蛩即蟋蟀。其声似劝人机织,一名促织。

〔3〕韩偓《倚醉》:"分明窗下闻裁剪。"这里写逆旅无聊情况。

〔4〕言天气渐冷。就字面说,类似六朝丘巨源《咏七宝扇》:"卷情随象簟,舒心谢锦茵。"从意思说,又似唐柳宗元《行路难》:"盛时一去贵

反贱,桃笙葵扇安可当。"桃笙即簟,竹席。此盖借时节寒暖变迁,而有感于世态人情。

〔5〕《晋书·车胤传》:"夏月则练囊盛数十萤火以照书,以夜继日焉。"练以稀疏得名,是极稀薄的布,可以透亮的,字亦通作"疏"。或作"练(練)"字,非。这里只借典故来说夏天所用的有些还在,不必真有囊萤照读这样的实事实物。

〔6〕作者曾客居荆州。据王国维《清真先生遗事》所附年表,列在哲宗元祐七年以前,作者三十多岁,大致不差。谭献评:"应'殊乡'",语很简略。美成,杭人,金陵、荆州,对他说来,都是他乡,而荆州是少年羁旅(见《琐窗寒》词),秣陵是晚年寄迹,却有不同,一意分作两层,就将今昔之感说出了。

〔7〕贾岛《忆江上吴处士》:"秋风生渭水,落叶满长安。"(《全唐诗》卷五七二)陈注引贾岛诗,"生"作"吹",并云:"后人传为吕洞宾诗"。美成是否到过长安,也很难定。汲古阁本《片玉词》卷下《西河》词,有"长安道,潇潇秋风时起"云云,但毛注云"清真集不载"。今陈元龙注本亦不载。此词真伪尚不可知。既云"空忆诗情宛转",已明说这里引用古诗。词意尽可借指汴梁,追忆少年时在京时的朋友,较"荆江留滞"更推进一层,不必泥于唐人原句的地名。

〔8〕"筹",漉酒竹器,亦可作动词。《唐诗纪事》卷六十五引杜荀鹤断句:"旧衣灰絮絮,新酒竹筹筹。"这二字叠用,却非一般的叠字,其上一字均为名词,下一字均为动词。

〔9〕《世说新语·任诞》:"毕茂世(卓)云:'一手持蟹螯,一手持酒杯,拍浮酒池中,便足了一生。'"

〔10〕陈注:"晋山简每置酒辄醉。儿童歌曰:'山公出何许,往至高阳池。日日倒载归,酩酊无所知。'"亦见《世说新语·任诞》,而文字略异。

〔11〕陈廷焯曰:"几于爱惜寸阴,日暮之悲更觉馀于言外。"杜牧《九日齐安登高》:"但将酩酊酬佳节,不用登临怨落晖。"本篇虽无题目,观"凭高眺远"云云,盖亦是重九之作。《清真集》中艳词居多,此词辞意皆胜,惟意境似衰飒。

陈 克

陈克(生于1081年),字子高,号赤城居士,天台人,一云临海人(今均属浙江)。绍兴时,为敕令所删定官。有《赤城词》。

谒金门[1]

愁脉脉[2],目断江南江北。烟树重重芳信隔,小楼山几尺[3]。　　细草孤云斜日[4],一向弄晴[5]天色。帘外落花飞不得,东风无气力[6]。

〔1〕词似泛写闺情,而语甚悲。"江南江北"、"东风无力"等句似有寓意。

〔2〕"脉脉",见上卷温庭筠《望江南》注〔2〕。

〔3〕倚楼平眺,山似不高,故云"几尺"。山虽几尺,却能遮人望眼,隔断音书,何况烟树重重呢?

〔4〕两字一逗,一句三折。

〔5〕"一向",一霎时。"向"通作"饷"、"晌"。("一向"亦有如字读者,义异。)"弄晴",欲晴而又不定。

〔6〕以东风无力,故残红委地不能重飞。其实即使凭藉好风飔起落花,亦岂能重上枝头。结语轻淡。

李清照

李清照(1084—?),号易安居士,济南人。其夫赵明诚,卒于宋南渡时。易安晚年,流寓在浙江金华、绍兴。有《易安词》,一名《漱玉集》。

如梦令[1]

昨夜雨疏风骤,浓睡不消残酒。试问卷帘人,却道海棠依旧[2]。知否?知否[3]?应是绿肥红瘦[4]。

[1] 词意殆出自韩偓五言诗《懒起》:"昨夜三更雨,临明一阵寒。海棠花在否,侧卧卷帘看。"

[2] 指卷帘人,即侍女的答语。虽说"依旧",却已有不同了。一意作两番渲染。黄了翁云:"一问极有情,答以'依旧',答得极澹,跌出'知否'二句来。"(见《蓼园词选》中评语)

[3] 本调在此处例有短韵叠句,这里叠用"知否"两问句,极自然。

[4] 全篇淡描,结句着色,更觉浓艳醒豁。黄前评续云:"而'绿肥红瘦'无限凄婉,却又妙在含蓄。短幅中藏无数曲折,自是圣于词者。"

浣溪沙

淡荡[1]春光寒食天,玉炉沉水袅残烟,梦回山枕隐花钿[2]。

海燕[3]未来人[4]斗草[5],江梅[6]已过柳生绵。黄昏疏雨湿秋千。

[1]"淡荡",犹淡沲,动摇貌。"淡"与"澹"通。
[2]古人多用高枕。"隐",凭倚,读如《孟子·公孙丑》"隐几而卧"之隐。温庭筠《菩萨蛮》:"山枕隐浓妆,绿檀金凤凰。"言美人凝妆,凭枕而卧。
[3]燕子远从海上来,称"海燕"。
[4]"人"指他人,自己不必在内。
[5]"斗百草"本为五月五日之戏,见《荆楚岁时记》。后来不拘于这节令,宋代在二月。《梦粱录》卷一:"二月朔谓之中和节,……禁中宫女以百草斗戏。"易安所记,也是这个时候,故云"海燕未来"。斗草在《红楼梦》第六十二回有些描写,虽近代事,亦可参考。
[6]范成大《梅谱》:"江梅,遗核野生,不经栽接者,又名直脚梅,或谓之野梅。"

又

髻子伤春懒更梳,晚风庭院落梅初,淡云来往月疏疏。

玉鸭熏炉闲瑞脑[1],朱樱斗帐掩流苏[2],通犀还解辟寒无[3]?

〔1〕"玉鸭",鸭为熏炉的形状。"瑞脑",一名"龙脑",其香以龙脑木蒸馏而成,通称片脑、冰片。《梦粱录》卷五:"自黄道撒瑞脑香而行",又另条引诗:"黄道先扬瑞脑香。""闲瑞脑"者,意谓不熏香。

〔2〕"朱樱",帐子的颜色。"斗帐",小帐形如覆斗。"流苏",排穗,今吴语谓之苏头,即须头,须亦音苏。古诗《孔雀东南飞》:"红罗复斗帐,四角垂香囊。"温庭筠《偶游》:"红珠斗帐樱桃熟。"

〔3〕"通犀",通天犀,角上有一白缕直上到尖端,故名。李商隐《无题》二首之一:"心有灵犀一点通。"又《碧城》三首之一:"犀辟尘埃玉辟寒。"传说尚有其他种种灵异。《本草纲目》卷五十一,李时珍引《开天遗事》:"有辟寒犀,其色如金,交趾所贡,冬月暖气袭人。"(见今本《开元天宝遗事》卷上)本句"通犀",承上句"斗帐"来,把犀角悬挂在帐子上,所谓镇帏犀(并见后程垓《摸鱼儿》注〔4〕)。意谓纵有灵奇之物,又岂能解心上的寒冷,用问句,只是虚拟。

一剪梅

红藕香残玉簟秋[1],轻解罗裳,独上兰舟。云中谁寄锦书来[2],雁字回时,月满西楼[3]。　　花自飘零水自流[4],一种相思,两处闲愁。此情无计可消除,才下眉头,却上心头[5]。

〔1〕红藕,红藕花之简称,荷花亦称藕花。此句似倒装,即下文"兰舟"的形容语。船上盖亦有枕簟的铺设。若释为一般的室内光景,则下文"轻解罗裳,独上兰舟",即颇觉突兀。

〔2〕雁之关于书信有两意思:一是雁足捎书;一是群雁的行列,在空中排成字形。这句用第一义。次句改用第二义接。

〔3〕白居易《江楼晚眺景物鲜奇吟玩成篇寄水部张员外》:"雁点青天字一行。"夏宝松断句:"雁飞南浦砧初断,月满西楼酒半醒。"

〔4〕此句即承上"红藕香残""兰舟"来。

〔5〕范仲淹《御街行》:"都来此事,眉间心上,无计相回避。"

醉花阴

薄雾浓云〔1〕愁永昼,瑞脑消金兽。佳节又重阳,玉枕纱厨〔2〕,半夜凉初透。　　东篱〔3〕把酒黄昏后,有暗香盈袖〔4〕。莫道不消魂,帘卷西风,人比黄花瘦〔5〕。

〔1〕杨慎《词品》卷一引中山王《文木赋》"薄雾浓雾",又引此词"薄雾浓雾愁永昼",而云"今俗本改'雾'作'云'。"清人多赞同此说,如王士禛《花草蒙拾》、况周颐《蕙风词话》。按《乐府雅词》、《花庵词选》并作"云",疑作"雾"者杨慎校改,原本或不必用典。

〔2〕近代以木做格扇,形如小屋,用以避蚊,中可置榻;框上糊以轻纱,大抵是绿色的,叫"碧纱厨"。亦名"蚊幮"。薛能《吴姬》十首之五:"高卷蚊厨独卧科。"《中朝故事》:"路岩……籍没家产……有蚊幮一领。"《广韵》十虞:"幮,帐也,似厨形,出陆该《字林》。"薛诗云"高卷",《故事》云"一领",是纱厨即纱帐,与后世制作或有不同。

〔3〕陶潜《饮酒》:"采菊东篱下。"

〔4〕古诗:"馨香盈怀袖,路远莫致之。"

〔5〕司空图《诗品》:"落花无言,人淡如菊。"借花来比喻人的品格。这里说人憔悴。关于这两句的故事,见元人《琅嬛记》卷中。

凤凰台上忆吹箫[1]

香冷金猊[2],被翻红浪[3],起来慵自梳头。任宝奁尘满,日上帘钩。生[4]怕离怀别苦,多少事欲说还休。新来瘦,非关病酒,不是悲秋。　　休休[5],这回去也,千万遍阳关[6],也只难留。念武陵人远[7],烟锁秦楼[8]。惟有楼前流水[9],应念我终日凝眸;凝眸处,从今又添,一段新愁。

〔1〕此调盖用本意(弄玉忆箫史),别后怀念其夫赵明诚而作。现在流传的关于这词的两个本子《乐府雅词》、《花庵词选》,字句差别很多,当本是两个稿子,似互有得失。今从通行的张惠言《词选》,即《绝妙词选》本。

〔2〕以涂金为狻猊(音酸倪,即狮子)形,空其中以焚香,使香气从兽口中喷出,熏衣被所用。此句意连下句"被翻红浪"。

〔3〕柳永《凤栖梧》(即《蝶恋花》):"鸳鸯绣被翻红浪。"

〔4〕"生"为副词,加重语气。《诗词曲语辞汇释》卷二:"生怕犹言只怕或最怕。"

〔5〕"休休",仿佛今语"罢了,罢了"。见司空图《耐辱居士歌》,详下卷辛弃疾《鹧鸪天》之二注〔2〕。

〔6〕王维《渭城曲》:"劝君更尽一杯酒,西出阳关无故人。"此曲一名《阳关》,一作《送元二使安西》。

〔7〕"武陵人"见陶潜《桃花源记》。武陵,地名,今属湖南。但陶记并无恋爱的故事。后来以桃花、流水、仙境种种类似,遂牵合刘晨、阮肇入天台山逢二女的故事。如唐王涣《惆怅诗》十二之十:"晨肇重来路已迷,碧桃花谢武陵溪。"此词意亦借刘阮指所怀远人,下句即借弄玉或罗敷来比自己。韩琦《点绛唇》"武陵凝睇,人远波空翠",亦是怀人之意。

〔8〕"秦楼"有两个来源。(1)秦穆公女弄玉故事,见《列仙传》上。原典虽不曾说"楼",楼台可通用。唐诗已用秦楼弄玉事,如杜牧《梅诗》:"若在秦楼畔,堪为弄玉媒。"(2)汉乐府《陌上桑》:"日出东南隅,照我秦氏楼。"这里秦楼,如用弄玉事,与篇题本意合;如用罗敷事,以作者身份来看,似较合适。词意总不过想念远人,两说似可并存。

〔9〕杜牧《题安州浮云寺楼寄湖州张郎中》:"当时楼下水,今日到何处。"

念奴娇

萧条庭院,又斜风细雨,重门须闭。宠柳娇花[1]寒食近,种种恼人天气。险韵诗成,扶头酒醒[2],别是闲滋味。征鸿过尽,万千心事难寄。　　楼上几日春寒,帘垂四面,玉阑干慵倚。被冷香消新梦觉[3],不许愁人不起。清露晨流,新桐初引[4],多少游春意。日高烟敛,更看今日晴未[5]?

〔1〕《花庵词选》评为"奇俊"。

〔2〕古人于卯时饮酒称"卯酒",亦名"扶头酒"。白居易《早饮湖州酒寄崔使君》:"一榼扶头酒,澄泓泻玉壶。"贺铸《南乡子》:"易醉扶头酒,难逢敌手棋。""扶头"原义当为醉头扶起。"扶头酒"是一复合的名词。宿醒未解,更饮早酒以投之,所用只是较淡的酒,以此种饮法能发生和解的作用,故亦以"扶头"称之。或自饮,或待人侑劝,且有作为应酬者,以扶头倩人也。酒薄却云易醉者,乃重饮故耳。引申之,即无宿醉,仅饮早酒,亦曰"扶头"。如上引白句,固未必重饮也。易安此句当亦然。又如下录《声声慢》云云,只是三两杯淡酒而已,非有宿醒,文义自明。

〔3〕即《凤凰台上忆吹箫》"香冷金猊,被翻红浪"意,这里不借助辞藻,措语比那首更工。

〔4〕"引",发生。《世说新语·赏誉》:"于时清露晨流,新桐初引。"

〔5〕结句开朗,另转一意,不为本题束缚。

摊破浣溪沙

病起萧萧两鬓华,卧看残月上窗纱。豆蔻连梢煎熟水[1],莫分茶[2]。　　枕上诗书闲处好,门前风景雨来佳[3]。终日向人多酝藉[4],木犀花[5]。

〔1〕豆蔻辛温,能去寒湿。下云"莫分茶",以相传云茶助湿,故忌之。"熟水",从明刊本《花草粹编》,乃芳香饮料之一,见《事林广记》等书。《事林广记别集》卷七"造熟水法"云:"夏月,凡造熟水,先倾百煎衮(滚)汤在瓶器内,然后将所用之物投入,密封瓶口,则香倍矣。"又"豆蔻

熟水"条云:"白豆蔻壳拣净,投入沸汤瓶中,密封片时用之,极妙。每次用七个足矣,不可多用,多则香浊。"易安所云,盖此类也。

〔2〕意是不沏茶喝。将茶叶制成小饼,掰开用之。唐时煎烹,后改用沏。"分茶"亦云"布茶",是沏茶的一种技巧,屡见于宋人书中,如曾几、杨万里诗,向子諲、陆游词,蔡襄《茶谱》,王明清《挥麈馀话》等。有所谓"回环击拂",所饮盖仍是浓茶。古今事异,其详难知。易安此句,译以"不沏茶",或近之。

〔3〕写病后光景恰好。说月又说雨,总非一日的事情。佳叶麻韵,近代音。

〔4〕"酝藉"同蕴藉,含蓄宽容意。

〔5〕"木犀"俗写作木樨,即桂花的别名。木犀并非古时所谓桂,但久已混同。如杨万里《木樨花赋》云:"亦不知其名,而字之曰桂。"木犀所以得名,孙少魏《东皋杂录》云:"以其文理黑而润,殊类犀角也。"宋无名氏《爱日斋丛钞》引杨万里《木犀诗》:"系从犀首名干木,派别黄香字又金。"(以上各文俱见《茶香室四钞》卷二十八引。)词末特提此花,表示作者的爱好,当为纪实。又北宋时,黄庭坚与和尚有一个关于木犀香的故事很有名。其事在李清照作词以前,是否会引用却亦难定,节录备考。释晓莹《罗湖野录》卷一:"太史黄公鲁直,元祐间丁内艰,馆黄龙山,从晦堂和尚游。……晦堂因语次,举'孔子谓弟子以我为隐乎,吾无隐乎尔……'于是请公诠释,而至于再,晦堂不然其说,公怒形于色,沉嘿久之。时当暑退凉生,秋香满院。晦堂乃曰:'闻木犀香乎?'公曰:'闻。'晦堂曰:'吾无隐乎尔。'公欣然领解。"

菩萨蛮

风柔日薄春犹早,夹衫乍着心情好。睡起觉微寒,梅花鬓上残。　故乡何处是,忘了除非醉。沉水卧时烧,香消酒未消[1]。

〔1〕上片措语轻淡,意思和平。下片说故乡之愁,一时半刻也丢不开,除非醉了。又说,就寝时焚香,到香消了酒还未醒。醉深即愁重也。意极沉痛,笔致却不觉其重,与前片轻灵的风格相一致。

南歌子

天上星河[1]转,人间帘幕垂。凉生枕簟泪痕滋,起解罗衣,聊问夜何其[2]。　翠贴莲蓬小,金销藕叶稀[3]。旧时天气旧时衣,只有情怀,不似旧家[4]时。

〔1〕"星河",银河,到秋天转向东南。
〔2〕"何其"之"其",语助词。见前苏轼《洞仙歌》注〔8〕。
〔3〕"翠贴""金销"云云,用金翠的莲藕花样作衣上的妆饰,为下句"旧时衣"的形容语。
〔4〕《诗词曲语辞汇释》卷六:"旧家犹言从前,家为估量之辞。"其所引例中即有本句。

永遇乐

落日镕金[1],暮云合璧,人在何处[2]。染柳烟浓,吹梅笛怨[3],春意知几许[4]。元宵佳节,融和天气,次第岂无风雨[5]。来相召,香车宝马,谢他酒朋诗侣。　　中州[6]盛日,闺门多暇,记得偏重三五[7]。铺翠[8]冠儿,捻金雪柳[9],簇带争济楚[10]。如今憔悴,风鬟霜鬓,怕见[11]夜间出去。不如向帘儿底下,听人笑语。

〔1〕镕金,状日光。杜牧《金陵》:"日落水浮金。"李德裕《重忆山居》六首之二《泰山石》:"沧海似镕金。"廖世美有《好事近》词:"落日水镕金。"未必为此句所本,亦可互参。

〔2〕江淹《拟休上人怨别》:"日暮碧云合,佳人殊未来。"碧,青玉,名词;碧云之碧用作形容词。"璧"字意近之,不必青色。王安石《东阳道中》"浮云堆白玉,落日泻黄金",与此首联相似。

〔3〕《乐府杂录》:"笛者羌乐也,古有《落梅花》曲。"

〔4〕"几许",多少,意重在少,言春意尚浅。参看前录欧阳修《蝶恋花》注〔2〕。

〔5〕这里"次第",用法与下《声声慢》的"次第"稍有不同,言转眼恐有风雨(见《诗词曲语辞汇释》卷四),今值元宵喜晴,岂可虚度,反跌下文"辞谢""不出"意。

〔6〕"中州",汴京。

〔7〕以元宵佳节为重。三五本指望日,见《礼记》。古诗"三五明月满"。这里指正月十五日。

〔8〕用翠鸟羽毛作妆饰,"铺翠"似即后来的贴翠、点翠。

〔9〕《宣和遗事》前集"元宵看灯":"宣和六年正月十四日……少刻京师民有似雪浪,尽头上带着玉梅、雪柳、闹蛾儿,直到鳌山下看灯。"《武林旧事》卷二:"元夕节物,妇人皆戴珠翠、闹蛾、玉梅、雪柳……而衣多尚白,盖月下所宜也。"雪柳以缯楮为之(见《岁时广记》卷十一)。捻

金者,加以金饰。参看下卷辛弃疾《青玉案》注〔6〕。

〔10〕"簇带",犹言插带,宋时俗语。周密《武林旧事》卷三说茉莉花,"妇人簇带,多至七插。""济楚",齐整。今安徽语曰"俏楚",盖声音之转。

〔11〕"见",语助词。"怕见"犹云怕得或懒得。(《诗词曲语辞汇释》卷五)

声声慢〔1〕

寻寻觅觅,冷冷清清,凄凄惨惨戚戚〔2〕,乍暖还寒时候,最难将息〔3〕。三杯两盏淡酒,怎敌他晓来〔4〕风急。雁过也,正伤心,却是旧时相识〔5〕。　　满地黄花堆积,憔悴损〔6〕如今,有谁堪摘。守着窗儿独自〔7〕,怎生得黑〔8〕。梧桐更兼细雨,到黄昏点点滴滴。这次第〔9〕,怎一个愁字了得。

〔1〕多用叠字,亦暗含本意。今录本的文字句读,从张惠言《词选》。

〔2〕用许多叠字,前人多赞美之,宋人已然,见张端义《贵耳集》卷上、罗大经《鹤林玉露》卷十二,称为"公孙大娘舞剑手","创意出奇";后来亦有评为并非高调者,如陈廷焯《白雨斋词话》卷二。评价太高,或不必恰当。但这叠字,看来像白话,实"锻炼出来,非偶然拈得"。说见周济《宋四家词选·序论》。

〔3〕"将息",犹现在说"将养"、"休养"。

〔4〕"晓来",各本多作"晚来",殆因下文"黄昏"云云。其实词写一整天,非一晚的事,若云"晚来风急",则反而重复。上文"三杯两盏淡

酒"是早酒,即前录《念奴娇》词所谓"扶头酒醒";下文"雁过也",即彼词"征鸿过尽"。今从《草堂诗馀别集》、《词综》、张氏《词选》等各本,作"晓来"。

〔5〕雁未必相识,却云"旧时相识"者,寄怀乡之意。赵嘏《寒塘》"乡心正无限,一雁度南楼",词意近之。

〔6〕"憔悴损"关合人和菊花,即《醉花阴》词"人比黄花瘦"意。

〔7〕在"独自"下分逗,意较好,从张氏《词选》。倒装句法,犹言独自守着窗儿。

〔8〕"黑"字韵,《贵耳集》卷上称为"不许第二人押",虽属过当,却是下得险而深稳,殆即作者自谓"险韵诗成"耶?

〔9〕"这次第",犹言这情形,这光景。

武陵春

风住尘香花已尽〔1〕,日晚倦梳头。物是人非事事休,欲语泪先流。　闻说双溪〔2〕春尚好,也拟泛轻舟,只恐双溪舴艋舟〔3〕,载不动,许多愁〔4〕。

〔1〕意不过风吹落花,却先说风住,再说尘香,而花已尽,一句三折。

〔2〕浙江金华有永康东阳二水合流,叫双溪。作者晚年避兵金华,时在1134年以后,作者年五十三。

〔3〕"舴艋",小舟,见前张先《木兰花》注〔2〕。

〔4〕下片以舟轻借喻愁重,用笔轻妙。后来元曲《西厢记·秋暮离怀》:"遍人间烦恼填胸臆,量这些大小的车儿如何载得起"意同,却是另一种写法了。

蔡 伸

蔡伸(1088—1156),字伸道,号友古居士,莆田(今属福建)人,蔡襄之孙。政和五年上舍。有《友古词》。

长相思

村姑儿[1],红袖衣,初发黄梅[2]插稻时,双双女伴随。
长歌诗,短歌诗,歌里真情恨别离,休言伊不知。

[1] "儿"字在支韵,读如"倪",与"衣"叶韵。今南方仍有此音。
[2] 梅子黄时。

曹　组

曹组,字元宠,阳翟(今属河南)人。宣和三年进士。其词在北宋末颇盛传。有《箕颖集》已佚,今有《箕颖词》辑本。

卜算子

兰[1]

松竹翠萝寒,迟日江山暮[2]。幽径无人独自芳[3],此恨凭谁诉。　　似共梅花语,尚有寻芳侣[4]。着意闻时不肯香,香在无心处[5]。

〔1〕见《阳春白雪》卷四。又见辛弃疾《稼轩词》丁集,而文字稍异。

〔2〕杜甫《绝句二首》之一:"迟日江山丽,春风花草香。"

〔3〕《荀子·宥坐》:"且夫芷兰生于深林,非以无人而不芳。"《淮南子·说山训》:"兰生幽谷,不为莫服而不芳。"

〔4〕梅花虽亦高品,它尚有寻芳的伴侣,反衬兰花的寂寞。杜甫《舍弟观赴蓝田取妻子到江陵喜寄三首》之三:"巡檐索共梅花笑。"

〔5〕这两句形容兰花香味,极工,亦补足上文"非以无人而不芳"意。

品 令

乍寂寞。帘栊静,夜久寒生罗幕。窗儿外有个梧桐树,早一叶[1]两叶落。　　独倚屏山[2]欲寐,月转惊飞乌鹊[3]。促织儿声响虽不大,敢教贤睡不着[4]。

[1]"一叶落"见上卷柳氏《杨柳枝》注[1]。

[2]"屏山"即屏风。亦称"小屏山",屡见《花间集》,参看上卷温庭筠《菩萨蛮》之一注[1]。

[3]用曹操《短歌行》语。

[4]结句口语流美。"贤",第二人称的敬语,略如现在说"您",而口气较轻,不适用于尊长。

朱淑真

朱淑真,号幽栖居士,钱塘人,有《断肠词》。传为朱熹侄女,又说与曾布妻魏夫人为词友,两说时代不合,未知孰是(见刘毓盘《词史》)。

减字木兰花

独行独坐,独倡独酬[1]还独卧。伫立伤神,无奈轻寒着摸[2]人。　　此情谁见,泪洗残妆无一半。愁病相仍[3],剔尽寒灯梦不成。

〔1〕《诗·郑风·萚兮》:"倡予和女。"酬即和也。
〔2〕"着摸",撩惹,沾惹,见《诗词曲语辞汇释》卷五。
〔3〕"仍",因也,重也。

清平乐

恼烟撩露[1],留我须臾住。携手[2]藕花湖上路,一霎黄梅细雨。　　娇痴不怕人猜,随群暂遣愁怀[3]。最是分携时候,归来懒傍妆台。

〔1〕"恼"亦撩惹意,见前苏轼《蝶恋花》注〔2〕。这里指荷花,含烟带露,光景绝佳,可留人稍住,却说"恼""撩",犹言春光无赖,总是情怀不惬。

〔2〕看下文"随群"句,这里当是和女伴携手。下文"分携"即承此。

〔3〕这几句仿佛唐人小说《莺莺传》所谓:"于喧哗之下,或勉为语笑,闲宵自处,无不泪零。"虽说得很轻淡,而怀人之意却分明。一本作"和衣睡倒人怀",句劣,非。

又

风光紧急,三月俄三十〔1〕。拟欲留连计无及,绿野烟愁露泣〔2〕。　倩〔3〕谁寄语春宵,城头画鼓轻敲〔4〕。缱绻临歧嘱付,来年早到梅梢〔5〕。

〔1〕意谓去得迅速。用笔亦跳脱。贾岛《三月晦日寄刘评事》:"三月正当三十日,风光别我苦吟身,劝君今夜不须睡,未到晓钟犹是春。"不独这句用贾诗首句,即全篇之意亦与之略同。

〔2〕上片押入声韵,声情高亢。结尾倒插一句写景。如把"绿野"这句放在开头,就显得平衍了。

〔3〕"倩",叫人代为。音"请"去声。

〔4〕城楼定时击鼓,为城门坊门启闭之节。每日击二次:五更三筹击后,听人行;昼漏尽击后,禁人行。每次击数百下,曰鼕鼕鼓。如白居

易《城上》:"城上鼕鼕鼓,朝衙复晚衙。"孙洙《菩萨蛮》:"楼头尚有三通鼓,何须抵死催人去。"是唐宋时均然。

〔5〕三月三十夜,才是春光的最后一霎,所以要"寄语春宵"、"临歧嘱付",却说得委婉,亦贾岛诗中后二句意。

无名氏

御街行[1]

霜风渐紧寒侵被,听孤雁,声嘹唳[2],一声声送一声悲。云淡碧天如水。披衣告语:雁儿略住,听我些儿事。　　塔儿南畔,城儿里,第三个,桥儿外,濒河西岸小红楼[3],门外梧桐雕砌,请教[4]且与[5]低声飞过,那里[6]有人人[7]无寐。

〔1〕此词见《花草粹编》卷八,其时代作者皆不详。《钦定词谱》卷十八:"《古今词语》,无名氏词有'听孤雁,声嘹唳'句,更名《孤雁儿》。"是《孤雁儿》即以本篇得名。《梅苑》卷一有李清照"藤床纸帐朝眠起"一词,亦名《孤雁儿》。如《梅苑》所录为李氏原题,则此词当在易安以前;但不能确定,故仍附于本卷之末。词述客居远方,怀念家中,题材亦平常,而意境作法都很新颖。下句以长句作具体详细的描写,有小说、散文意味,且开金元曲子风气。

〔2〕"嘹唳",指清亮的声音。

〔3〕这里的"红楼"重在写实,不必与上卷韦庄《菩萨蛮》注〔1〕所述相同。

〔4〕"教",早年的诗词小说中每写作"交",读平声。请教即是"教",下一"请"字,更要婉转一些。"请教"二字联文,犹言"放教"。张

相说:"放,犹请也。"(参看《诗词曲语辞汇释》卷一)与今语不同。

〔5〕这里八字为句。若依调,当在"与"字下逗点,四字两句。"且",姑且,暂且。"与"有对待意。这里如翻作现在的白话,即请你姑且对她怎样怎样。

〔6〕《词谱》卷十八《御街行》六体之中,最后一体即录此词,并云:"后段结句,减去二字,即范(仲淹)词体,此亦歌时衬字也。""那里"二字是衬。

〔7〕"人人"屡见欧阳修、晏几道、周邦彦诸人词中,犹言"个人"、"那人"、"人儿",每指自己亲近昵爱者而言。

下卷 宋词之二

叶梦得

叶梦得(1077—1148),字少蕴,号石林居士,苏州吴县人。绍圣四年进士。高宗绍兴年间,曾两度任江东安抚制置大使,兼知建康府。晚年退居吴兴卞山。有《石林词》。

八声甘州

寿阳楼[1]八公山作

故都[2]迷岸草,望长淮依然绕孤城。想乌衣年少[3],芝兰秀发[4],戈戟云横[5]。坐看骄兵南渡[6],沸浪骇奔鲸[7]。转盼东流水,一顾功成。　　千载八公山下,尚断崖草木,遥拥峥嵘[8]。漫云涛吞吐,无处问豪英。信劳生空成今古,笑我来何事怆遗情[9]。东山老[10],可堪岁晚,独听桓筝[11]。

〔1〕"寿阳楼",寿州城楼,地在今安徽省。
〔2〕"故都",指建康,今南京。
〔3〕《南齐书·王僧虔传》:"迁御史中丞领骁骑将军。甲族由来多不居宪台。王氏分枝居乌衣者,位官微减。僧虔为此官,乃曰:'此是乌衣诸郎坐处,我亦可试为耳。'"刘禹锡《金陵五题·乌衣巷》有"乌衣巷

口夕阳斜"、"旧时王谢堂前燕"句。《景定建康志》卷十六:"乌衣巷在秦淮南,晋南渡,王谢诸名族居此。时谓其子弟为乌衣诸郎。"词意指谢氏子弟,在淝水战役立功者,如谢石、谢玄等。

〔4〕《世说新语·言语》载谢玄的话:"譬如芝兰玉树,欲使其生于庭阶耳。"后来每引来比喻好的青年子弟。

〔5〕《世说新语·赏誉》:"见钟士季(会)如观武库,但睹戈戟。"这里亦说他们胸罗韬略,无所不有。

〔6〕指晋太元八年(384)秦苻坚大举伐晋。

〔7〕"奔鲸",鲸鲵,以比巨寇。《左传》宣公十二年:"取其鲸鲵而封之。"

〔8〕八公山在淝水之北,本以淮南八公在此炼丹得名。《晋书·苻坚载记》:"又北望八公山上,草木皆类人形,顾谓(苻)融曰:'此亦劲敌也,何谓少乎!'怃然有惧色。""峥嵘",高峻貌。

〔9〕孟浩然《与诸子登岘山》:"人事有代谢,往来成古今。江山留胜迹,我辈复登临。"

〔10〕"东山",谢安早年隐居的地方,今浙江、江苏,传说有好几处他的古迹,当以在会稽者为正。"东山老"即指谢安,作者在此以谢安自喻。

〔11〕《世说新语·言语》载王羲之对谢安说:"年在桑榆,自然至此,正赖丝竹陶写。""岁晚"所谓"年在桑榆"也。谢安在晚年功名虽盛,当时晋孝武帝对他也很猜忌,所以并不甚得意。桓伊亦淝水战役立功将帅之一。《晋书·桓伊传》:"伊字叔夏,善音乐,尽一时之妙,为江左第一。……帝召伊饮宴,安侍坐。帝命伊吹笛。伊神色无忤,即吹为一弄,乃放笛云:'臣于筝分乃不及笛,然自足以韵合歌管,请以筝歌,并请一吹笛人。'……伊便抚筝而歌《怨诗》曰:'为君既不易,为臣良独难,忠信事不显,乃有见疑患。……'声节慷慨,俯仰可观。安泣下沾衿,乃越席而

就之,捋其须曰:'使君于此不凡!'帝甚有愧色。"作者用这故事,表示自己在政治上的牢骚。又苏轼《陪欧阳公燕西湖》歌行结句云:"坐无桓伊能抚筝。"本词亦以"桓筝"结尾,和东坡诗相同。

水调歌头

九月望日,与客习射西园,余偶病不能射,客较胜相先。将领岳德,弓强二石五斗,连发三中的,观者尽惊。因作此词示坐客。前一夕大风,是日始寒。

霜降碧天静,秋事促西风[1]。寒声隐地初听[2],中夜入梧桐。起瞰[3]高城四顾,寥落关河千里,一醉与君同。叠鼓[4]闹清晓,飞骑引雕弓。　　岁将晚,客争笑,问衰翁。平生豪气安在?走马为谁雄?何似当筵虎士[5],挥手弦声发处,双雁落遥空[6]。老矣真堪惜,回首望云中[7]。

〔1〕言西风一起,秋事就促迫了。"秋事",包括秋收、制寒衣等等。
〔2〕杜甫《秦州杂诗》二十首之四:"秋听殷地发。""殷"仄声,与"隐"通。状声音振动。本《诗经·召南》"殷其雷"。
〔3〕瞰,俯视。
〔4〕谢朓《隋王鼓吹曲》十首之四《入朝曲》:"叠鼓送华辀。"《文选》李善注:"小击鼓谓之叠。"
〔5〕"虎士"见《周礼》贾疏,后通称勇士,与虎臣、虎将用法相似。
〔6〕序言"连发三中的",这里说一箭落双雁,事异而意同,盖极言

其善射耳。

〔7〕"回首"有北望中原意;"云中"如直作地名解,用冯唐事,似觉呆板。王维《观猎》"回看射雕处,千里暮云平",咏善射与词意为合。

朱敦儒

朱敦儒(1087—1159),字希真,洛阳人。绍兴五年进士,曾任两浙东路提点刑狱。后附秦桧,任鸿胪少卿。桧死,敦儒亦罢官。晚住在浙江嘉兴。有《樵歌》。

卜算子[1]

旅雁向南飞[2],风雨群初失,饥渴辛勤两翅垂,独下寒汀[3]立。　　鸥鹭苦难亲,矰缴[4]忧相逼。云海茫茫无处归,谁听哀鸣急。

〔1〕本篇以雁作比喻,与中卷苏轼《卜算子》词作法似相近,却反映出北宋末动乱的状况。首句即喻南渡事。

〔2〕宋之问《题大庾岭北驿》:"阳月南飞雁。"

〔3〕"汀",平水。《说文》:"汀,平也。"

〔4〕"矰",短箭。"缴",以生丝系矢而射,亦称弋射。《淮南子·修务训》:"衔芦而翔,以备矰弋。"李白《鸣雁行》:"畏逢矰缴惊相呼",即本词下片意。

相见欢

金陵城上西楼,倚清秋[1]。万里夕阳垂地,大江流[2]。中原乱,簪缨[3]散,几时收?试倩悲风吹泪,过扬州[4]。

〔1〕清秋时节,倚楼西望。
〔2〕谢朓《暂使下都夜发新林至京邑赠西府同僚》:"大江流日夜,客心悲未央。"
〔3〕指当时衣冠人物。
〔4〕扬州在宋南渡时屡经兵乱,详下姜夔《扬州慢》注〔10〕。

陈与义

陈与义(1090—1138),字去非,号简斋,洛阳人。政和三年上舍。绍兴时,官至参知政事。以诗名,又工词。有《无住词》。

临江仙

夜登小阁,忆洛中旧游。

忆昔午桥[1]桥上饮,坐中多是豪英。长沟流月去无声,杏花疏影里,吹笛到天明[2]。　　二十馀年如一梦,此身虽在堪惊[3]。闲登小阁看新晴,古今多少事,渔唱起三更[4]。

〔1〕"午桥",桥名,在洛阳南。
〔2〕从皇甫松《望江南》"桃花柳絮满江城,双髻坐吹笙"句意化出,而优美壮美不同。
〔3〕只就自己说,言外有多少艰难,故人谢世意。
〔4〕结句开拓,点缀夜登小阁本题。全篇慷慨明快。

曹 勋

曹勋(1098—1174),字功显,阳翟(今属河南)人,曹组之子。宣和五年进士。有《松隐乐府》。

饮马歌[1]

此腔自虏中传至边,饮牛马即横笛吹之,不鼓不拍,声甚凄断。闻兀朮每遇对阵之际吹此,则鏖战无还期也。

边头春未到,雪满交河[2]道。暮沙明残照,塞烽[3]云间小。断鸿悲,陇[4]月低。泪湿征衣悄,岁华老。

〔1〕李颀《古从军行》:"白日登山望烽火,黄昏饮马傍交河。行人刁斗风沙暗,公主琵琶幽怨多。野营万里无城郭,雨雪纷纷连大漠。胡雁哀鸣夜夜飞,胡儿眼泪双双落。……"本词篇题以及篇中大意多与此诗相合。

〔2〕交河城,汉车师前国地,河水分流绕城下,故号"交河"。在今新疆维吾尔自治区。

〔3〕在高处举烟火,远处可见,或烧狼粪,其烟直上,用以传报警信,

叫"烽火"。并详下张孝祥《六州歌头》注〔15〕。

〔4〕陇山,在今陕西、甘肃两省界上,亦称陇坂。沈佺期《陇头水》:"陇雁度寒天。"

清平乐

秋凉破暑,暑气迟迟去。最喜连日风和雨,断送凉生庭户〔1〕。　　晚来灯火回廊,有人新酒〔2〕初尝。且喜薄衾围暖,却愁秋月如霜。

〔1〕言风雨带来了秋凉。《诗词曲语辞汇释》卷五:"断送,犹云推送之送,或迎送之送也。"

〔2〕《武林旧事》卷三"迎新"条:"户部点检所十三酒库,例于四月开煮(煮酒),九月初开清(清酒)。"《梦粱录》卷四:"中秋前,诸酒库中申明点检所,择日排办迎新。"是新酒初成,在八九月间。到清中世,扬州还有类似的情形。"八月开生",见《扬州画舫录》卷十三。时间与上周邦彦《六丑》"正单衣试酒"指煮酒者不同。

张孝祥

张孝祥(1132—1169),字安国,号于湖居士,和州乌江(今安徽马鞍山乌江镇)人。绍兴二十四年(1154)进士,廷试第一。官至显谟阁直学士。有《于湖词》。

六州歌头[1]

长淮望断,关塞莽然平[2]。征尘暗,霜风劲,悄边声[3],黯销凝[4]。追想当年事,殆天数,非人力,洙泗上,弦歌地[5],亦膻腥。隔水毡乡[6]落日,牛羊下[7]区脱[8]纵横。看名王宵猎,骑火一川明[9],笳鼓悲鸣,遣[10]人惊。　　念腰间箭,匣中剑,空埃蠹[11],竟何成。时易失,心徒壮,岁将零[12],渺神京[13]。干羽方怀远[14],静烽燧[15],且休兵。冠盖使,纷驰骛,若为情[16]。闻道中原遗老,常南望翠葆霓旌[17]。使行人到此,忠愤气填膺[18],有泪如倾[19]。

〔1〕本鼓吹曲,音调悲壮。"六州",皆唐时西边州名:伊、梁、甘、石、胡渭、氐。

〔2〕南渡自来形势,必须守淮,长淮不守,北骑临江矣。淮上一带在当时已为边境,本是平原。这里承"关塞"下一"平"字,又加"莽然"的形

容语,见得边境防备之疏,一片空虚光景。

〔3〕"边声"见中卷范仲淹《渔家傲》注〔2〕。

〔4〕黯销凝,无语出神的状态。见范仲淹《苏幕遮》注〔3〕。

〔5〕"洙、泗",鲁二水名,指孔子故乡。"弦歌地",孔子讲学的地方。《论语·阳货》:"子之武城,闻弦歌之声。"《礼记·檀弓上》:"吾与汝事夫子于洙泗之间。"

〔6〕"毡乡",胡人所居地,在那边搭了许多毡子的帐篷。或在这里断句,详下注。

〔7〕《诗·王风·君子于役》:"日之夕矣,羊牛下来。"从此看来,"落日牛羊下"当连文,故近人选本多以五字为句;而较早的选本每在"落日"下逗句,"牛羊下"连下"区脱纵横":二读不同。《词谱》卷三十八列《六州歌头》各体中,这两种断句法都有。今按张孝祥以前,有李冠"秦亡草昧"咏刘项事一首很出名,程大昌《演繁露》所谓"近世好事者,倚其声为吊古词,音调悲壮"是也。(此篇一作刘潜词。)李冠、刘潜并北宋时人,张作在后,盖受了那词的启发,改为叙述近代兴事。如本篇结句云,"使行人到此,忠愤气填膺,有泪如倾",与彼篇结句"遣行人到此,追念益伤情,胜负难凭",十分相似。彼词作"兵散月明风急,旌旗乱,刁斗三更",今即依之断句。就词意而论,"毡乡"缀"落日","区脱纵横"点"牛羊下",光景鲜明,句法亦较生动。原典在《诗经》本为两句,不妨分用。

〔8〕"区"音瓯。"区脱"亦作"瓯脱",见《汉书·苏武传》、《匈奴传》。注家说亦纷歧,盖胡人所筑土室,为侦察斥候之用。这句见得彼方倒是防备得很严密的。

〔9〕《汉书·终军传》:"越地及匈奴名王有率众来降者。"又《匈奴传》:"虏名王贵人以百数。"这里"名王"借指金国的将帅。"骑火",拿着火把的马队。《史记·匈奴传》:"胡骑入代句注边,烽火通于甘泉、长

安。"王勃《春思赋》:"燕山烽火夜应明。"此虽指事不同,而光景仿佛之。

〔10〕"遣",使。

〔11〕"埃蠹",尘封虫蛀,言武器弃置不用。

〔12〕"零",尽。"岁将零",年岁已晚。

〔13〕"神京",即指汴京,今河南省开封市。

〔14〕《尚书·大禹谟》:"舞干羽于两阶,七旬有苗格。""干",盾牌,"羽",翟羽,即雉鸡毛,皆舞者所执。这里说当时朝廷与金人讲和。

〔15〕《汉书·贾谊传》:"斥候望烽燧不得卧。"《后汉书·光武帝纪》"修烽燧",注云:"边方告警,作高土台。台上作桔皋,桔皋头上有笼,中置薪草,有寇即举火燃之以相告,曰烽;又多积薪,寇至即燔之,望其烟,曰燧。书则燔燧,夜乃举烽。""静烽燧",亦言其不用。

〔16〕"驰骛",奔波忙碌。"若为情",若何为情,犹今普通话"怎么好意思",苏州话"阿要难为情"。

〔17〕"翠葆",将翠鸟的羽毛结成伞形,立在车上。"霓旌",五彩的旌旗。意指皇帝的车驾。

〔18〕"膺",胸。

〔19〕《说郛》本《朝野遗记》:"近张安国在建康留守席上赋一篇云:'长淮望断……'歌阕,魏公为罢席而入。"魏公指张浚,是当时主战的将帅。

念奴娇

过洞庭

洞庭青草[1],近中秋更无一点风色。玉界琼[2]田三万顷,着我扁舟一叶[3]。素月分辉,明河共影,表里俱澄澈。悠然心会,妙处难与君说。　　应念岭海[4]经年,孤光[5]自照,肝肺皆冰雪。短发萧骚襟袖冷,稳泛沧浪[6]空阔。尽吸西江[7],细斟北斗[8],万象为宾客[9]。扣舷[10]独笑,不知今夕何夕[11]。

〔1〕湖南洞庭、青草两湖相连,南名青草,北名洞庭,所谓"重湖"。杜甫《宿青草湖》:"洞庭犹在目,青草续为名。"

〔2〕"琼",《说文》本训赤玉,但后来多作白玉用,且用为形容词,状洁白。

〔3〕苏轼《赤壁赋》:"驾一叶之扁舟。"

〔4〕两粤之地,北倚五岭,南临南海,称"岭海"。《文选》载陆机《赠顾公真诗》,李善注引裴渊《广州记》"五岭"云:"大庾、始安、临贺、桂阳、揭阳。"此句一作"岭表",五岭之外,意亦同。作者曾为广南西路经略安抚使,见《宋史》本传。

〔5〕苏轼《西江月》:"中秋谁与共孤光,把盏凄然北望。"

〔6〕《尚书·禹贡》:"又东为沧浪之水。"本指汉水的下流,这里意在清波泛舟。《孟子·离娄上》:"沧浪之水清兮。"语亦见《楚辞·渔父》。

〔7〕《景德传灯录》卷八,载襄州居士庞蕴(字道玄)"后之江西,参问马祖云:'不与万法为侣者是什么人?'祖云:'待汝一口吸尽西江水,即向汝道。'居士言下顿领玄要。"此借禅宗语写自己喝酒和豪迈的胸襟。"西江"即指西来的大江。

〔8〕《楚辞·九歌·东君》:"援北斗兮酌桂浆。"把天上的星斗想象为人间的酒斗,古代早有这样的传说。《诗·小雅·大东》:"维北有斗,不可以挹酒浆。"

〔9〕以自己作主人,故万物皆为宾客。《庄子·逍遥游》:"名者实之宾也,吾将为宾乎。"这里连着上文,也含有请客喝酒的意思。

〔10〕"舷",船唇,船边。王勃《采莲赋》:"叩舷击榜。"即打桨的意思。这里恐只用苏轼《赤壁赋》"扣舷而歌之"。

〔11〕杜甫《赠卫八处士》:"今夕复何夕。"苏轼《念奴娇·中秋》:"起舞徘徊风露下,今夕不知何夕。"

韩元吉

韩元吉(1118—1187),字无咎,号南涧翁,许昌(今属河南)人。官至吏部尚书,休官住上饶(今属江西)。有《南涧词》。

好事近

汴京赐宴,闻教坊乐有感[1]。

凝碧旧池头,一听管弦凄切[2]。多少梨园声在,总不堪华发[3]。　　杏花无处避春愁,也傍野烟[4]发。惟有御沟声断,似知人呜咽[5]。

[1] 宋孝宗乾道九年(1173)作者出使金国。《金史》记载为大定十三年三月。
[2] 王维《菩提寺禁私成口号诵示裴迪》:"秋槐叶落空宫里,凝碧池头奏管弦。"凝碧池在唐洛阳禁苑内。借安禄山事以喻金人。"安禄山宴其群臣于凝碧池",见《资治通鉴》卷二一八。
[3] 白居易《长恨歌》:"梨园弟子白发新。"唐明皇选坐部伎三百人,教于梨园,号皇帝梨园弟子,见《新唐书·礼乐志》。
[4] "野烟",亦本王维前诗:"万户伤心生野烟。"
[5] 下片作意略同杜甫《春望》:"感时花溅泪。"

陆　游

陆游(1125—1210),字务观,晚号放翁,山阴(今属浙江)人,陆佃之孙。绍兴三十二年进士,官至宝章阁待制。中年曾在川陕一带参加军旅生活,先后九年。诗与尤袤、杨万里、范成大齐名,称南宋四大家,有《剑南诗稿》、《放翁词》。

汉宫春

初自南郑来成都作[1]

羽箭雕弓,忆呼鹰古垒,截虎平川[2]。吹笳暮归野帐,雪压青毡[3]。淋漓醉墨,看龙蛇飞落蛮笺[4]。人误许,诗情将略,一时才气超然。　　何事又作南来,看重阳药市[5],元夕灯山。花时万人乐处,欹帽垂鞭[6]。闻歌感旧,尚时时流涕尊前[7]。君记取,封侯事在,功名不信由天[8]。

〔1〕南郑,今陕西省汉中。王炎宣抚川陕,作者在他幕府中参军,次年来成都。

〔2〕川可指陆地,"平川"亦谓平原,详《诗词曲语辞汇释》卷六。现在戏剧曲艺里还说"地平川"。作者在南郑时有猎虎事,见他的《忆

昔》诗。

〔3〕青毡即指野帐。"暮归野帐"是叙述,"雪压青毡"是形容,为一义之互文。白居易有《青毡帐二十韵》,见《白香山诗后集》卷十二。王昌龄《箜篌引》:"碧毛毡帐河曲游。"

〔4〕韩浦《寄弟》:"十样蛮笺出益州。"指蜀纸。

〔5〕苏轼《河满子》词:"莫负花溪纵赏,何妨药市微行。"作者《老学庵笔记》卷六:"成都药市以玉局化为最盛,用九月九日。"看东坡词,这药市的集会,在北宋已然。

〔6〕《周书》卷十六《独孤信传》:"又信在秦州,尝因猎日暮驰马入城,其帽微侧。诘旦而吏民有戴帽者,咸慕信而侧帽焉。"李商隐《饮席代官妓赠两从事》:"旧主江边侧帽檐。"温庭筠《赠知音》:"不语垂鞭上柳堤。"

〔7〕"尊",酒器,仿佛现在的酒壶、酒瓶。

〔8〕万里"封侯",班超故事,见下《诉衷情》注〔1〕。这里参用《史记·李将军传》李广数奇不得封侯事,却从反面立意,结尾挑起一笔,不信"富贵在天"之说。曹操《步出夏门行》:"盈缩之期,不但在天",谓"烈士暮年",意亦相合。

诉衷情

当年万里觅封侯[1],匹马戍梁州[2]。关河梦断何处,尘暗旧貂裘[3]。　　胡未灭,鬓先秋[4],泪空流。此生谁料,心在天山,身老沧洲[5]。

〔1〕有看相的向班超说:"祭酒,布衣诸生耳,而当封侯万里之外。"

又说："燕颔虎颈,飞而食肉,此万里侯相也。"俱见《后汉书·班超传》。

〔2〕戍,以兵守边。"梁州",《尚书·禹贡》九州之一。今陕西南部及四川省地。

〔3〕《战国策·秦策》载苏秦事,"黑貂之裘敝"。

〔4〕"鬓先秋",鬓早衰,言发早白了。鬓如有霜,故曰"秋"。

〔5〕有"老骥伏枥,志在千里"意。"心在",心犹在。"身老",人已老。"天山",在今新疆维吾尔自治区。这里虽泛指边塞,亦有取义。唐薛仁贵西征,军中歌曰:"将军三箭定天山,壮士长歌入汉关。"(见《新唐书·薛仁贵传》)"沧洲",水边,指隐者所居。

钗头凤[1]

红酥手,黄藤[2]酒,满城春色宫墙柳[3]。东风恶[4],欢情薄,一怀愁绪,几年离索[5]。错,错,错！　春如旧[6],人空瘦,泪痕红浥[7]鲛绡[8]透。桃花落,闲池阁[9]。山盟[10]虽在,锦书[11]难托。莫,莫,莫[12]！

〔1〕宋陈鹄《耆旧续闻》卷十："余弱冠客会稽,游许氏园。见壁间有陆放翁题词(下文即引此词),笔势飘逸,书于沈氏园,辛未(1151)三月题。放翁先室内琴瑟甚和,然不当母夫人意,因出之。夫妇之情,实不忍离。后适南班名士某,家有园馆之胜。务观一日至园中,去妇闻之,遣遗黄封酒果馔,通殷勤。公感其情,为赋此词。其妇见而和之,有'世情薄,人情恶'之句,惜不得其全阕。未几,怏怏而卒,闻者为之怆然。此园后更许氏。淳熙间,其壁犹存,好事者以竹木来护之,今不复有矣。"周密

《齐东野语》卷一:"陆务观初娶唐氏,闳之女也,于其母夫人为姑侄。伉俪相得而弗获于其姑,既出而未忍绝之,则为别馆,时时往焉。姑知而掩之,虽先知挈去,然事不得隐,竟绝之,亦人伦之变也。唐后改适同郡宗子士程。尝以春日出游,相遇于禹迹寺南之沈氏园。唐以语赵,遣致酒肴,翁怅然久之,为赋《钗头凤》一词,题园壁间。实绍兴乙亥岁(1155)也。……"上引均当时人记载,盖得其实。《野语》下文尚有记放翁晚年赋诗重题诸事,从略。今传唐氏和词全文(《历代诗馀》卷一一八引夸娥斋主人说),当是后人依断句补拟。又明卓人月《古今词统》卷十载唐氏平韵《钗头凤》全文。

〔2〕"黄藤",藤黄,状酒的颜色,与上"红酥"对偶。一说当作黄縢,縢有缄封义。宋时官酒上有黄纸封口,称黄封酒。作者《酒诗》:"一壶花露拆黄縢。"黄縢酒固有依据,但这里是否用它,却为另一问题。《耆旧续闻》所云"黄封酒",与本句恐不相干。

〔3〕以上三句,首叙往日欢游踪迹。曰"宫墙柳",不必是沈园。后文由回忆再说到近事。

〔4〕周邦彦《瑞鹤仙》:"东风何事又恶。"本句起换韵与下片"落""阁"等叶。

〔5〕"离索",离群索居,见《礼记·檀弓上》。郑注:"索。犹散也。""离索"犹言"分索",分散。"分索"亦见陆机诗。

〔6〕"春如旧",与上片"满城春色"相呼应,见"欢情""离索"今昔之异。

〔7〕"浥",沾湿。字亦作"裛",如花上带露亦谓之。

〔8〕鲛绡,通指手绢。左思《吴都赋》:"泉室潜织而卷绡,渊客慷慨而泣珠。"刘逵注:"俗传鲛人从水中出,曾寄寓人家,积日卖绡。……鲛人临去,从主人索器,泣而出珠满盘,以与主人。"事又见《述异记》。

〔9〕"闲池阁",此指沈园近迹。

187

〔10〕引山河为誓,本汉代封诸侯王之盟辞,言其长久不变,后来"山盟海誓"多用作男女恋情的要约。

〔11〕"锦书"用前秦窦滔妻苏蕙织锦回文事,见上卷温庭筠《杨柳枝》注〔1〕。

〔12〕"莫",语助词,"莫,莫,莫",仿佛现在说"罢,罢,罢"。唐司空图《耐辱居士歌》有"休休休,莫莫莫"句,用法与此相同,且歌中结句云"耐辱莫"。这"莫"字又不大好懂,疑亦"耐辱罢"的意思。又"错莫"本是连绵词,屡见六朝唐人诗中,如鲍照《行路难》"眼花错莫与先异",杜甫《瘦马行》"失主错莫无晶光",有寥落、落寞之义。本篇将它拆开,在两片分作结句,似亦含有这种意思。

范成大

范成大(1126—1193),字致能,号石湖居士,吴县人。绍兴二十四年进士,官至参知政事。晚年退居故乡石湖。有《石湖词》。

蝶恋花

春涨一篙添水面,芳草鹅儿,绿[1]满微风岸。画舫夷犹[2]湾百转,横塘塔近依前远[3]。　　江国[4]多寒农事晚,村北村南,谷雨才耕遍[5]。秀麦连冈桑叶贱,看看尝面收新茧。

〔1〕"绿"承上"芳草"。"鹅儿",小鹅。杜甫《舟前小鹅儿》:"鹅儿黄似酒,对酒爱新鹅。"又古人所谓绿,有近乎黄色的,现在叫葱绿。这绿字亦捎带着"鹅儿"。

〔2〕"夷犹",犹豫,这里形容船动得很慢。

〔3〕"横塘"在苏州胥门外。塔即指虎丘云严寺塔。看着很近,实在还远,如俗语所谓"望山走倒马"。

〔4〕"江国",江乡。

〔5〕"谷雨",二十四节气之一,在四月中旬。过了谷雨,再半个月就立夏,承上"江国多寒农事晚"来。

鹊桥仙

七夕

双星良夜,耕慵织懒[1],应被群仙相妒。娟娟月姊[2]满眉颦,更无奈风姨[3]吹雨。　　相逢草草,争如休见,重揽别离心绪。新欢不抵旧愁多,倒添了新愁归去[4]。

〔1〕传说牛郎耕田,织女纺织。今以七夕良会,故工作都懒了。卢仝《月蚀》:"痴牛与呆女,不肯勤农桑,徒劳含淫思,旦夕遥相望。"

〔2〕古代帝王有兄日姊月之说。李商隐《楚宫》二首之二:"月姊曾逢下彩蟾。"

〔3〕《酉阳杂俎续集》卷三《支诺皋下》:"封十八姨乃风神也。""封"与风谐音。这里将自然界的风月都拟人化,故用"月姊""风姨"字面。月姊含颦,风姨吹雨,是相妒情态。

〔4〕上片言以佳期被群仙妒忌,下片言相见怎如不见,新欢不敌旧愁,况又添了新愁。疑亦有寓意,不只泛咏七夕。

杨万里

杨万里(1127—1206),字廷秀,号诚斋,吉水(今属江西)人。绍兴进士,曾任秘书监等,官至宝谟阁学士。有《诚斋乐府》。

昭君怨

赋松上鸥。晚饮诚斋,忽有一鸥来泊松上,已而复去,感而赋之。

偶听松梢扑鹿[1],知是沙鸥来宿。稚子莫喧哗,恐惊他。俄顷忽然飞去,飞去不知何处。我已乞归休,报沙鸥[2]。

[1] "扑鹿",状声音。张志和《渔父》:"惊起鸳鸯扑鹿飞。"
[2]《文选》卷三十一江淹《杂体诗》"拟张绰",李善注引《庄子》:"海上有人好鸥鸟者,旦而之海上,从鸥鸟游,鸥鸟至者百数。其父曰:'吾闻鸥从汝游,试取来,吾从玩之。'曰:'诺。'明旦之海上,鸥鸟舞而不下。"今本无之。《列子·黄帝篇》略同。人无机心,能感动异类,称"鸥鸟忘机"本此。这里意谓自己志在隐居,约沙鸥为伴,今既将实行,故告知它。曹松《赠方干》二之二:"他时莫为三征起,门外沙鸥解笑君。"本词似用此意。黄庭坚《登快阁》:"万里归船弄长笛,此心吾与白鸥盟。"

王　质

王质,字景文,郓州(今属山东)人。绍兴三十年进士。孝宗时,为枢密院编修官,出判荆南府(今属湖北)。有《雪山词》。

鹧鸪天

山行

空响萧萧似见呼[1],溪昏树暗觉神孤。微茫山路才通足,行到山深路亦无。　　寻草浅,拣林疏,虽疏无奈野藤粗。春衫不管藤挡碎[2],可惜教花着地铺[3]。

〔1〕首句写荒山行走的光景。山中静极,仿佛有些声音在那边招呼,却不辨究竟是些什么。

〔2〕写森林密极,找到了稍有空闲处,却又被野藤所牵。"挡",用手拨弄丝弦,如挡筝,挡琵琶。这里只作抓住、牵挂解释。

〔3〕空山之中,花开自落,无人理会;今既去寻花,且有护惜之意,落红满地,却似乎有人使它如此,"教"字在这里用法很新。"教",音交。

辛弃疾

辛弃疾(1140—1207),字幼安,号稼轩,历城(今山东济南历城区)人。出生时山东已为金人所占,二十一岁时即参加抗金义军。归宋以后,历任湖北、江西、湖南、福建、浙东安抚使等职。宁宗时知镇江府。词与苏轼并称苏、辛。有《稼轩词》。

菩萨蛮

书江西造口壁[1]

郁孤台下清江水[2],中间多少行人泪。西北望长安,可怜无数山[3]。　　青山遮不住,毕竟东流去。江晚正愁余[4],山深闻鹧鸪[5]。

〔1〕《方舆纪要》卷八十七:"江西万安县南六十里皂口江,源出赣县界二龙山,经上造、下造,流入赣江。宋建炎初隆裕太后避兵南指章、赣,金人蹑其后追至造口,不及而还(即下引罗大经《鹤林玉露》之说)。造口即皂口也。"

〔2〕"郁孤台"在今江西赣县西南。《舆地纪胜》卷三十二:"江南西路赣州南康郡,郁孤台在郡治,隆阜郁然,孤起平地数丈,冠冕一郡之形

胜,而襟带千里之山川。……唐李勉为虔州刺史,登临北望,慨然曰:'余虽不及子牟,而心在魏阙也。'改郁孤为望阙。赵清献公诗曰:群峰郁然起,惟此上独孤。筑台山之巅,郁孤名以呼。""清江"即指赣江。

〔3〕即用李勉登台北望事,见邓广铭《稼轩词编年笺注》,亦可释为一般登高望远。李白《登金陵凤凰台诗》:"长安不见使人愁。"杜甫《小寒食舟中作》:"云白山青万馀里,愁看直北是长安。"

〔4〕《楚辞·九歌·湘夫人》"目眇眇兮愁予",注云:"予,屈原自谓也。""予"上声,与"渚""下"相叶。《尔雅·释诂》予余皆训我,却是二字平仄声异。《礼记·曲礼》"曰予一人"下,郑玄注:"《觐礼》曰:'伯父实来,余一人嘉之。'余予古今字。"《释文》:"郑云'余予古今字',则同音馀。"(《广韵》:"予,弋诸切。")是"予"可读"余",同义且同音。二字相混,汉唐均然。今词"愁余",即《楚辞》"愁予"之假借耳。

〔5〕这里特提鹧鸪,盖有两种意思:(1)《禽经》云:"随阳,越雉也,飞必南翥。"张华注云:"鹧鸪,其名自呼,飞必南向,虽东西回翔,开翅之始,必先南翥。其志怀南,不徂北也。"(2)"今俗谓其鸣曰'行不得哥也'。"(俱见《本草纲目》卷四十八李时珍说)左思《吴都赋》"鹧鸪南翥而中留",刘注:"鹧鸪如鸡,黑色,其鸣自呼。或言此鸟常南飞不北,豫章已南诸郡处处有之。"按刘注所云,豫章地望,正与稼轩此词相合。又白居易《山鹧鸪》诗:"啼到晓,惟能愁北人,南人惯闻如不闻",亦合本词之意。至旧说此词本事以罗大经说为有名。《鹤林玉露》卷四:"盖南渡之初,虏人追隆裕太后御舟至造口,不及而还,幼安自此起兴。闻鹧鸪之句谓恢复之事行不得也。"自来每多承用。近人始有怀疑者,据《宋史·后妃传》未载金兵追到造口(即虔州附近,今赣县)云云。其实建炎三年金兵深入江南,宋亡迫在眉睫,赵氏东逃西窜,的确十分狼狈。孟后奔虔州,金兵前锋直追到造口,当时有这可能,且词人之笔正不必依照官书。就词的作法而论,句句写山写水,周济云:"借水怨山。"(《宋四家词选》)

梁启超云:"《菩萨蛮》如此大声镗鞳,未曾有也。"(《艺蘅馆词选》)固不仅个人身世之感,殆兼有家国兴亡之戚。"闻鹧鸪"云云,心怀不惬可知,惟罗云"恢复之事行不得",过于着实,未免附会。

祝英台近

晚春

宝钗分[1],桃叶渡[2],烟柳暗南浦[3]。怕上层楼,十日九风雨。断肠片片飞红,都无人管,更谁劝流莺声住[4]。　鬓边觑,试把花卜归期,才簪又重数[5]。罗帐灯昏,哽咽梦中语。是他春带愁来,春归何处,却不解带将愁去[6]。

[1] 梁陆罩《闺怨》:"偏恨分钗时。"白居易《长恨歌》:"钗留一股合一扇,钗擘黄金合分钿。"杜牧《送人》:"明镜半边钗一股,此生何处不相逢。"是分钗赠别,自来有之。此风俗到宋代还有,见王明清《玉照新志》卷四。

[2] 王献之《桃叶歌》:"桃叶复桃叶,渡江不用楫。"桃叶,献之妾。

[3] 浦,水边。南浦本是通称。《楚辞·九歌·河伯》"送美人兮南浦",王逸注:"南至江之涯。"是江河的南岸,皆可称南浦。谢朓《隋王鼓吹曲》十首之八《送远曲》"南浦送佳人",江淹《别赋》"送君南浦,伤如之何",即承用《楚辞》。但后来亦作地名、水名用。

[4] "流莺",一本作"啼莺"。张惠言《词选》评曰:"流莺,恶小人得志也",颇伤穿凿。这句与作者《贺新郎》"绿树听鹈鴂"一词中对鸟声

的写法很相像。相传又有"流莺不解语"之说。《古今图书集成·禽虫典》卷二十六莺部引《补禽经》:"章茂深尝得其妇翁石林(叶梦得别号)所书《贺新郎》词,首曰'睡起啼莺语',章疑其误,颇诘之。石林曰:'老夫尝得之矣,流莺不解语,啼莺解语,见《禽经》。'……"(宋王楙《野客丛书》卷二十八。)按流莺在诗词中亦多作泛称,不必有别于啼莺,这里姑备一说而已。

〔5〕以所簪花朵数目,试卜归期,乃无聊之意想,花卜或非有成法。"才簪又重数",细腻之极。

〔6〕前人诗词中类似本句者很多,如雍陶诗,李汉老、赵德庄词,今不具引。本篇将伤春送别闺怨等等作为譬喻,其本意实与《摸鱼儿》、《贺新郎》诸篇相近,因是小令,另用一种写法,风格亦从平素的激昂慷慨,一转而为缠绵悱恻。相传此词有本事,见张端义《贵耳集》卷下"吕婆女事辛幼安"云云,恐出流俗附会,且与词意亦不合,今不录。

青玉案

元夕

东风夜放花千树,更吹落,星如雨[1]。宝马雕车香满路[2]。凤箫[3]声动,玉壶[4]光转,一夜鱼龙舞[5]。　蛾儿雪柳黄金缕[6],笑语盈盈暗香去。众里寻他千百度,蓦然回首,那人却在灯火阑珊处[7]。

〔1〕此极言元夕花炮之胜,今俗犹曰"放花"。苏味道《正月十五

夜》:"火树银花合。"首言其初放,次言放后。银花千树,万点流星,都是幻景。谭献评:"起二句赋色瑰异"是也。《春秋》庄公七年:"星陨如雨。"《左传》读"如"为"而",《公羊》、《谷梁》"如"字均不改读。《论衡·说日》:"若雨而非雨也",即从二传之说。这里用法亦相同。

〔2〕 郭利贞《上元》:"九陌连灯影,千门度月华。倾城出宝骑,匝路转香车。"

〔3〕 "凤箫",一说"排箫"以其形参差像凤翼,亦名"参差";又其声如凤鸣。《荀子·解蔽》引逸诗:"凤凰秋秋,其翼若干,其声若箫。"又一说以《列仙传》载弄玉吹箫引凤,亦称凤箫。这里指笙箫等细乐,与下文月色亦相连。温庭筠《经旧游》:"凉月殷勤碧玉箫。"

〔4〕 鲍照《白头吟》:"清如玉壶冰。"后来唐宋诗词中每以"玉壶""冰壶"喻月。如唐朱华《海上生明月》"影开金镜满,轮抱玉壶清",和这词用法相近,指月而言甚显。

〔5〕《汉书·西域传赞》:"曼衍鱼龙角抵之戏。"师古注:"鱼龙者为舍利之兽,先戏于庭极,毕;乃入殿前,激水化成比目鱼,跳跃漱水,作雾障日,毕;化成黄龙八丈,出水敖戏于庭,炫耀日光。"这里借用,言月光如水,各样灯彩飞舞如鱼龙闹海一般。鱼龙亦是灯的形状,如金鱼、蚌壳、龙灯之类。"凤箫"至此三句,连用"动""转""舞"等字,均写动态。

〔6〕 见中卷李清照《永遇乐》注〔9〕。"雪柳黄金缕"只是一物,即李词所谓"捻金雪柳"。"捻金"见《燕翼诒谋录》卷二、《续资治通鉴长编》卷一三六。"金线捻丝"见《宋史》卷一五三《舆服志》五,盖所谓"黄金缕"也。

〔7〕 上片用夸张的笔法,极力描绘灯月交辉、上元盛况。过片说到观灯的女郎们。"众里寻他"句,写在热闹场中,罗绮如云,找来找去,总找不着,偶一回头,忽然在清冷处看见了,亦似平常的事情。结尾只用"那人却在灯火阑珊处"一语,却把多少不易说出的悲感和盘托出了。

前人对之,多加美评,如谭献评《词辨》,梁启超评《艺蘅馆词选》,王国维《人间词话》等等。

清平乐[1]

茅檐低小,溪上青青草。醉里吴音[2]相媚好,白发谁家翁媪[3]。　　大儿锄豆溪东,中儿正织鸡笼。最喜小儿无赖[4],溪头看剥莲蓬。

[1] 本篇客观地写农村景象,老人们有点醉了,大的小孩在工作,小的小孩在顽耍,笔意清新,似不费力。

[2] "醉里",犹前录苏轼《浣溪沙》"垂白杖藜抬醉眼"。"吴音相媚好"即指翁媪对话而言,以吴语柔软,"媚好"亦双关。

[3] "媪",老年妇女的尊称。《史记·高祖纪》"刘媪"下,《集解》:"孟康曰:长老尊称也。左师谓太后曰,媪爱燕后,贤(当脱一"于"字)长安君。《礼乐志》:'地神曰媪。'媪,母别名也,音乌老反。"

[4] 虽似用口语写实,但大儿、中儿、小儿云云,盖从汉乐府《相逢行》"大妇织绮罗,中妇织流黄,小妇无所为,挟瑟上高堂"化出,只易三女为三男耳。末句于剥莲蓬着一"看"字,得乐府"无所为"的神理。"无赖",见中卷秦观《浣溪沙》注[1],本不是什么好话,这里却只作小孩子顽皮讲,所以说"最喜",反语传神,更觉有力。这类词汇语意的转化,后来小说戏曲中常有,如"冤家""可憎"等等。

破阵子

为陈同甫[1]赋壮词以寄之

醉里挑灯看剑,梦回吹角连营[2]。八百里分麾下炙[3],五十弦[4]翻塞外声,沙场秋点兵。　　马作的卢[5]飞快,弓如霹雳弦惊[6]。了却君王天下事,赢得生前身后名[7],可怜白发生。

〔1〕陈亮字同甫。

〔2〕杜甫《夜宴左氏庄》:"检书烧烛短,看剑引杯长。""醉""梦"云云,豪情壮概皆过去事,虚拟之词。

〔3〕"麾",旌旗,"麾下"指军中。"炙",烤肉。称"分麾下炙",有军中会餐意。《世说新语·汰侈》:"王君夫(恺)有牛,名八百里驳,常莹其蹄角。王武子(济)语君夫:'我射不如卿,今指赌卿牛,以千万对之。'君夫即恃手快,且谓骏物无有杀理,便相然可,令武子先射。武子一起便破的,却据胡床,叱左右速探牛心来。须臾炙至,一脔便去。"这里借古典来写豪迈的胸怀,不必纪实。苏轼《约(李)公择饮是日大风》:"要当啖公八百里,豪气一洗儒生酸",亦同此意。

〔4〕瑟二十五弦。古代传说本是五十弦。《史记·封禅书》:"太帝(《汉书·郊祀志》作"泰帝",《文选·吴都赋》李善注引《史记》作"黄帝")使素女鼓五十弦瑟,悲,帝禁,不止,故破其瑟为二十五弦。"这里与上文"八百里"都是用典;一极言其气概阔大,一极言其声音悲哀耳。李

商隐《锦瑟》:"锦瑟无端五十弦",用法亦相似。

〔5〕"作",犹"若"。现在白话说"作为",亦有譬况假设之意。犹言"马若的卢飞快"。《相马经》:"马白额入口齿者,名曰榆雁,一名的卢。"刘备骑的卢马跃过檀溪,见《三国志·蜀书·先主传》注引《世语》云云,后来小说即衍此故事。

〔6〕《南史·曹景宗传》:"景宗谓所亲曰:'我昔在乡里,骑快马如龙,与年少辈数十骑,拓弓弦作霹雳声,箭如饿鸱叫。'……"《隋书·长孙晟传》:"突厥之内大畏长孙总管,闻其弓声谓为霹雳,见其走马称为闪电。"

〔7〕《世说新语·任诞》记张翰语:"使我有身后名,不如即时一杯酒。"结用实笔,一点即醒。

西江月

夜行黄沙[1]道中

明月别枝惊鹊[2],清风半夜鸣蝉。稻花香里说丰年,听取蛙声一片[3]。　　七八个星天外,两三点雨山前[4]。旧时茅店社林[5]边。路转溪桥忽见[6]。

〔1〕江西上饶县西黄沙岭。
〔2〕曹操《短歌行》:"月明星稀,乌鹊南飞,绕树三匝,何枝可依。"方干《寓居郝氏林亭》:"蝉曳残声过别枝。"又"月明惊鹊未安枝",两见苏轼诗(《次周令韵送赴阙》、《次韵蒋颖叔》)。"别枝",另一枝。词意

谓鹊因月明,惊飞不定,从这一枝跳到那一枝。"别"乃形容词,若作动词,释为离别之别,意虽亦相近,却与下文"半夜"不对偶。

〔3〕蛙的声音仿佛有意,亦在那边预报丰年,参用《晋书·惠帝纪》。惠帝在华林园听见蛤蟆叫,问他的从人道:"此鸣者为公乎,为私乎?"蛙声无意,却认作有心,本是个愚人的笑话,这里却转为隽美之语。

〔4〕卢延让《松寺》:"两三条电欲为雨,七八个星犹在天。"

〔5〕"社林",即社树,这里指土地祠的树林。古代立社,每种植与本处土地相宜的树木,认为神所凭依。如《论语·八佾》载宰我对鲁哀公说:"夏后氏以松,殷人以柏,周人以栗。"后来更有枌榆社,栎社等等。

〔6〕这茅店本是来过的,却不大认识,转过小桥忽然找着了,写出晚上走路,旧地重经,恍惚喜悦的神情。

又

遣兴

醉里且贪欢笑,要愁那得工夫。近来始觉古人书,信着全无是处〔1〕。　　昨夜松边醉倒,问松我醉何如?只疑松动要来扶,以手推松曰"去"〔2〕。

〔1〕用《孟子·尽心下》"尽信书则不如无书"意。

〔2〕《汉书·龚胜传》:"胜以手推常(夏侯常)曰'去'。"见黄季刚师《读汉书后汉书札记》说辛词此句。

丑奴儿[1]

少年不识愁滋味,爱上层楼。爱上层楼,为赋新词强说愁。

而今识尽愁滋味,欲说还休。欲说还休,却道天凉好个秋[2]。

[1]《丑奴儿》即《采桑子》。
[2] 不识愁的,偏学着说。如登高极目,何等畅快,为做词章,便因文生情,也得说说一般的悲愁。及真知愁味,反而不说了。如晚岁逢秋,本极凄凉,却说秋天真是凉快呵。今昔对比,含蓄而又分明。中间用叠句转折。末句似近滑,于极流利中仍见此老倔强的意态。将烈士暮年之感恰好写为长短句,"粗豪"云云殆不足以尽稼轩。"秋"仍绾合"愁"字,如下录吴文英《唐多令》:"何处合成愁,离人心上秋。"

鹧鸪天

陌上柔桑破嫩芽,东邻蚕种已生些[1]。平冈细草鸣黄犊,斜日寒林点暮鸦[2]。　　山远近,路横斜,青旗沽酒[3]有人家。城中桃李愁风雨,春在溪头荠菜花[4]。

[1]"些"字在麻韵,前人多如此押。
[2] 王安石《题舫子》:"爱此江边好,留连至日斜。眠分黄犊草,坐

占白鸥沙。"

〔3〕酒店挂青帘作为幌子。白居易《杭州春望》:"青旗沽酒趁梨花。"

〔4〕结句言桃李愁风雨,而菜花之不愁风雨,意在言外。对比形容,清新明朗。

又

鹅湖[1]归,病起作。

枕簟溪堂冷欲秋,断云依水晚来收。红莲相倚浑如醉,白鸟无言定自愁。　书咄咄,且休休[2]。一丘一壑[3]也风流。不知筋力衰多少,但觉新来懒上楼[4]。

〔1〕"鹅湖",在江西铅山县东,以东晋人龚氏曾居山蓄鹅得名。

〔2〕"书咄咄",近注家多引《晋书·殷浩传》"但终日书空作'咄咄怪事'",自是较早的记载。但殷浩实是个官迷,热中名利的人,本传上文说他"虽被黜放,口无怨言,夷神委命,谈咏不辍,虽家人不见其流放之戚",好像十分恬淡,实际全是矫情,所以才有这四字书空的怪态。史家对此,连类而书,不加按语,意自分明。且下文更写他闹了个大笑话:"后(桓)温将以浩为尚书令,遗书告之,浩欣然许焉。将答书,虑有谬误,开闭者数十,竟达空函,大忤温意,由是遂绝。"就作者生平固不会以殷浩自比,即以本词所表现闲适恬退的心情,亦不应引用这样的故事。故虽借用字面,意却无关。这和"且休休"只是一句话。且者,连结之词。《旧

203

唐书·司空图传》载图所作《休休亭记》,解"休休"的意义为:"休,休也,美也,既休而具美存焉。盖量其才一宜休,揣其分二宜休,耄且聩三宜休;又少而惰,长而率,老而迂,是三者皆非济时之用,又宜休也。"与词意相合。又本传云:"因为《耐辱居士歌》,题于东北楹曰:'咄咄!休休休!莫莫莫!伎俩虽多性灵恶,赖是长教闲处着。……'"殆即为稼轩此语所本。至于司空图歌中的"咄咄",仍可与原来"书空"故事有关,但他不过只采用"咄咄"两个字,自属无碍,与这里情形不尽相同。

〔3〕《汉书·叙传》载班嗣的书简:"渔钓于一壑,则万物不奸其志;栖迟于一丘,则天下不易其乐。"《世说新语·品藻》:"明帝问谢鲲:'君自谓何如庾亮?'答曰:'端委庙堂,使百官准则,臣不如亮;一丘一壑,自谓过之。'"又《晋书·谢安传》亦有"放情丘壑"之文。

〔4〕俞文豹《吹剑录》引这两句,以为陈秋塘(善)诗。陈辛两人年代相差不多。邓广铭《稼轩词编年笺注》引此条,并附有按语,疑为稼轩的词误入陈氏集中,说可参考。刘禹锡《秋日书怀寄白宾客》:"筋力上楼知。"诗语简而概括,衍为长短句顿觉宛转多姿,亦诗词作法之不同。懒上层楼,虽托之筋力衰减,仍有烈士暮年的感慨,参看作者他篇如《念奴娇》、《丑奴儿》等。

又

有客慨然谈功名,因追念少年时事,戏作。

壮岁旌旗拥万夫[1],锦襜突骑渡江初[2]。燕兵[3]夜娖银胡䩮[4],汉箭朝飞金仆姑[5]。　　追往事,叹今吾。春风不染白髭须[6]。却将万字平戎策[7],换得东家种树书[8]。

[1] 黄庭坚《送范德孺知庆州》:"春风旌旗拥万夫。"
[2] 首两句,指绍兴三十二年,作者二十二岁以五十骑突入金营,擒叛将张安国,献俘行在事,见《宋史》本传。锦襜突骑,穿锦衣的马队。
[3] "燕兵""汉箭"为对偶,就国家言之,则谓之汉;从当时中原豪杰、作者统率的起义兵将(如本传称统制王世隆及忠义人马全福等),以地望言,则谓之燕,实为一事的互文。或释燕兵为"北方兵士,戒备森严",指敌人而言,于词义恐非。"夜娖""朝飞"为对偶,昨晚今早,相承而言。亦一件事的两个阶段,详下注。
[4] "娖"通"捉",整理。宋朱翌《猗觉寮杂记》下:"今人办人从行李之类,其言曰'整捉'。盖用'娖'字。"《后汉书·中山简王(焉)传》:"今五国各官骑百人,称娖前行。"注:"娖,音楚角反。称娖,犹齐整也。"(朱书即引《后汉书》,文略误,今改用原文。)"胡觮",箭袋,亦作"胡禄"、"弧镙",并同。"银"指袋上的妆饰。"夜娖银胡觮",言乘夜严装,为朝袭的准备。
[5] "金仆姑",箭名。《左传》庄公十一年:"公以金仆姑射南宫长万。"
[6] 欧阳修《圣无忧词》:"春风不染髭须。"
[7] "万字",犹言万言书。作者屡上封事,今尚有《美芹十论》等篇存集中。《新唐书·王忠嗣传》:"因上平戎十八策。"
[8] "种树之书"见《史记·秦始皇本纪》,"东家有大枣树"见《汉书·王吉传》,盖参错用之,表示他暮年的不得志。

满江红

江行，简杨济翁[1]周显先。

过眼溪山，怪都似旧时曾识。还记得梦中行遍，江南江北[2]。佳处径须携杖去，能消几两平生屐[3]。笑尘劳三十九年非[4]，长为客。　　吴楚地，东南坼，英雄事，曹刘敌；被西风吹尽，了无尘迹[5]。楼观甫成人已去[6]，旌旗未卷[7]头先白。叹人生哀乐转相寻，今犹昔[8]。

〔1〕杨济翁名炎正，杨万里族弟。

〔2〕韩熙载《奉使中原署馆壁》："梦中忽到江南路。"

〔3〕《世说新语·雅量》："祖士少（约）好财，阮遥集（孚）好屐，并恒自经营，同是一累，而未判其得失。人有诣祖，见料视财物，客至，屏当未尽，馀两小簏着背后，倾身障之，意未能平。或有诣阮，见自吹火蜡屐，因叹曰：'未知一生当着几量屐？'神色闲畅。于是胜负始分。""两"，亦作"纳"。"两"、"纳"、"量"，字通。"几两"，即几双。

〔4〕淳熙五年（1178）作者三十九岁。《淮南子·原道训》："故蘧伯玉年五十，而有四十九年非。"又《庄子·则阳》、《寓言》，并有"行年六十"、"五十九年非"之文，《则阳》称蘧伯玉，《寓言》称孔子。

〔5〕"坼"，裂开。杜甫《登岳阳楼》："吴楚东南坼。"诗谓洞庭湖极其广大，仿佛将东南一带吴楚地面从中原划分开来。本篇虽承用杜诗而意指孙氏割据江东。接说"曹刘敌"，指赤壁之战，即孙权所谓"非刘豫

州莫可以当曹操者"(见《三国志·蜀书·诸葛亮传》)。"当"即"敌"也。刘备能敌曹操,所以能败曹操,如今安得有这样的人?所以接说"西风吹尽,了无尘迹"。借古伤今,引起下文"楼观"、"旌旗"两句。又辛另篇《南乡子·北固亭有怀》:"天下英雄谁敌手,曹刘。生子当如孙仲谋。"上两句与本篇同,下句更转一意。曹刘是敌手,而孙权能敌曹刘,遂成三分之局。本篇虽未点明孙氏,亦有此意。

〔6〕《稼轩词编年笺注》于本句引苏轼《送郑户曹诗》:"楼成君已去,人事固多乖。"楼空人去,华屋山丘,本篇所感殆不止此。《史记·平准书》:"乃大修昆明池,列观环之。治楼船,高十馀丈,旗帜加其上,甚壮。"本篇"楼观""旌旗"云云或由此联想,寄慨于和战近事。说未必确,录以备考。

〔7〕"旌旗未卷",言未能胜利地卷甲收兵,与上句是一种意思的两样说法。

〔8〕《礼记·孔子闲居》:"哀乐相生。"句末点明"今昔",双承作结。王羲之《兰亭序》:"后之视今,亦犹今之视昔。""哀乐相寻"之意亦见《兰亭序》中。

摸鱼儿

淳熙己亥自湖北漕移湖南,同官王正之置酒小山亭,为赋[1]。

更能消[2]几番风雨,匆匆春又归去。惜春长怕[3]花开早,何况落红无数。春且住,见说[4]道天涯芳草无归路。怨春不语,算只有殷勤,画檐蛛网,尽日惹飞絮[5]。　长门事[6],准拟佳期又误,蛾眉曾有人妒[7]。千金纵买相如赋[8],脉脉[9]此情谁诉。君莫舞[10],君不见玉环飞燕皆尘土[11]。闲愁[12]最苦。休去倚危栏,斜阳正在,烟柳断肠处[13]。

〔1〕淳熙己亥(1179)。"漕",转运使的简称。作者从湖北转运副使调任湖南。"小山亭"即在湖北转运使的衙门内。

〔2〕"消",消受,禁得。

〔3〕"长怕",总怕,老怕。

〔4〕现在语用"听说",古人往往用"见说"。

〔5〕"画檐蛛网"放在句子中间,意思是算来只有画檐的蛛网,殷勤地镇日招惹飞絮而已。"殷勤"承"蛛网"说。以春去无痕,只有杨花漫天飞舞,委地沾泥,又无人爱惜,亦惟蜘蛛网牵挂耳,故曰"算只有"。苏轼《虚飘飘》诗:"画檐结蛛网。"周邦彦《点绛唇》:"柳丝轻举,蛛网黏飞絮。"

〔6〕司马相如有《长门赋》,其序曰:"孝武皇帝陈皇后时得幸,颇妒,别在长门宫,愁闷悲思。"

〔7〕"蛾眉",美人代称。《离骚》:"众女嫉余之蛾眉兮。"

〔8〕《长门赋序》下文接说:"闻蜀郡成都司马相如天下工为文,奉黄金百斤为相如文君取酒,因于解悲愁之辞,而相如为文以悟主上,陈皇后复得亲幸。"按序文虽见于《文选》,殆出于后人依托,事实亦多附会。《史记·外戚世家》载废陈皇后事,《索隐》云:"作颂,信工也;复亲幸之,恐非实也。"

〔9〕"脉脉",见上卷温庭筠《望江南》注〔2〕。一说"脉脉"为"嘿嘿""默默"的借字。

〔10〕《晋书·乐志》有《公莫舞》,相传项庄剑舞,项伯以袖隔之,保护刘邦。这里借用,把"公"改为"君",意亦与古乐府不同。仿佛说你莫要太高兴了,失宠固可悲,得意又怎么样呢。引起"君不见玉环飞燕皆尘土"句。

〔11〕杨贵妃小字玉环,见《杨太真外传》。赵后号曰飞燕,见《汉书·外戚传》。苏轼《孙莘老求墨妙亭诗》:"短长肥瘦各有态,玉环飞燕谁敢憎。"《赵飞燕外传》附《伶玄自叙》:"子于语通德曰:'斯人俱灰灭矣。'"白居易《长恨歌》:"马嵬坡下泥土中,不见玉颜空死处。""皆尘土"当非泛说。

〔12〕以上总是"闲愁",二字概括本意。

〔13〕上片以春去作为比喻,却分作多少层次。先说再经不得几回风雨了,这是一层。因怕花落,便常常担心花开太早了(另词《蝶恋花》所谓"晚恨开迟,早又飘零近"),何况今已落红无数,这又是一层。但春虽归去,春又何归?故反振一笔"春且住"。为什么要住?听说天涯芳草无归路这又是一层。明明无处可去,它却偏偏去了,那更无话可说,算起来只有檐前蜘蛛网挂着的飞絮是春光仅有的残痕。蛛网纤微,柳花轻薄,靠它们来留春,又能有几何。这些都反映作者对当时国事政治的十分不满,无须比附得,意自分明。下片多引古典,"长门事"以下,叙说故事,若不相蒙,而脉络贯注。上片泛写南渡的局势,下片侧重小朝廷里还有许多妒宠争妍的丑态,殊不知劫后湖山,已成残局,得意失意,将同归于尽。结用李商隐《北楼》"轻命倚危栏"诗意,一片斜阳烟柳,真是愁到极处,也就是危险到极处,无怪当时传说宋孝宗看了很不悦(见《鹤林玉露》卷四)。

水龙吟

登建康赏心亭[1]

楚天千里清秋,水随天去秋无际[2]。遥岑远目[3],献愁供恨[4],玉簪螺髻[5]。落日楼头,断鸿声里[6],江南游子。把吴钩[7]看了,栏干拍遍[8],无人会,登临意[9]。　　休说鲈鱼堪鲙,尽西风季鹰归[10]未?求田问舍,怕应羞见,刘郎才气[11]。可惜流年,忧愁风雨[12],树犹如此[13]。倩何人唤取,红巾翠袖,揾英雄泪[14]。

[1]《景定建康志》卷二十二:"赏心亭在下水门之城上,下临秦淮,尽观览之胜,丁晋公谓建。"周邦彦《西河》:"夜深月过女墙来,赏心东望淮水。"(陈元龙注《片玉集》本)

[2] 王粲《游海赋》:"水与天际。"王勃《秋日登洪府滕王阁饯别序》:"秋水共长天一色。"王安石《夜过新开湖忆冲之仲涂同泛》:"水远天无际。"

[3] 韩愈、孟郊《城南联句》:"遥岑出寸碧(愈),远目增双明(郊)。"

[4] 王安石《午枕》:"隔水山供宛转愁。"

[5] 韩愈《送桂州严大夫》:"水作青罗带,山如碧玉篸。"即簪,"玉簪"即碧玉簪之省。作者另一词《行香子》:"云岫如簪",盖指云山。"螺髻"亦喻山。如皮日休《缥缈峰》诗:"似将青螺髻,撒在月明中。"又周邦

彦《西河》词咏金陵:"山围故国绕清江,髻鬟对起。"

〔6〕柳永《夜半乐》:"断鸿声远长天暮。"又前录《玉蝴蝶》,亦有"断鸿声里,立尽斜阳"之句。

〔7〕"吴钩",钩是一种兵器,似剑而曲,见《汉书·韩延寿传》注。吴钩的故事见《吴越春秋·阖闾内传》。鲍照《代结客少年场行》:"锦带佩吴钩。"杜甫《后出塞》:"少年别有赠,含笑看吴钩。"《梦溪笔谈》卷十九:"唐人诗多有言吴钩者,吴钩,刀名也,刃弯。"是弯形的刀剑皆可称钩。

〔8〕李煜《玉楼春》:"醉拍阑干情未切。"这里亦有按拍的意思。

〔9〕"登临"本于《楚辞·九辩》。欧阳脩《蝶恋花》:"无人会得凭阑意。"

〔10〕《世说新语·识鉴》:"张季鹰(翰)辟齐王东曹掾,在洛见秋风起,因思吴中菰菜羹、鲈鱼脍,曰:'人生贵得适意尔,何能羁宦数千里以要名爵?'遂命驾便归。俄而齐王败,时人皆谓为见机。"

〔11〕"刘郎"指刘备。《三国志·魏书·陈登传》载刘备对许汜语:"君有国士之名,今天下大乱,帝王失所,望君忧国忘家,有救世之意,而君求田问舍,言无可采,……如小人欲卧百尺楼上,卧君于地,何但上下床之间邪?"以上一段,盖谓当时朝士,贪恋爵禄,只知道"求田问舍",固无若张翰其人者,如碰见刘备当然要看不起他们。语意广泛,不泥定自己,却引起自己的忧愁寂寞。

〔12〕苏轼《满庭芳》:"思量,能几许,忧愁风雨,一半相妨。"

〔13〕《世说新语·言语》:"桓公(温)北征,经金城,见前为琅邪时种柳,皆已十围,慨然曰:'木犹如此,人何以堪。'攀枝执条,泫然流涕。"庾信《枯树赋》作"树犹如此",与本句合。

〔14〕三句一气而下,作一句读。"红巾翠袖",妆饰,以代美人。王勃《落花落》:"罗袂红巾复往还。""揾",揩拭。"倩何人"者,言无人也,

应前文"无人会"句。

贺新郎

别茂嘉十二弟[1]。鹈鴂、杜鹃实两种,见《离骚补注》[2]。

绿树听鹈鴂,更那堪鹧鸪声住,杜鹃声切[3]。啼到春归无啼处,苦恨芳菲都歇[4]。算未抵人间离别[5]。马上琵琶关塞黑[6],更长门翠辇辞金阙[7],看燕燕,送归妾[8]。　将军百战身名裂,向河梁回头万里,故人长绝[9]。易水萧萧西风冷,满座衣冠似雪[10],正壮士悲歌未彻[11]。啼鸟还知如许恨,料不啼清泪长啼血[12]。谁共我,醉明月[13]。

〔1〕刘过《龙洲词》有送辛稼轩弟《沁园春》一词,当即是茂嘉。
〔2〕宋洪兴祖《离骚补注》卷一:"然则子规、鹧鸪,二物也。"("鹈""鹧"字通)鹈鴂在这里音"提决"。
〔3〕首三句借鸟声见意。《楚辞·离骚》:"恐鹈鴂之先鸣兮,使夫百草为之不芳。"(李善注张衡《思玄赋》引作"鹧鸪")鹧鸪啼声或云"钩辀格磔",或云"行不得哥也";杜鹃啼声,如曰"不如归去":这三种啼声都不好听,却一个啼了,一个又啼,所以说"更那堪",言其不堪。
〔4〕仍回到鹈鴂身上,即《离骚》"百草不芳"意。《文选》卷二十三阮籍《咏怀》"鹧鸪发哀音"下沈约注:"此鸟鸣则芳歇也。芬芳歇矣,则存者臭腐耳。"

〔5〕此句转到送别本意，以下却又胪列许多故事，离题很远。

〔6〕用昭君出塞事。石崇《王明君辞序》："昔公主嫁乌孙，令琵琶马上作乐，以慰其道路之思，其送明君，亦必尔也。"李商隐《王昭君》："马上琵琶行万里，汉宫长有隔生春。"杜甫《梦李白》二首之一："魂返关塞黑。"

〔7〕用汉武帝陈后事，已见《摸鱼儿》词注〔6〕及〔8〕。翠辇辞阙，即言陈后退居长门宫。"更"者，叙说另一事。谢朓《和王主簿怨情》："掖庭聘绝国，长门失欢宴。"亦上用昭君，下用陈后，与之相同。此盖有所本。

〔8〕用庄姜送戴妫事。《诗·邶风·燕燕序》："《燕燕》，卫庄姜送归妾也。"郑《笺》："庄姜无子，陈女戴妫生子名完，庄姜以为己子。庄公薨，完立而州吁杀之。戴妫于是大归，庄姜远送之于野，诗见己志。"事并见隐公三年、四年《左传》。

〔9〕用李陵苏武事。上片言美人宫怨，这里说壮士诀别，叙述故事，却连络而下，过片并不另起。"将军"云云指李陵，"故人"指苏武。李陵《与苏武诗》："携手上河梁，游子暮何之。"《汉书·苏武传》载苏武归汉，李陵送别语："异域之人，壹别长绝。"

〔10〕用荆轲事。《史记·刺客列传》载歌曰："风萧萧兮易水寒，壮士一去兮不复还。"又云："皆白衣冠以送之，至易水之上。"

〔11〕此句承上句仍用《易水歌》。所云"悲歌"，即本传所载"高渐离击筑，荆轲和而歌，为变徵之声"、"复为羽声慷慨"等句。

〔12〕两句又回到开头许多鸟声。"如许恨"总结上文许多恨事。杜鹃旧有"啼血"之说，因它口中有血红色的斑点。言鸟啼虽然悲切，若知道如许恨事，还要更加悲哀呢。

〔13〕说到这里，始终未及送别本题，却在结末一点："你去后，有谁来伴我饮酒赏月呢？"张惠言《词选》以为"茂嘉盖以得罪谪徙，故有是

213

言"。茂嘉事迹,除见刘过词以外,别无可考,张氏之说未必可信。即使茂嘉真是贬谪,亦无须费如许气力来写它。盖已将个人身世和家国兴亡打拼成一片,多少悲怨,都非泛泛。别弟云云,虽是题目,实不过借题发挥而已。结构之奇辟,措语之悲壮,前人评赞已多,不更引录。

又

邑中园亭,仆皆为赋此词[1]。一日独坐停云[2],水声山色,竞来相娱,意溪山欲援例者,遂作数语,庶几仿佛渊明思亲友[3]之意云。

甚矣吾衰矣[4],怅平生交游零落,只今馀几。白发空垂三千丈[5],一笑人间万事。问何物能令公喜[6]?我见青山多妩媚[7],料青山见我应如是。情与貌,略相似。　一尊搔首东窗里[8],想渊明《停云》诗就,此时风味。江左沉酣求名[9]者,岂识浊醪妙理[10]。回首叫云飞风起[11],不恨古人吾不见,恨古人不见吾狂耳[12]。知我者,二三子[13]。

〔1〕"邑中"指江西铅山县。"此词"即指《贺新郎》词牌。
〔2〕作者的园亭,以陶诗取名。
〔3〕陶潜《停云诗序》:"停云,思亲友也。"
〔4〕《论语·述而》:"子曰:甚矣吾衰也,久矣吾不复梦见周公。"原典谓"道不行",词亦有此意。
〔5〕李白《秋浦歌》:"白发三千丈,缘愁似个长。"

〔6〕《世说新语·宠礼》:"于时荆州为之语曰:髯参军(郗超),短主簿(王恂),能令公(桓温)喜,能令公怒。"这里"公",作者自称。

〔7〕《新唐书·魏徵传》记唐太宗语:"人言徵举动疏慢,我但见其妩媚耳。"

〔8〕陶潜《停云》:"良朋悠邈,搔首延伫。""有酒有酒,闲饮东窗。"又《归去来辞》:"有酒盈樽。"

〔9〕苏轼《和陶饮酒诗》:"江左风流人,醉中亦求名。渊明独清真,谈笑得此生。"

〔10〕陶潜《己酉岁九月九日》:"浊酒且自陶。"杜甫《晦日寻崔戢李封》:"浊醪有妙理。"

〔11〕杜甫《同诸公登慈恩寺塔》:"回首叫虞舜,苍梧云正愁。"刘邦《大风歌》:"大风起兮云飞扬。"

〔12〕《南史·张融传》:"融常叹云:不恨我不见古人,所恨古人不见我。"

〔13〕合用《论语·宪问》"知我者其天乎"、《述而》"二三子以我为隐乎"两句。全篇借《论语》作起结。上片结尾"我见青山"云云,这里结尾"不恨古人"云云,句调意思都似重复,当时岳珂已有这样的批评:"独首尾二腔警语差相似",见《桯史》"稼轩论词"条。

永遇乐

京口北固亭怀古[1]

千古江山,英雄无觅,孙仲谋处[2]。舞榭歌台,风流总被,雨打风吹去[3]。斜阳草树,寻常巷陌[4],人道寄奴[5]曾住。想当年金戈铁马,气吞万里如虎[6]。　元嘉[7]草草,封狼居胥[8],赢得仓皇北顾[9]。四十三年[10],望中犹记,烽火扬州路[11]。可堪回首,佛狸祠下[12],一片神鸦[13]社鼓。凭谁问廉颇老矣,尚能饭否[14]?

〔1〕京口,今镇江。三国孙吴初年曾在此建都,后迁秣陵,改置京口镇。北固山在镇江北,下临江水。晋蔡谟在山上起楼名北固楼,亦名北固亭。梁武帝改名北顾亭。

〔2〕全篇多咏刘宋,首从京口说起孙权,总提全篇。《三国志·吴书·吴主传》注引《吴历》记濡须之战:"公(曹操)见舟船器仗,军伍整肃,喟然叹曰:'生子当如孙仲谋,刘景升儿子若豚犬耳。'"盖云南渡草草之局,非特无望于若刘寄奴之恢复中原,并不能如孙仲谋之称雄江左也。句意谓江山如昔,更无处去觅像孙权那样的英雄人物。

〔3〕三句实只一句,亦不须分逗,今依调断句。本篇多有此种句逗。

〔4〕用刘禹锡《乌衣巷》诗意。

〔5〕"寄奴",宋刘裕小名。刘裕曾在京口起兵讨桓玄。

〔6〕二句指刘裕北伐灭南燕及后秦,收复洛阳诸事。"金戈铁马",言武装之盛。后唐李袭吉《谕梁书》:"金戈铁马,蹂践于明时。"

〔7〕"元嘉",宋文帝年号(424—453)。

〔8〕元狩四年(前119)汉伐匈奴,众十万骑,卫青、霍去病并将。去病"封狼居胥山,禅于姑衍,登临翰海",见《史记·霍去病传》。《宋书·王玄谟传》:"玄谟每陈北侵之策,上(刘义符,即文帝)谓殷景仁曰:闻王玄谟陈说,使人有封狼居胥意。"(《资治通鉴》卷一二五:"令人有封狼居胥意。")狼居胥山旧传在漠北喀尔喀部,一说在今内蒙古自治区西北,后说近是。王玄谟于元嘉二十七年(450)北伐,围滑台而败,魏人遂大举

南侵,见《宋书·文帝纪》及《王玄谟传》。

〔9〕《宋书·索虏传》:"(元嘉八年)上以滑台,战守弥时,遂至陷没,乃作诗曰:'……惆怅惧迁逝,北顾涕交流。'"滑台失守,事本在前,今参错用之。

〔10〕据岳珂《桯史》,本篇作于宁宗开禧元年乙丑。作者于绍兴三十二年(1162)为耿京忠义军掌书记,奉表归朝,至开禧元年(1205)在知镇江府任上,适为四十三年。

〔11〕本篇每借六朝刘宋往迹,喻赵宋近事。固系纪实,而元嘉二十七年北魏南下,"焚烧广陵",亦见《宋书·索虏传》。将咏史与写实两种写法融合为一,意甚深厚。

〔12〕"佛狸"(佛音弼),北魏太武帝小名。宋元嘉二十七年(魏太平真君十一年)十二月北魏南侵至江,起行宫于瓜步,盖在六合。《宋书·索虏传》:"焘(太武帝名)凿瓜步山为盘道,于其顶设毡屋。"到南宋时,瓜洲有佛狸祠。清《扬州府志》卷二十五"祠祀"一:"佛狸祠在瓜洲城……案太武所驻,乃六合之瓜步山,并非瓜洲,沿讹已久。"

〔13〕范成大《吴船录》卷下"戊午"条:"至神女庙……庙有驯鸦。客舟将来,迓于数里之外……船过亦送数里……土人谓之神鸦,亦谓之迎船鸦。"唐时已有此称,吴楚各地亦多有之。如上卷孙光宪《竹枝》注引杜甫诗"迎櫂舞神鸦",情形与范所说相似。这里指祠庙附近的乌鸦。

〔14〕"廉将军老矣,尚善饭",见《史记·廉颇蔺相如列传》。借廉颇事,比喻自己虽老,还有雄心壮志,当时岳珂评此词:"新作微觉用事多耳。"(见《桯史》)

程　垓

程垓,字正伯,眉山(今属四川)人。约生于绍兴十年(1140)左右。有《书舟词》,绍熙五年甲寅(1194)王季平序。杨慎《词品》云:"东坡中表之戚",非必昆弟同辈,其说未知所据。

摸鱼儿

掩凄凉黄昏庭院,角声何处呜咽。矮窗曲屋风灯冷,还是苦寒时节。凝伫切,念[1]翠被熏笼[2],夜夜成虚设。倚阑愁绝,听凤竹[3]声中,犀帷[4]影外,簌簌酿寒雪[5]。　　伤心处,却忆当年轻别,梅花满院初发。吹香弄蕊无人见,惟有暮云千叠。情未彻,又谁料而今,好梦分胡越[6]。不堪重说,但记得当初,重门锁处,犹有夜深月。

〔1〕开首四句写景。"凝伫"有停留、企念意。"念"字一领,直贯到上片结束。

〔2〕"熏笼",熏香兼取暖的炉子,上覆着罩子,以熏衣服,亦可凭倚。白居易《石楠树》:"薰笼乱搭绣衣裳。"《红楼梦》第五十一回说"晴雯自在熏笼上",是此物沿用甚久,至近代尚有之。

〔3〕"凤竹",凤尾竹,竹子的一种,叶似鸟尾。苏轼《巫山》:"翠叶

纷下垂,婆娑绿凤尾。"写得很明白。

〔4〕帐帷悬犀,取其避寒等意,亦不过象征而已。杜牧《杜秋娘诗》:"金盘犀镇帏。"苏轼《四时词》之四:"夜风摇动镇帏犀。"又《春帖子词》:"风暖犀盘尚镇帷。"曰"镇",盖有镇惊意。李贺《恼公》:"犀株防胆怯。"并参看前录李清照《浣溪沙》之二注〔3〕"通犀"。

〔5〕"酿雪",酝酿雪意,言欲雪,本是自己这里的光景,想象对方亦如此。

〔6〕"胡越"不仅地分南北,且有隔绝意。

陈 亮

陈亮(1143—1194),字同甫,永康(今属浙江)人。孝宗隆兴时上《中兴五论》,主张北伐。光宗绍熙四年,登进士第一,授金书建康府判官厅公事,未到官而卒。有《龙川词》。

水调歌头

送章德茂大卿使虏[1]

不见南师久[2],谩说北群空[3]。当场只手,毕竟还我万夫雄[4]。自笑[5]堂堂汉使,得似洋洋河水[6],依旧只流东[7]。且复穹庐拜[8],会向藁街逢[9]。　　尧之都,舜之壤,禹之封[10],于中应有一个半个耻臣戎[11]。万里腥膻如许,千古英灵[12]安在,磅礴几时通[13]。胡运何须问。赫日自当中[14]。

〔1〕章森,字德茂,广汉(今属四川)人,绍兴三十年进士,于孝宗淳熙十一年(1184)八月、十二年(1185)十一月两度出使金国,见《宋史·孝宗纪》。"大卿",鸿胪卿、光禄卿等之别称,见《宾退录》卷三。章森时为试户部尚书而出使,其原职盖为某卿。

〔2〕"南师",北伐之师。

〔3〕韩愈《送温处士序》:"伯乐一过冀北之野,而马群遂空。"以骏马比喻人才。这里反用韩语,言非无人才,引起下文赞美章森意。

〔4〕言章只身使虏,却有力敌万夫的勇概。

〔5〕"自笑",仿佛代章说话的口气。下文"得似",岂得似,是反语。

〔6〕"洋洋",大水貌。《诗·卫风·硕人》:"河水洋洋。"这里用来赞美章的大才。苏轼《送吕希道知和州》:"无言赠君有长叹,美哉河水空洋洋。"用法意思正相似。

〔7〕李白《将进酒》:"君不见黄河之水天上来,奔流到海不复回。"《诗·小雅·沔水》:"沔彼流水,朝宗于海。"《尚书·禹贡》:"江汉朝宗于海。""朝宗"每用来比喻诸侯朝见天子。

〔8〕"且复",姑且再一次。"穹庐",毡帐,即今之蒙古包。《后汉书》卷六十六《郑众传》:"众云:臣诚不忍持汉节,对毡裘独拜。"这里是反用。

〔9〕"藁街",汉长安街道名。这里两句当用《文选》丘迟《与陈伯之书》"对穹庐以屈膝"和"方当系颈蛮邸,悬首藁街"句意。李善注:"陈汤上疏曰:斩郅支首及名王以下,宜悬颈藁街蛮夷邸间。"

〔10〕"都",都邑;"壤",土壤;"封",封疆:虽稍不同,实只一意的变文。

〔11〕"耻臣戎",以向戎狄称臣为耻的人。意谓像这样的人,难道没有一个半个吗?

〔12〕"千古英灵",指先圣先烈,承上"尧舜禹"来。

〔13〕"磅礴",广大貌。《史记·封禅书》:"磅礴四塞。"韩愈《送廖道士序》:"气之所穷,盛而不过,必蜿蟺扶舆,磅礴而郁积。"是"磅礴"有郁而不通意,故下文说"几时通",言几时方才能够通达呢。

〔14〕以中国比太阳,如日中天。与上句分读。

221

俞国宝

俞国宝,临川(今属江西)人。淳熙时太学生。有《醒庵遗珠集》。词见《阳春白雪》、《花草粹编》。

风入松[1]

一春长费买花钱[2],日日醉湖边。玉骢惯识西泠路,骄嘶过沽酒楼前。红杏香中歌舞,绿杨影里秋千。　　暖风十里丽人天[3],花压鬓云偏。画船载取春归去,馀情付湖水湖烟。明日重扶残醉[4],来寻陌上花钿。

[1]《武林旧事》卷三"西湖游幸,都人游赏"条:"一日,御舟经断桥。桥旁有小酒肆,颇雅洁,中饰素屏,书《风入松》一词于上。光尧(宋高宗)驻目,称赏久之,宣问何人所作,乃太学生俞国宝醉笔也。其词云'……(同上所录)明日再携残酒,来寻陌上花钿。'上笑曰:'此词甚好,但末句未免儒酸。'因为改定云'明日重扶残醉',则迥不同矣。即日命解褐云。"

[2]司空图《诗品》"玉壶买春",指买酒而言。"买花"、"买春"相近,接下云"日日醉湖边"。宋时酒肆有歌女侑酒,"买花"或兼有此意。

〔3〕杜甫《丽人行》:"三月三日天气新,长安水边多丽人。"

〔4〕"重扶残醉"四字为改本,已见前。原本作"再携残酒",另有一种意境,未必不工。

姜　夔

姜夔(生卒年约在1155—1221年间),字尧章,号白石道人,鄱阳(今属江西)人。一生未出仕。曾著《大乐议》,宁宗时献于朝。往来鄂、赣、皖、苏间,卒于杭州。有《白石道人歌曲》。其自度曲附有旁谱。

扬州慢

淳熙丙申[1]至日,予过维扬[2]。夜雪初霁,荠麦弥望。入其城则四顾萧条,寒水自碧,暮色渐起,戍角[3]悲吟。予怀怆然,感慨今昔,因自度此曲。千岩老人[4]以为有黍离[5]之悲也。

淮左名都[6],竹西佳处[7],解鞍少驻初程。过春风十里[8],尽荠麦[9]青青。自胡马窥江[10]去后,废池乔木,犹厌言兵[11]。渐黄昏清角[12],吹寒都在空城[13]。　杜郎俊赏,算而今重到须惊[14]。纵豆蔻词工[15],青楼梦好[16],难赋深情。二十四桥仍在[17],波心荡,冷月无声。念桥边红药[18],年年知为谁生。

〔1〕宋孝宗淳熙三年(1176)。

〔2〕《尚书·禹贡》:"淮海维扬州。"后来每借"维扬"作为地名。

〔3〕"戍角",守兵所吹的号角。

〔4〕萧德藻,字东夫,号千岩老人,以侄女嫁白石,事在作此词以后。

〔5〕《黍离》,《诗·王风》篇名,首句曰:"彼黍离离。"周大夫经过西周旧都见皆长了禾黍,作诗以吊之。

〔6〕扬州在淮水东,宋置淮南东路,称为"淮左"。《隋书·宇文化及传》:"炀帝惧,留淮左,不敢还都。"是隋唐时已有此称。

〔7〕杜牧《题扬州禅智寺》:"谁知竹西路,歌吹是扬州。"当只是泛说。后来扬州北门外五里有竹西亭,盖以杜牧诗句命名。苏轼《广陵会三同舍》其"刘贡父"一首云:"竹西已挥手,湾口犹屡送。"即作为地名用。这里亦作地名,与"淮左"对偶。《绝妙好词笺》卷三赵希迈《八声甘州·竹西怀古》词笺引《诗话总龟》云:"蜀冈之南有竹西亭。修竹疏翠,后即禅智寺也。取杜牧之'斜阳竹西路,歌吹是扬州'。"又引葛洞《江都志》:"竹西亭在城北五里禅智寺侧,向子固易曰'歌吹'。经绍兴兵火,周淙重建,复旧名。"

〔8〕杜牧《赠别》:"春风十里扬州路,卷上珠帘总不如。"用来指过去扬州的繁华,只略略一点,远引下片。

〔9〕荠、麦二名,荠即荠菜,隔年生,草本。《淮南子·修务训》:"荠麦夏死。"又《墬形训》:"麦秋生夏死,荠冬生中夏死。"

〔10〕高宗建炎三年、绍兴三十年、三十一年,金兵屡次南侵。其最近一次在隆兴二年,距离作词时只十来年。

〔11〕《白雨斋词话》卷二:"写兵燹后情景逼真。'犹厌言兵'四字包括无限伤乱语。"

〔12〕本调前后结有作上五、下六者,有作三字一逗、四字两句者,当各以文义定之,殆可不拘。郑文焯校本有《角药两字考音》,谓"如此曲

当于'角''药'两顿,故并宜用入声字。"引旁谱为证,说或稍迂。若就本篇文义而论,两片结末同用上五下六句法,郑读自不误。旧日通行的选本如张惠言《词选》、《艺蘅馆词选》并同,今从之。

〔13〕"空城",点明一篇主意。

〔14〕据夏承焘《唐宋词人年谱》,作者那时只有二十二岁,当是初到扬州,无所谓"重到须惊"。"杜郎俊赏"以下是想象譬况,未必自比。想扬州旧日如此繁华,现在变成这等的荒凉,假如牧之果真重来,不知当如何吃惊,纵有春风词笔也写不出深情来,大意不过如此。

〔15〕注〔8〕所引杜牧《赠别》诗的上文为"娉娉袅袅十三馀,豆蔻梢头二月初。"豆蔻梢喻美人的年青。

〔16〕杜牧《遣怀》:"十年一觉扬州梦,赢得青楼薄幸名。""青楼"在汉魏诗里作华屋用,到六朝末期始改指伎楼。

〔17〕杜牧《寄扬州韩绰判官》:"二十四桥明月夜,玉人何处教吹箫。"这二十四桥之名,详见于北宋时沈括《补笔谈》卷三"杂志"。计算起来,却不够二十四条桥的数目。现参照清李斗《扬州画舫录》卷十五的引文,酌定二十四桥如左:(1)浊河,(2)茶园(《补笔谈》原作最西浊河茶园桥,"浊河"下无桥字,是一桥还是二桥不明,今据《画舫录》定为二桥),(3)大明,(4)九曲,(5)下马,(6)作坊,(7)洗马,(8)南(存),(9)阿师,(10)周家,(11)小市(存),(12)广济(存),(13)新,(14)开明(存),(15)顾家,(16)通泗(存),(17)太平(存),(18)利国(《补笔谈》作利园,疑误,从《画舫录》),(19)万岁(存),(20)青园,(21)驿,(22)参佐,(23)东水门("东水门"下无桥字,故《画舫录》遂失载,实际上也是一条桥。沈氏原注云:"今有新桥,非古迹也。"则有旧桥可知),(24)山光(存)。沈书虽具备二十四桥之名,据他自注只存了八桥,到南宋姜白石时,自不会"二十四桥仍在",但词人之言并非考据,只要那时还有若干条桥,也就不妨这样说。至于《画舫录》所载:"廿四桥即吴家砖桥,一

名红药桥,在熙春台后。"以廿四桥为一桥之专名;所谓"廿四桥"、"红药桥",又即缘杜牧之诗、姜白石词得名,是较后的情形,不宜转用注解姜词。

〔18〕谢朓《直中画省》"红药当阶翻",当是现在的芍药花。宋王观有《扬州芍药谱》,其后论云:"扬之芍药甲天下,其盛不知起于何代。"又另条云:"扬之人与西洛无异,无贵贱皆戴花,故开明桥之间,方春之月,拂旦有花市焉。"词里"桥边红药"云云,只是泛说,芍药花虽盛开,也无人欣赏,花又为谁而生呢,乃伤乱之意。自不必指定某一条桥,王观所记可供参考。本篇上片最工,下片较弱,但"波心荡,冷月无声"却是名句。虽多用侧艳字面,系杜牧原诗,且未必以之自况。后人对此似每有误会,故附记于此。

翠楼吟

淳熙丙午[1]冬,武昌安远楼[2]成,与刘去非诸友落之,度曲见志。予去武昌十年,故人有泊舟鹦鹉洲者,闻小姬歌此词,问之,颇能道其事,还吴为予言之。兴怀昔游,且伤今之离索也。

月冷龙沙[3],尘清虎落[4],今年汉酺初赐[5]。新翻胡部曲,听毡幕元戎歌吹[6]。层楼高峙,看槛曲萦红,檐牙飞翠。人姝丽,粉香吹下,夜寒风细[7]。　　此地宜有词仙[8],拥素云黄鹤,与君游戏[9]。玉梯凝望久,叹芳草萋萋千里[10]。天涯情味,仗酒祓清愁,花销英气[11]。西山外,晚来还卷,

227

一帘秋霁〔12〕。

〔1〕淳熙十三年丙午（1186）。

〔2〕词有"素云黄鹤"之语，则此楼当在武昌西南黄鹄山（一名黄鹤山）上。见夏承焘《姜白石词编年笺校》引吴徵铸笺。

〔3〕《后汉书·班超传赞》："坦步葱雪，咫尺龙沙。"注曰："葱领（岭）雪山，白龙堆沙漠也。"在今天山南路。唐五代人所谓"龙沙"，如褚遂良、赵延寿皆指阴山外沙漠（语见《通鉴》卷一九七、二八六），与本词意谓金人者意合。"龙沙"之连称，胡三省有二说：一云卢龙山后，一云匈奴单于所居之龙庭，见《通鉴》注及《释文辨误》，亦未有定论。

〔4〕"虎落"，为防边而设，见《汉书·晁错传》。颜师古注："虎落者，以竹篾相连，遮落之也。"盖古有"竹虎"之名，亦见注中。这里用虎落以对龙沙，和李白《塞下曲》六首之五"将军分虎竹，战士卧龙沙"相近，但李诗"分虎竹"指持节而言。以上两句言宋与金和，北方边境暂相安无事。

〔5〕秦时禁民无故聚饮，有庆祝典礼时方"赐酺"。（酺本是一种祭祀，《周礼·地官·族师》："春秋祭酺。"）《史记·秦始皇本纪》："二十五年……五月天下大酺。"《正义》曰："天下欢乐，大饮酒也。"汉承秦制，《史记·孝文帝本纪》："朕初即位，其赦天下，赐民爵一级，女子百户牛酒，酺五日。"文颖曰："汉律，三人已上无故群饮，罚金四两。今诏横赐，得令会聚饮食五日。"张九龄《奉和圣制登封礼毕洛城酺宴》："汉酺歌圣酒。""酺"平仄两读，音"蒲"或"步"。这里用典，又系纪事。《姜白石词编年笺校》："是年正月庚辰，高宗八十寿，犒赐内外诸军共一百六十万缗，见《宋史·孝宗纪》。"宋律不禁群饮，自无须赐酺，但天下欢乐大饮酒情形却相同，故用古典来述说近事。

〔6〕南宋当时流行北方的胡乐。"毡幕元戎鼓吹"即所谓"新翻胡

部曲"也。元戎本指率领的兵车,引申为元帅,帅府。"歌吹",作名词用。"吹"字去声。

〔7〕自"层楼"到此句,转入楼的正面描写,状建筑的壮丽,宴会的繁华。宋时公宴征官妓承应,故有"人姝丽"等句。就上片全段,将"安远楼成"四字题目缴足,"安远"二字的意义亦充分发挥了;然帅衙歌吹,所用乃毡幕之音,已含微讽。起笔"月冷龙沙"句,气象亦非常萧飒,意已直贯下片。许昂霄《词综偶评》曰:"(月冷龙沙五句)题前一层即为题后铺叙,手法最高。"何谓题前题后,他说得不很明白,大约也是这类的看法。

〔8〕言如此形胜,岂无人才。

〔9〕用崔颢诗。"君"字虚拟,不指定何人,笔极灵活。崔颢《黄鹤楼》:"昔人已乘黄鹤去,此地空馀黄鹤楼。黄鹤一去不复返,白云千载空悠悠。晴川历历汉阳树,芳草萋萋鹦鹉洲。日暮乡关何处是,烟波江上使人愁。"

〔10〕仍用崔诗。原典出淮南小山《招隐士》:"王孙游兮不归,春草生兮萋萋。"

〔11〕"天涯"句承"芳草千里",仍绾合崔诗"日暮乡关何处是"。"仗"字领下两句,言只可凭仗花酒来消愁。"酒"承上"汉酺",花承上"姝丽",双承仍归到"落成"本题。被除愁恨虽似乎是好事,英气销磨又不见其佳。"酒㽵""花销"对句,似平微侧,似自己叹息解嘲,又似代他斡全开脱。其时北敌方强,奈何空言"安远"。虽铺叙描摹得十分壮丽繁华,而上下嬉恬,宴安鸩毒的光景便寄在言外。像这样的写法,放宽一步即逼紧一步,正不必粗犷"骂题",而自己的本怀已和盘托出了。

〔12〕结写晚晴,又一振起,用王勃《滕王阁》诗:"珠帘暮卷西山雨。"若与辛弃疾《摸鱼儿》"斜阳正在烟柳断肠处"参看,其光景情怀正相类似。而辛词结句非常哀愁,姜词结句不落衰飒,以赋题不同,故写法

229

各别耳。

点绛唇

丁未冬过吴松作[1]

燕雁无心[2],太湖西畔随云去。数峰清苦,商略黄昏雨[3]。
　　第四桥[4]边,拟共天随[5]住。今何许?凭阑怀古,残柳参差舞[6]。

　　[1] 淳熙十四年(1187)。吴松,水名,在苏州南,从吴江东流入昆山县。

　　[2] 燕雁有两说:(1)"燕"指玄鸟,仄声。如《淮南子·墬形训》"燕雁代飞"是也。(2)燕为地名,幽燕之燕,平声。"燕雁"者,自北地而来之雁。唐人诗中用之甚多,如杨凝、杜牧、许浑、李商隐、赵嘏等,亦有作"燕鸿"者,义同。如李涉《重过文上人院》:"南随越鸟北燕鸿","燕"与"越"对,尤为明白。白石词自沿用唐诗,不必远引《淮南》也。

　　[3] 写出江南烟雨风景。"商略"二字,评量之意,见《世说新语·赏誉》。用此见得雨意浓酣,垂垂欲下。王国维《人间词话》评为有些隔,亦未是。

　　[4] 桥在吴江城外。范成大《吴郡志》卷二十九:"松江水在水品第六,世传第四桥下水是也。桥今名甘泉桥,好事者往往以小舟汲之。"

　　[5] "天随",唐陆龟蒙自号天随子,宅在松江上甫里。白石每以陆天随自比,见《三高祠》及《自石湖归苕溪》诗。

〔6〕《白雨斋词话》卷二:"通首只写眼前景物。至结处……感时伤事,只用'今何许'三字提唱,'凭栏怀古'下仅以'残柳'五字咏叹了之,无穷哀感都在虚处。"

淡黄柳

客居合肥南城赤阑桥[1]之西,巷陌凄凉,与江左异,唯柳色夹道,依依可怜,因度此阕,以纾客怀。

空城晓角,吹入垂杨陌。马上单衣寒恻恻[2]。看尽鹅黄嫩绿,都是江南旧相识。　正岑寂,明朝又寒食,强携酒[3],小桥宅[4]。怕梨花落尽成秋色[5]。燕燕飞来[6],问春何在,唯有池塘自碧。

〔1〕《白石诗集》卷下《送范仲讷往合肥》:"我家曾住赤栏桥。"阑,同"栏"。

〔2〕韩偓《夜深》(一作《寒食夜》):"恻恻轻寒翦翦风。"

〔3〕周邦彦《应天长》:"强载酒细寻前迹。""载酒""携酒",往就之词。

〔4〕桥本是姓。大桥、小桥,见《三国志·吴书·周瑜传》。后来多省作"乔"。作"桥"不误,但如郑文焯释为赤阑桥之"桥"恐未合。这里或借指当时所欢。作者另一词《解连环》:"为大乔能拨春风,小乔妙移筝,雁啼秋水。"

〔5〕李贺《十二月乐词》(三月):"梨花落尽成秋苑。"

〔6〕"燕燕"，双燕。《诗·邶风·燕燕》："燕燕于飞。"

长亭怨慢

　　予颇喜自制曲，初率意为长短句，然后协以律，故前后阕多不同。桓大司马云："昔年种柳，依依汉南；今看摇落，凄怆江潭。树犹如此，人何以堪。"此语予深爱之〔1〕。

渐吹尽枝头香絮〔2〕，是处人家，绿深门户。远浦萦回，暮帆零乱向何许。阅人多矣，谁得似长亭树。树若有情时，不会得青青如此〔3〕。　　日暮，望高城不见〔4〕，只见乱山无数。韦郎去也，怎忘得玉环分付〔5〕。第一是早早归来，怕红萼无人为主。算空有并刀，难剪离愁千缕〔6〕。

　　〔1〕《世说新语·言语》载桓温语，只有"木犹如此，人何以堪。"此序所引诸语均出庾信《枯树赋》。
　　〔2〕以柳起兴，以梅（红萼）结，与《一萼红》词，以梅起兴，以柳结，作法相似。
　　〔3〕本文和序的联系，只以上数句，在全篇看似插笔。"此"字出韵。温庭筠《李羽处士故里》："花若有情还怅望。"
　　〔4〕何逊《日夕望江山寄鱼司马》："日夕望高城，耿耿青云外。"欧阳詹诗已见中卷苏轼《南乡子》词注〔2〕。秦观《满庭芳》："高城望断，灯火已黄昏。"

〔5〕唐韦皋游江夏,与姜家小青衣玉箫有情,约以少则五载,多则七年来娶,因留玉指环一枚。八年不至,玉箫绝食而死,以玉指环着于中指而葬。后韦晚年镇西川,得一歌姬,亦名玉箫,观之,乃真姜氏之玉箫也,而中指有肉环隐出,不异留别之玉环也。详见《云溪友议》卷中"玉箫化"条。本篇序文虽明言敷衍六朝人语,审其词意为怀人之作,说详夏承焘《白石怀人词考》及《姜白石词编年笺校》。

〔6〕并州,今山西一带,古代出产好刀。杜甫《戏题王宰画山水图歌》:"焉得并州快剪刀,剪取吴淞半江水。"

暗香

辛亥[1]之冬,予载雪诣石湖,止既月,授简索句,且征新声,作此两曲。石湖把玩不已,使工妓隶习之,音节谐婉,乃名之曰"暗香"、"疏影"[2]。

旧时月色[3],算几番照我,梅边吹笛。唤起玉人,不管清寒与攀摘[4]。何逊而今渐老,都忘却春风词笔[5]。但怪得竹外疏花,香冷入瑶席[6]。　　江国,正寂寂。叹寄与路遥[7],夜雪初积。翠尊易泣[8],红萼无言耿相忆。长记曾携手处,千树压西湖寒碧[9]。又片片吹尽也,几时见得[10]。

〔1〕宋光宗绍熙二年(1191)。
〔2〕林逋《山园小梅》:"疏影横斜水清浅,暗香浮动月黄昏。"
〔3〕以下数句皆回忆前事,起笔明点。温庭筠《经故秘书崔监扬州

南塘旧居》:"唯向旧山留月色。"周紫芝《清平乐》:"月到旧时明处,共谁同倚阑干。"

〔4〕贺铸《浣溪沙》:"玉人和月摘梅花。"

〔5〕梁何逊有《早梅诗》,一名《扬州法曹梅花盛开》。杜甫《和裴迪》:"东阁官梅动诗兴,还如何逊在扬州。"这里将何逊来比况自己。

〔6〕"竹外疏花"用东坡诗,见下注〔9〕。"香冷瑶席"指在范成大席上赏梅花。

〔7〕"寄兴"出陆凯《寄范晔》诗,见中卷秦观《踏莎行》注〔4〕。寄赠梅花更早的故事见于《说苑》:"越使诸发执一枝遗梁王。梁王之臣曰韩子,顾左右曰:'恶有一枝梅乃遗制国之君乎!'"《初学记》卷二十八引刘向《说苑》,今本无此文。

〔8〕《绝妙好词》及洪正治本《白石诗词》,"泣"并作"竭",词意盖本周邦彦《浪淘沙慢》"翠尊未竭";各本多作"泣"。用"泣"或"竭",就句意论并可通,如黄孝迈《湘春夜月》"空尊夜泣",亦即此句之意。且"易泣""无言"对偶亦工。

〔9〕"长记"以下,又记往事,与起首相应。苏轼《和秦太虚梅花》:"江头千树春欲暗,竹外一枝斜更好。"东坡此篇中还有"西湖处士""孤山山下"等句,盖姜句所出。

〔10〕结句拟周邦彦《六丑》结句:"恐断红尚有相思字,何由见得。"

疏 影

苔枝缀玉[1],有翠禽小小,枝上同宿[2]。客里相逢,篱角黄昏,无言自倚修竹[3]。昭君不惯胡沙远,但暗忆江南江北[4]。想佩环月夜归来,化作此花幽独[5]。　　犹记深宫旧事[6],那人正睡里,飞近蛾绿[7]。莫似春风,不管盈盈[8],早与安排金屋[9]。还教一片随波去,又却怨玉龙哀曲[10]。等恁时重觅幽香,已入小窗横幅[11]。

〔1〕"苔梅",梅树的一种。范成大《梅谱》(一名《范村梅谱》):"古梅会稽最多,四明吴兴亦间有之。其枝樛曲万状,苍藓鳞皴,封满花身;又有苔须垂于枝间或长数寸,风至,绿丝飘飘可玩。初谓古木历久,风日致然。详考会稽所产,虽小株亦有苔痕,盖别是一种,非必古木。……"《武林旧事》卷七记宋高宗语:"苔梅有二种:一种宜兴张公洞者,苔藓甚厚,花极香;一种出越上,苔如绿丝,长尺馀。"

〔2〕隋开皇中,赵师雄迁罗浮,日暮于松林中见美人,又有一绿衣童子笑歌戏舞。"师雄醉寐,但觉风寒相袭。久之东方已白,起视大梅花树上,有翠羽刺嘈相顾,月落参横,惆怅而已。"见曾慥《类说》卷十二引《异人录》。

〔3〕杜甫《佳人》:"天寒翠袖薄,日暮倚修竹。""黄昏"字面似亦参用前《暗香》词所引苏诗"多情立马待黄昏"。又曹组咏梅《蓦山溪》云:"竹外一枝斜,想佳人天寒日暮。"亦用苏诗、杜诗,在姜前。本篇用成句及典故颇多。许昂霄《词综偶评》:"别有炉鞴镕铸之妙,不仅隐括旧人诗句为能。"

〔4〕郑文焯校本云:"考唐王建《塞上咏梅》诗曰:'天山路边一株梅,年年花发黄云下,昭君已没汉使回,前后征人谁系马。'白石词意当本此。"《词综偶评》:"宋人咏梅,例以弄玉太真为比,不若以明妃拟之尤有情致也。胡澹庵(铨)诗,亦有'春风自识明妃面'之句。"把昭君来比梅花,原不始于白石;但这里用典,可能有家国兴亡这类的寄托,否则也未免稍突兀。

〔5〕杜甫《咏怀古迹》五首之三:"群山万壑赴荆门,生长明妃尚有

村。一去紫台连朔漠,独留青冢向黄昏。画图省识春风面,环珮空归月夜魂。千载琵琶作胡语,分明怨恨曲中论。"这里字面虽只关合一部分,但实包含杜诗全篇之意,故全录之。

〔6〕"深宫"虽另起一故事,仍与上片昭君相应。

〔7〕"蛾绿"犹眉黛。《太平御览》卷三十"时序部"引《杂五行书》:"宋武帝女寿阳公主人日卧于含章殿檐下,梅花落公主额上,成五出花,拂之不去。皇后留之,看得几时,经三日,洗之乃落。宫女奇其异,竞效之,今梅花妆是也。"此条情节多附会,而后来流传颇广。叶廷珪《海录碎事》卷十下,亦有此条,其词稍简净;引作《宋书》。《太平御览》卷九〇七,亦引作《宋书》。本词到此换笔,用典亦系贴切梅花题目;若只管说昭君,未免太远了。

〔8〕"春风"意连下,今依调法分逗。"盈盈",美好貌,亦借美人比花,意谓莫要像春风那样的不管花枝。八字实当作一句读。

〔9〕"阿娇金屋",见上卷张泌《蝴蝶儿》注〔2〕。在这里有惜花之意,用金屋事作比喻固可,尚嫌稍远。王禹偁《诗话》云:"石崇见海棠叹曰:汝若能香,当以金屋贮汝。"(《古今图书集成·博物汇编·草木典》卷三百引)若以金屋贮海棠喻梅花,就比较近了。但石崇之语既未见六朝人记载,且王禹偁《诗话》亦未见原书,录以备考。

〔10〕"玉龙"指笛,玉言其华饰,龙状其音声。马融《长笛赋》所谓"龙鸣水中"。李白《金陵听韩侍御吹笛》:"韩公吹玉笛,倜傥留英音。风吹绕钟山,万壑皆龙吟。"此极言其音色清亮远闻,"玉""龙"二字分点。其连用者,如林逋《霜天晓角》:"甚处玉龙三弄",与"玉龙哀曲"意合,盖即所谓"梅花三弄"也。笛中曲有《梅花落》,绾合本题。李白《与史郎中钦听黄鹤楼上吹笛》:"黄鹤楼中吹玉笛,江城五月落梅花。"韩偓《梅花》:"龙笛远吹胡地月,梅花初试汉宫妆。"与本词上下片用昭君胡沙、寿阳深宫旧事均相合。

〔11〕最后说到画里的梅花。《姜白石词编年笺校》:"王定保《唐摭言》卷十载崔橹《梅花》诗:'初开已入雕梁画,未落先愁玉笛吹。'姜词数句,似衍此二语。"馀详下。

〔附说〕

这两首自来称为姜词的代表作,各家选本大都入录,而评论分歧,有推崇备至的称为绝唱,有不赞成的称为费解,抑扬之间似均过其实。较早的如张炎(《词源》卷下)说他"自立新意",什么是"新意"却亦未说。后来解释大约分为三类:(1)为范成大而作,说见张惠言《词选》卷二。张云:"时石湖盖有隐遁之志,故作此二词以沮之。"(2)以为寄慨偏安,感徽、钦被虏事,如张惠言在《疏影》下又说:"此章更以二帝之愤发之。"是张氏一人已有二说。此说最为盛行,清人以及近人谈论本词者大都这样说。(3)近人夏承焘释为怀念合肥旧欢的词,见《白石怀人词考》附《暗香、疏影说》。但夏亦云二曲不专为怀人作,是他也并不否认其中含有家国之恨。因此这三说也是互相参错的。其他还有些异说,似均出附会,见夏《笺》,不多引。

此系白石自度曲,二首均咏梅花,蝉联而下,似画家的通景。第一首即景咏石湖梅,回忆西湖孤山千树盛开,直说到"片片吹尽也"。第二首即从梅花落英直说到画里的梅花。与周邦彦《红林檎近》词两首,由初雪说到雪盛、残雪、再欲雪,章法相似,却不是纯粹写景咏物,多身世家国之感,与周词又不同。上首多关个人身世,故以何逊自比。下首写家国之恨居多,故引昭君、胡沙、深宫等等为喻。更有一点可注意的,"江南江北"之"北"字出韵,系用南方土音押韵。岂因主要意思所在,故不回避出韵失律之病?因之也更觉突出。窃谓旧说大致不误,惟亦不必穿凿比附以求之。至谓作词时离徽、钦被虏已六十年,就未必再提旧话,此点却似无甚关系;因南渡以后,依然是个残局,而且更危险,自不妨有所感慨。

词多比兴,虽字面上说梅花,却处处关到自己,关到家国,引用古句甚多,自是用心之作,虽稍有沉晦处,参看注文,大意可通。夏氏怀念旧欢之说,在本词看来不甚显明。

齐天乐

丙辰岁[1]与张功父会饮张达可[2]之堂,闻屋壁间蟋蟀有声,功父约予同赋,以授歌者。功父先成,辞甚美。予裴回茉莉花间,仰见秋月,顿起幽思,寻亦得此。蟋蟀中都呼为促织[3],善斗,好事者或以三二十万钱致一枚,镂象齿为楼观以贮之。

庾郎先自吟愁赋[4],凄凄更闻私语。露湿铜铺[5],苔侵石井[6],都是曾听伊处。哀音似诉,正思妇无眠,起寻机杼[7]。曲曲屏山,夜凉独自甚情绪[8]。　　西窗又吹暗雨,为谁频断续,相和砧杵。候馆迎秋[9],离宫吊月[10],别有伤心无数。豳诗漫与[11],笑篱落呼灯,世间儿女[12]。写入琴丝,一声声更苦。宣政[13]间,有士大夫制《蟋蟀吟》。

[1] 宁宗庆元二年(1196)。

[2] "功父",张镃字,镃原字时可,循王张俊曾孙。"达可",当为张镃昆仲。

[3] "中都",汴京(今河南开封)。蟋蟀北方俗呼促织、趣织,自汉以来如此,非始于宋。看本篇"候馆"下三句,"中都"云云自非泛语。详

下注〔7〕、〔9〕、〔11〕。

〔4〕庾信有《愁赋》,今本庾集不载。《海录碎事》卷九下"愁乐门":"庾信《愁赋》曰:'谁知一寸心,乃有万斛愁。'"另条:"庾信《愁赋》:'攻许愁城终不破,荡许愁门终不开。何物煮愁能得熟,何物烧愁能得然。闭门欲驱愁,愁终不肯去。深藏欲避愁,愁已知人处。'"周邦彦《片玉集》卷五《宴清都》词下陈注亦引下四句,"闭门"作"闭户",馀同。是子山实有《愁赋》,当在庾集旧本中,故周姜云然。又黄庭坚《山谷丙集》卷十九《四休居士诗》三首,注引《愁赋》凡十句,此下更有"欹眠眼睫未尝摻,强戏眉头那得伸"两句。苏轼《次韵孔毅父久旱已而甚雨》三首之三施注引《愁赋》:"细酌榴花一两杯,荡彼愁门终不开。"按其次句与前引同,其首句又不似六朝人作,恐非赋之原文,附记于此。

〔5〕"铜铺",以铜作螺形,安在门上,以衔环,亦称"金铺"。李贺《宫娃歌》:"屈膝铜铺锁阿甄。"

〔6〕司空曙《题暕上人院》:"雨后绿苔生石井。"

〔7〕《太平御览》卷九百四十九引陆玑《毛诗疏义》曰:"蟋蟀……幽州人谓之促织,督促之言也。里语曰:'趣织鸣,懒妇惊。'"

〔8〕张炎《词源》卷下"制曲"条:"最是过片,不要断了曲意,须要承上接下。如姜白石词云:'曲曲屏山,夜凉独自甚情绪。'于过片则云:'西窗又吹暗雨。'此则曲之意脉不断矣。"

〔9〕《汉书》卷六十四下《王褒传》:"蟋蟀俟秋吟。"师古曰:"蟋蟀,今之促织也。"此盖兼采注义,遥应序文"中都呼为促织"句。《文选》卷二十三阮籍《咏怀诗》旧注引王褒文作"蟋蟀候秋吟"。

〔10〕注〔5〕所引李贺《宫娃歌》,其上句为"啼蛄吊月钩栏下"。

〔11〕《诗·豳风·七月》:"七月在野,八月在宇,九月在户,十月蟋蟀入我床下。"《笺》云:"自七月在野至十月入我床下,皆谓蟋蟀也。"杜甫《江上值水如海势聊短述》:"老去诗篇浑漫与。"(今本或作

239

"兴",非。)

〔12〕张镃同赋词有"儿时曾记得,呼灯灌穴,敛步随音",此处语简而意相同。陈廷焯曰:"以无知儿女之乐,反衬出有心人之苦,最为入妙。"(《白雨斋词话》卷二)周济却认为"补凑"(《宋四家词选·序论》),二人褒贬不同,以陈说为是。

〔13〕"宣政",政和、宣和,宋徽宗年号(1111—1125),北宋亡国之时。本篇作意,自注甚明。

鹧鸪天

元夕有所梦〔1〕

肥水东流〔2〕无尽期,当初不合种相思〔3〕。梦中未比丹青见,暗里忽惊山鸟啼。　　春未绿,鬓先丝,人间别久不成悲。谁教岁岁红莲〔4〕夜,两处沉吟各自知。

〔1〕庆元三年丁巳(1197)。
〔2〕肥水分为两支,其一东流经合肥入巢湖,其一西北流至寿州入淮。《尔雅·释水》:"归异,出同流,肥。"《诗·邶风·泉水》《毛传》:"所出同,所归异为肥泉。"
〔3〕"相思"盖有树的联想,故上云"种"字。相思树即红豆,见上卷欧阳炯《南乡子》之三注〔2〕。
〔4〕"红莲",指灯。欧阳修《蓦山溪》"元夕":"剪红莲满城开遍。"周邦彦《解语花·元宵》(汲古阁本):"露浥红莲,灯市花相射。"

吕胜己

吕胜己,字季克,建阳(今福建南平市建阳区)人。淳熙辛丑(1181)为杭州守,以事罢归,其别业曰"小渭川"。有《渭川居士词》。

蝶恋花

霰雨雪词[1]

天色沉沉云色赭,风搅阴寒,浩荡吹平野。万斛珠玑[2]天弃舍,长空撒下鸣鸳瓦[3]。　　玉女凝愁金阙下,褪粉残妆,和泪轻挥洒。欲降尘凡飚驭驾[4],翩翩白凤先来也[5]。

〔1〕《诗·小雅·頍弁》:"如彼雨雪,先集维霰。"霰,雪珠。
〔2〕"玑",不圆的珠子。
〔3〕"鸳瓦",瓦之成对者。后来每借指琉璃瓦。
〔4〕"驾"是动词。"飚驭",犹言风马云车。言车马都已整备了。
〔5〕言玉女未降人间,侍从先来。韩愈《辛卯年雪》:"白霓先启途,从以万玉妃。"曹唐《小游仙》:"侍从皆骑白凤凰。"此词上片写景,下片用想象作比喻。

戴复古

戴复古(1167—1248后),字式之,号石屏,黄岩(今浙江台州)人。长浪游江湖间,卒年八十馀。有《石屏词》。

洞仙歌

卖花担上,菊蕊金初破。说着重阳怎虚过。看画城簇簇[1],酒肆歌楼,奈没个巧处安排着我。　　家乡煞远[2]哩,抵死思量,枉把眉头万千锁。一笑且开怀,小阁团栾[3],旋簇着[4]几般蔬果。把三杯两盏记时光,问有甚曲儿,好唱一个[5]?

〔1〕"画城",赞美语。李商隐《陈后宫》:"茂苑城如画。"李贺有《画角(甬)东城》、《追赋画江潭苑》诗题。李白《君子有所思行》:"万井惊画出。""簇簇",整齐貌。

〔2〕"煞远",很远,是当时口语。

〔3〕"小阁",即现在酒馆中的"雅座"或"单间"。"团栾",圆貌,大家围坐。

〔4〕"旋簇着",很快地铺设着。

〔5〕本词写宋代酒肆光景。《梦粱录》卷十六:"诸店肆俱有厅院廊

庑,排列小小稳便阁儿。吊窗之外,花竹掩映。垂帘下幕,随意命妓歌唱。虽饮宴至达旦,亦无厌怠也。"

卢 炳

卢炳,字叔阳,号丑斋,宁宗时人。嘉定七年知融州(今广西柳州融水苗族自治县),放罢。有《哄堂词》。

减字木兰花

莎[1]衫筠笠,正是村村农务急[2]。绿水千畦,惭愧[3]秧针出得齐。　　风斜雨细,麦欲黄时寒又至[4]。馌[5]妇耕夫,画作今年稔岁[6]图。

〔1〕"莎",蓑,草衣。"莎""蓑"音同借用。
〔2〕杜甫《春日江村》五首之一:"农务村村急。"
〔3〕"惭愧",感幸之辞,犹说"侥幸"。
〔4〕旧历四月间,有时天气转冷,谓之"麦秀寒"。
〔5〕"馌",往田里送饭。《诗·豳风·七月》:"同我妇子,馌彼南亩。"《左传》僖公三十三年:"见冀缺耨,其妻馌之。"
〔6〕"稔岁",丰年。

史达祖

史达祖,字邦卿,号梅溪,汴(今河南开封)人。曾依韩侂胄为堂吏,颇用事。韩被诛,史以罪废。有《梅溪词》。

绮罗香

咏春雨

做冷欺花[1],将烟困柳[2],千里偷催春暮[3]。尽日冥迷,愁里欲飞还住[4]。惊粉重蝶宿西园[5],喜泥润燕归南浦[6]。最妨它佳约风流,钿车不到杜陵路[7]。　　沉沉江上望极[8],还被春潮晚急,难寻官渡[9]。隐约遥峰,和泪谢娘眉妩[10]。临断岸新绿生时,是落红带愁流处[11]。记当日门掩梨花[12],剪灯深夜语[13]。

[1] 陆龟蒙《早春雪中作吴体寄袭美》:"欺花冻草还飘然。"
[2] 将,捎带。"将烟"犹"和烟"。此句写烟柳迷离光景。
[3] 言沉阴天气,容易黄昏。杜甫《秦州杂诗》二十首之十七:"边秋阴易夕。"
[4] 这两句开始说到下雨。

〔5〕郑谷《赵璘郎中席上赋蝴蝶》："微雨宿花房。"张泌《春夕言怀》："欲化西园蝶未成。"

〔6〕李商隐《细雨成咏》："稍稍落蝶粉,班班融燕泥",亦二者对举。

〔7〕同一春雨,而感受不同,如蝶惊燕喜,人却怕妨他春游佳约。"杜陵",汉宣帝陵,古杜伯国,在唐长安城南。隋尹式《别宋常侍》："游人杜陵北。"钿,金华饰。"钿车",妆金的车子,亦犹言"香车。"

〔8〕过片以下写天色渐晚,雨意更浓,境界亦更推扩,笔法多变换。

〔9〕韦应物《滁州西涧》："春潮带雨晚来急,野渡无人舟自横。""官渡",官方所设的渡口,与韦诗"野渡",字义别而句意相通。

〔10〕谢娘可作女子的泛称,见上卷温庭筠《更漏子》注〔3〕,韦庄《浣溪纱》注〔1〕。"眉妩",本作眉忤。《汉书·张敞传》："又为妇画眉,长安中传张京兆眉忤。"注,孟康曰："忤音诩,北方人谓媚好为诩畜。"宋祁曰："忤音妩媚之妩。妩音舞。""忤"本有妩媚意,后来通写作"眉妩",犹言眉妆。此句写烟雨迷离中的遥青远翠,即绾合美人的和泪眉痕。上片一般的雨景描写,下片重在怀人本意。

〔11〕这两句说到春雨的影响,绿肥红瘦,也就是雨后光景。相传姜白石极赏识这"临断岸"以下数句,见《花庵词选》。

〔12〕刘方平《春怨》："寂寞空庭春欲晚,梨花满院不开门。"白居易《长恨歌》："梨花一枝春带雨。"李重元《忆王孙》词："欲黄昏,雨打梨花深闭门。"

〔13〕李商隐《夜雨寄北》："何当共剪西窗烛,却话巴山夜雨时。"这里回想从前,仍关合雨景。本篇为咏物体,写江南烟雨极为工细。有正面描写处,有侧面衬托处,有点缀风华处,有与怀人本意夹写处,而以回忆作结。姜夔称为"融情景于一家,会句意于两得"(见《花庵词选》,又见汲古阁本《梅溪词》跋),看本篇与下录《双双燕》,知姜氏此评是恰当的。

双双燕

咏燕

过春社了[1],度帘幕中间,去年尘冷。差池[2]欲住,试入旧巢相并。还相雕梁藻井[3],又软语商量不定。飘然快拂花梢,翠尾分开红影。　　芳径,芹泥雨润[4]。爱贴地争飞[5],竞夸轻俊。红楼[6]归晚,看足柳昏花暝[7]。应自栖香正稳,便忘了天涯芳信[8]。愁损翠黛双蛾,日日画阑独凭[9]。

[1] 社有春秋之别。春社为祈谷之祭,日子选在春分前后(用甲日或戊日);秋社是报赛,即谢神还愿。燕子每于春社时来,秋社时去。《云溪友议》卷下"巢燕词"条引欧阳澥诗:"翩翩双燕画堂开,送古迎今几万回。长向春秋社前后,为谁归去为谁来。"这句略提社日已过,引起双燕归来,妙有远神,对题目说来,亦不黏不脱,恰到好处。

[2] "度帘幕"两句,出燕子。"差池"两句,写双燕。《青箱杂记》卷五引晏殊断句:"楼台侧畔杨花过,帘幕中间燕子飞。"《诗·邶风·燕燕》:"燕燕于飞,差池其羽。"《笺》:"谓张舒其尾翼。"

[3] "相",读如"相看"之"相",去声。"藻井",天花板上装饰如井栏形状,彩绘荷花菱藻之类。"井"和"水藻"云以镇压火灾。后来亦改用龙凤花草其他图案,今北京旧宫殿庙宇往往有之。张衡《西京赋》:"蒂倒茄于藻井,披红葩之狎猎。"王延寿《鲁灵光殿赋》:"圆渊方井,反

植荷蕖。"这藻井之制作是否与后来的一样也很难说,却由来甚古。燕子喜住华屋,故词语云然。

〔4〕写燕子衔泥。"芳径",短句押韵。杜甫《徐步》:"芹泥随燕嘴。"郑谷《燕》诗:"落花径里得泥香。"

〔5〕天阴欲雨,燕子贴地而飞,承上句来,今俗谚犹云"燕子擦地飞,出门带雨衣"。或云:"看'芹泥'句,盖状雨后燕子衔泥,非欲雨也。"然江南春雨缠绵,其前后相际多不可分,两说可参看。

〔6〕郑谷同篇:"乱入红楼拣杏梁。"

〔7〕《人间词话》卷下:"贺黄公谓:'姜论史词,不称其"软语商量"而称其"柳昏花暝",固知不免项羽学兵法之恨。'(贺语见贺裳《皱水轩词筌》,姜语见黄昇《花庵词选》引。)然'柳昏花暝'自是欧秦辈句法,前后有画工化工之殊,吾从白石,不能附和黄公矣。"王国维说虽是,亦有些偏执。盖上下片本不同。上片从正面描写燕子,"软语商量"云云自为佳句。下片多从侧面,燕子与人的关系等等来说,情形既复杂,则意思含蓄,风格浑成,亦是自然的格局。上下互成,前后一体,相比较则可,若争论其孰为优劣,似无谓也。

〔8〕唐时有长安女子绍兰,托双燕寄书,事见王仁裕《开元天宝遗事》。这里恐未必用这比较冷僻的故事。江淹《杂体诗拟李陵》:"袖中有短书,愿寄双飞燕。"

〔9〕结句写美人独凭画栏,反结"双双燕"本意,亦犹冯延巳《蝶恋花》词:"泪眼倚楼频独语。双燕来时,陌上相逢否。"本篇为咏物一体极规矩工整之作,前人评赞甚多,不复征引。

高观国

高观国,字宾王,山阴(今浙江绍兴)人。有《竹屋痴语》。

菩萨蛮

何须急管吹云暝,高寒滟滟[1]开金饼[2]。今夕不登楼,一年空过秋。　　桂花香雾冷[3],梧叶西风影。客醉倚河桥,清光愁玉箫[4]。

〔1〕"滟滟"见上卷皇甫松《采莲子》之二注〔1〕。

〔2〕杜甫《赠蜀僧闾丘师兄》:"落月如金盘。"杜以金盘喻落月,此以金饼喻初升之月。苏舜钦《中秋松江新桥和柳令之作》:"云头艳艳开金饼,水面沉沉卧彩虹。"贺铸《游仙咏》词:"好月为人重破暝,云头艳艳开金饼",即用苏句,与本篇更近。看下文"今夕"云云,本篇当亦是中秋作,"金饼"或有月饼的联想。叶梦得《石林诗话》卷上载北宋时王君玉(琪)诗:"只在浮云最深处,试凭弦管一吹开。"此词说不须急管吹开,意亦相近。

〔3〕"桂花"兼指月中之桂,半虚半实。杜甫《月夜》:"香雾云鬟湿,清辉玉臂寒。"杜句"香雾",意亦连月中桂,却不曾说破。

〔4〕用杜牧诗"二十四桥明月夜"句(见前姜夔《扬州慢》注〔17〕),

表示怀人之意。又"客醉倚河桥",句法亦与韦庄《菩萨蛮》"骑马倚斜桥"相似。用急管起,玉箫结,皆借音乐为虚拟之词。

李从周

李从周,字肩吾,一字子我,号蜉洲,眉州(今四川眉山)人。精文字学,著《字通》。有《蜉洲词》辑本。

谒金门

花似匼,两点翠蛾愁压。人又不来春且恰[1],谁留春一霎。

消尽水沉金鸭[2],写尽杏笺红蜡[3],可奈薄情如此黠[4],寄书浑不答[5]。

[1]"恰",恰好。春光恰好,就要过去了,故下言"留春"。

[2]"金鸭",熏炉,犹玉鸭,宝鸭。见中卷李清照《浣溪沙》之二注[1]。

[3]蜀笺凡十种颜色,称为"十样蛮笺",中有杏红的颜色。"红蜡",即红烛。把信笺写完,那时蜡烛也烧完了;"写尽"以一语兼绾两事。

[4]"黠",狡猾。

[5]"浑不答",全然不答、不理。本篇押入声闭口,所谓险韵,却字字稳当。

刘克庄

刘克庄(1187—1269),字潜夫,号后村居士,莆田(今属福建)人。淳祐六年,赐同进士出身,官至龙图阁学士。有《后村长短句》。

沁园春

梦孚若[1]

何处相逢,登宝钗楼[2],访铜雀台[3]。唤厨人斫就,东溟鲸鲙[4],圉人呈罢,西极龙媒[5]。天下英雄,使君与操,馀子谁堪共酒杯[6]。车千乘,载燕南赵北,剑客奇材[7]。
饮酣画鼓如雷,谁信被晨鸡轻唤回[8]。叹年光过尽,功名未立;书生老去,机会方来。使李将军遇高皇帝,万户侯何足道哉[9]!披衣起,但凄凉感旧,慷慨生哀[10]。

[1] 方孚若,名信孺,福建莆田人,曾三次出使金。看本词结句云云,盖追怀亡友之作。
[2]《邵氏闻见录》卷十九:"予尝秋日饯客咸阳宝钗楼上。"陆游《对酒》:"但恨宝钗楼,胡沙隔咸阳。"自注:"宝钗楼,咸阳旗亭也。"宋时的酒楼,盖以古迹为名,清乾隆十六年臧应桐修《咸阳县志》卷五"宫殿"

条:"宝钗楼,在县前。《吉志》:汉武帝建。"所云《吉志》,即明赵璜于明弘治七年所修之旧志。词关合近事,而兼有吊古意,故以宝钗楼与铜雀台作对偶;又以系汉代古迹,放在铜雀台之前。其用笔在虚实间。参看下注〔10〕。

〔3〕"铜雀台",故址在今河北省临漳县西南,曹操所建,与金虎、冰井共称三台。建安十五年冬作铜爵(同"雀")台,见《三国志·魏书》卷一。这两处都在北方,时中原已沦陷,故托梦游以寄感慨。

〔4〕"斫"音灼,以刃击。"鲙",细切生鱼片,仿佛现在的"鱼生"。切东海的鲸鱼作鲙,夸大之词,以抒愤懑。

〔5〕圉,马圈。圉人,养马的人。"西极龙媒",从远西来的天马,即大宛马。《汉书·礼乐志》载《郊祀歌》:"天马徕,从西极。……天马徕,龙之媒。"应劭曰:"言天马者乃神龙之类。今天马已来,此龙必至之效也。"

〔6〕曹操对刘备说:"今天下英雄,惟使君与操耳",见《三国志·蜀书·先主传》。"共酒杯"云云,盖兼用白诗。白居易《哭刘梦得》二之一:"杯酒英雄君与操。"词意借比作者自己和方孚若,追悼亡友与白诗意合。

〔7〕燕南赵北,今河北、山西省。"奇材剑客",《汉书·李陵传》载陵语,这里指北方的豪杰。

〔8〕"画鼓",指街鼓、更鼓,见中卷朱淑真《清平乐》注〔4〕。"晨鸡"用祖逖闻中夜鸡鸣起舞事,见《晋书·祖逖传》。以醉卧,虽画鼓如雷而不醒,却被晨鸡轻轻地唤醒了。晨鸡的声音,不必比画鼓如雷更响,"如雷"亦夸张语。以壮怀未泯,虽街鼓不惊,而鸡鸣便醒。下"谁信被"三字,言其意想不到也。一本"画鼓"作"鼻息","轻"作"催"。"鼻息如雷",出韩愈诗序,见中卷苏轼《临江仙》注〔3〕。

〔9〕汉文帝对李广说:"惜乎,子不遇时,如令子当高帝时,万户侯

岂足道哉!"见《史记·李将军列传》。

〔10〕以梦友而悼友,虽为本篇题目,实系借以寓怀。其叙梦境都在虚处传神,用典作譬,多夸张之词,仿佛读《大言赋》,不皆纪实。如宝钗楼、铜雀台,不必真有其地;长鲸、天马,不必实有其物;从车千乘,尽剑客奇材,不必果有其人。过片说到醒了,就梦境前后落墨。以醉眠而入梦,以闻鸡而惊觉,借极熟的典故,点出作意。"叹年光"以下,硬语盘空,纯用议论,引《史记》原文,稍加点改,自然之至。随后在此略一唱叹便收。观其通篇不用实笔,似粗豪奔放,仍细腻熨贴,正如脱羁之马,驰骤不失尺寸也。有评刘词为议论过多者,如从这篇来看,亦未必尽合,故详言之。

又

答九华叶贤良〔1〕

一卷阴符〔2〕,二石硬弓〔3〕,百斤宝刀;更玉花骢喷〔4〕,鸣鞭电抹;乌丝阑展〔5〕,醉墨龙跳〔6〕。牛角书生〔7〕,虬髯豪客〔8〕,谈笑皆堪折简招。依稀记,曾请缨系粤〔9〕,草檄征辽〔10〕。 当年目视云霄,谁信道凄凉今折腰〔11〕。怅燕然未勒〔12〕,南归草草;长安不见,北望迢迢〔13〕。老去胸中,有些磊块,歌罢犹须着酒浇〔14〕。休休也〔15〕,但帽边鬓改,镜里颜凋。

〔1〕"九华",山名,一在福建莆田县,一在安徽青阳县。"贤良"是

古代选举的一种科目。"叶贤良",其人未详。

〔2〕《阴符经》,传黄帝或太公作,入"兵家"又入"道家"。这里意指"兵家"。

〔3〕"二石硬弓",提得二石重的手力才能开的弓。

〔4〕骢,青白色马。"玉花骢",唐玄宗的名马。杜甫《丹青引》:"先帝天马玉花骢。"

〔5〕"乌丝阑",有黑线行格的绢素或纸。红色的称朱丝阑。李肇《国史补》卷下:"宋亳间,有织成界道绢素,谓之乌丝栏。"

〔6〕"醉墨龙跳",醉中书写的行草如龙蛇飞舞。"跳"字平声。《宾退录》卷二袁昂《书评》云:"王右军书字势雄强,如龙跳天门,虎卧凤阙。"《旧唐书·贺知章传》:"旭(张旭)善草书而好酒,每醉后号呼狂走,索笔挥洒,变化无穷,若有神助。"

〔7〕《淮南子·道应训》:"甯越饭牛车下,望见桓公而悲,击牛角而疾商歌。"事又见同书《缪称训》、《主术训》,作"甯戚"。但此处所用"牛角书生"与下"虬髯豪客"对偶,当兼指李密"以蒲鞯乘牛,挂《汉书》一帙于牛角上,且行且读",见《旧唐书·李密传》。

〔8〕杜光庭有《虬髯客传》小说,记李靖遇虬髯豪客事。虬髯,蜷曲的颊毫。

〔9〕《汉书·终军传》:"军自请,愿受长缨,必羁南越王而致之阙下。""系"即羁缚意。"越""粤"字通。

〔10〕"檄",用以征召的文书。虞世南为隋炀帝草《征辽指挥德音敕》,见《隋遗录》。

〔11〕陶渊明不愿束带见督邮,叹曰:"吾不能为五斗米折腰。"见《晋书·陶潜传》。

〔12〕"燕然"见中卷范仲淹《渔家傲》注〔5〕。

〔13〕晋明帝幼年对他父亲文帝说:"举目见日,不见长安。"详见

《世说新语·夙惠》。北方故都沦陷于敌人,南宋情形与东晋相似。

〔14〕"磊块",不平貌。《世说新语·任诞》:"阮籍胸中垒块,故须酒浇之。""磊"、"垒"字通。

〔15〕"休休",犹重言罢了。见中卷李清照《凤凰台上忆吹箫》注〔5〕。

满 江 红

夜雨凉甚,忽动从戎之兴。

金甲琱戈〔1〕,记当日辕门初立。磨盾鼻〔2〕一挥千纸,龙蛇犹湿。铁马〔3〕晓嘶营壁冷,楼船〔4〕夜渡风涛急。有谁怜猿臂故将军,无功级〔5〕。　　平戎策,从军什,零落尽,慵收拾。把茶经香传〔6〕,时时温习。生怕客谈榆塞事〔7〕,且教儿诵《花间集》〔8〕。叹臣之壮也,不如人,今何及〔9〕。

〔1〕"琱戈",以黄金妆饰的戈。"琱"通作"雕"。

〔2〕"盾鼻",盾的钮。《北史·荀济传》:"会楯上磨墨作檄文。"苏易简《文房四谱》卷五:"颍川荀济与梁武有旧,而素轻梁武。及梁受禅,乃入北,尝云:'会于楯鼻磨墨作文檄梁。'"韩翃《寄哥舒仆射》:"群公楯鼻好磨墨,走马为君飞羽书。"

〔3〕"铁马"指战马。陆倕《石阙铭》:"铁马千群。"

〔4〕楼船,见前辛弃疾《满江红》注〔6〕引《史记·平准书》。

〔5〕用李广事。"故李将军"、"猿臂善射"及不得封侯事,并见《史

记·李广传》。王维《老将行》："李广无功缘数奇。""级"，即指官爵俸禄的等级次第。

〔6〕"茶经"，说茶叶的品种及烹茶方法的书，如唐陆羽有《茶经》三卷。"香传"即"香谱"，记香的品种、焚香的方法器具等等，宋人作者颇多，有沈立、洪刍等人。今传一本凡二卷，云系洪刍作。这里不指定什么书，且亦未必真有这事，不过借以消愁，说说罢了。

〔7〕榆塞，北方的边塞。《汉书·韩安国传》："累石为城，树榆为塞。"盖古代多种树木以为防边之用。《茶香室三钞》卷三引宋王明清《挥麈后录》云："太祖尝令于瓦桥一带，南北分界之所，专植榆柳，中通一径仅能容一骑，岁月浸久，日益繁茂，合抱之木，交络翳塞。宣和中，童贯悉命剪薙之，胡马南骛，遂成坦途。"本词殆亦感触时事。

〔8〕《花间集》，五代赵崇祚编，为词家总集之最早者。集中以香艳之词为多。这里用"花间词"，亦与上文说："茶经香传"同意，都只是说读读这些无关家国的书，且亦不必真读。但教儿读书，语亦有本。如杜甫《水阁朝霁奉束严云安》："续儿诵《文选》。"亦课读书，只书名不同。

〔9〕《左传》僖公三十年，烛之武对郑伯说："臣之壮也，犹不如人，今老矣，无能为也已。"这里作者借以自比。

昭君怨

牡丹

曾看洛阳旧谱，只许姚黄独步〔1〕。若比广陵花，太亏他〔2〕。
旧日王侯园圃，今日荆榛狐兔。君莫说中州，怕花愁〔3〕。

〔1〕 欧阳脩《洛阳牡丹记》:"姚黄者,千叶黄花,出于民姚氏家。……姚氏居白马坡,其地属河阳,然花不传河阳,传洛阳;洛阳亦不甚多,一岁不过数朵。"其《花品叙》又云:"出洛阳者为天下第一。"

〔2〕 广陵,扬州。"广陵花",指芍药。"太亏他",言太委屈了牡丹。这词中的议论,或是对韩琦的诗而发。韩琦《安阳集·和袁陟节推龙兴寺芍药》诗如下:"广陵芍药真奇美,名与洛花相上下。洛花年来品格卑,所在随人趁高价,接头着处骋新妍,轻去本根无顾藉,不论姚花与魏花,只供俗目陪妖姹。广陵之花性绝高,得地不移归造化,大豪大力或强迁,费尽拥培无艳冶。……以此扬花较洛花,自合扬花推定霸。……"虽若对芍药牡丹褒贬不同,其实各有寄托,意皆不在品花。扬州芍药的盛,屡见宋人旧谱,如《能改斋漫录》卷十五引孔武仲《芍药谱》云:"扬州芍药,名于天下,非特以多为夸也,其敷腴盛大而纤丽巧密,皆他州所不及。"又王观谱云云,见前姜夔《扬州慢》注〔18〕。

〔3〕 上片说洛阳的牡丹,独步天下,胜于扬州的芍药,似只就花来比较。当然,牡丹胜于芍药,这议论本亦符合实际情况,但作者之意却不在此。结句将主意揭露,名为惜花,实惜中州,旧国旧都的哀愁,借对扬花洛花的褒贬抑扬表现出来。

萧泰来

萧泰来,字则阳,号小山,临江(今属江西)人。绍定二年进士。理宗朝为御史。词见《绝妙好词》、《翰墨大全》。

霜天晓角

梅

千霜万雪,受尽寒磨折,赖是生来瘦硬,浑不怕,角吹彻[1]。

清绝影也别,知心惟有月。原没春风情性,如何共,海棠说[2]。

[1]《乐府诗集》卷二十四:"《梅花落》本笛中曲也。按唐大角曲,亦有《大单于》、《小单于》、《大梅花》、《小梅花》等曲,今其声犹有存者。""吹彻"见上卷李璟《山花子》之二注[3]。

[2]《云仙杂记》卷三引《金城记》:"黎举常云:欲令梅聘海棠,枨(橙)子臣樱桃,及以芥嫁笋,但恨时不同耳。"这里似引此,却不同意他的说法。

吴文英

吴文英(约在1200—1260年间),字君特,号梦窗、觉翁,四明(今浙江宁波)人。本姓翁氏。绍定时,在苏州为提举常平仓司幕僚。景定时,为荣王府中门客。常往来于苏杭间。有《梦窗词》甲乙丙丁四稿。

齐天乐

烟波桃叶西陵路[1],十年断魂潮尾[2]。古柳重攀,轻鸥聚别,陈迹危亭独倚[3]。凉飔[4]乍起,渺烟碛[5]飞帆,暮山横翠。但有江花[6],共临秋镜照憔悴。　　华堂烛暗送客[7],眼波回盼处,芳艳流水[8]。素骨凝冰,柔葱蘸雪[9],犹忆分瓜深意[10]。清尊未洗,梦不湿行云,漫沾残泪[11]。可惜秋宵,乱蛩疏雨里[12]。

[1]《阳春白雪》本"路"作"渡"。此句错杂用典。(1)桃叶渡,已见前辛弃疾《祝英台近》注[2]。(2)"烟波""西陵",白居易《答微之西陵驿见寄》:"烟波尽处一点白,应是西陵古驿台。"(3)兼用苏小小事。古乐府《苏小小歌》:"何处结同心,西陵松柏下。"李贺《苏小小墓》诗亦有"西陵下,风吹雨"之句。这里借用白诗字面,"桃叶""苏小小"皆关合

本事。西陵有二,如杭州之西泠桥,亦作西陵;这里当指浙江杭州萧山区西,与杭州隔江之西兴。六朝唐时本称西陵,至唐中世已有西兴之名,见郎士元《送李遂之越》、施肩吾《钱塘渡口》诗中。谓为五代吴越时,以陵墓字面不佳,改名西兴,恐未确。

〔2〕 此句总括旧事。

〔3〕 三句绾合今昔。"聚别"与"重攀"对。杨铁夫《改正梦窗词选笺释》卷一曰:"聚别亦非平列,盖聚其别也。"

〔4〕《广雅》:"飔,风也。"潘岳《在怀县作》:"凉飔自远集。"一本"飔"作"飚"。

〔5〕 "碛",水中沙堆。

〔6〕 梁简文帝《采莲曲》:"桂楫兰桡浮碧水,江花玉面两相似。"杜甫《哀江头》:"江草江花岂终极。"

〔7〕 用《史记·滑稽列传》淳于髡语:"堂上烛灭,主人留髡而送客。"陈洵《海绡说词》:"倚亭送客者,送妾也。"恐非。

〔8〕 韩琮《春愁》诗:"水盼兰情别来久。"

〔9〕 "素骨凝冰",用孟昶词语,见苏轼《洞仙歌令》序。汉乐府《孔雀东南飞》:"指如削葱根。"白居易《筝》:"双眸剪秋水,十指剥春葱。"方干《采莲》:"指剥春葱腕似雪。"

〔10〕 瓜字六朝俗体可分为二八,借指女子二八年华,孙绰《情人碧玉歌》(一传宋汝南王作):"碧玉破瓜时。"这里当是回忆当年分瓜情事,故曰"深意"。段成式《戏高侍御》七首之三:"犹怜最小分瓜日,奈许迎春得藕时。"

〔11〕 全篇疏快,这几句较晦。意亦平常,无非酒不能消愁,梦中不相遇这类的想法,用笔却极工细。"清尊未洗"是残酒,"不湿行云"是残梦,钩引出"漫沾残泪"来。陈洵曰:"行云句着一湿字,藏行雨在内,言朝来相思,至暮无梦也。"说颇伤穿凿。

〔12〕沈义父《乐府指迷》:"结句须要放开,含有馀不尽之意,以景结情最好。"下引周邦彦词为例。本篇亦是这类的写法。

浣溪沙

门隔花深梦旧游[1],夕阳无语燕归愁[2],玉纤香动小帘钩[3]。　　落絮无声春堕泪,行云有影月含羞[4]。春风临夜冷于秋[5]。

〔1〕"门隔花深",即旧游之地,有"室迩人远"意。"梦旧游",犹"忆旧游",梦魂牵绕却比"忆"字更深一层。

〔2〕"夕阳"连"燕",用刘禹锡"乌衣巷口夕阳斜"诗意。燕子归来,未必知愁;但人既含愁,觉燕亦然。且人有阻隔,而燕没遮拦,与上句连;就上片结构来说,又只似一句插笔。

〔3〕此句写人,初见时搴帘的神态,只轻轻一点,记旧游景况,接第一句。

〔4〕写春夜月色朦胧,杨花飞舞。柳絮无声地飘漾,好像春在堕泪;云彩移动,时时遮月,仿佛有影,好像月在含羞。因联想到美人,作此比喻,怀人之感即在言外。"行云"字面虽出《高唐赋》,这里既在写景,自可作一般的解释。

〔5〕东风料峭,入晚添寒是实情,但春天有秋天的感觉,且似乎比秋天还要冷些,这就带有情感移入的作用。仍以景结,而情自见。薛道衡《奉和月夜听军乐应诏》"月冷疑秋夜",柳宗元《柳州二月榕叶落尽偶题》"春半如秋意转迷",韩偓《惜春》"节过清明却似秋",均可参看。

祝英台近

除夜立春

剪红情,裁绿意,花信上钗股[1]。残日东风,不放岁华去[2]。有人添烛西窗[3],不眠侵晓,笑声转新年莺语[4]。

旧尊俎,玉纤曾擘黄柑[5],柔香击幽素[6]。归梦湖边,远迷镜中路[7]。可怜千点吴霜[8],寒销不尽,又相对落梅如雨[9]。

[1] 指插戴剪彩的花朵,应立春节令。赵彦昭《奉和圣制立春日侍宴内殿出剪彩花应制》:"剪彩迎初候,攀条写故真。花随红意发,叶就绿情新。"

[2] 两句绾立春与除夕。

[3] 李商隐诗,见前史达祖《绮罗香》注[13]。以下三句均写"守岁",用"有人"领下,添烛无眠盖指那人,语笑喧哗盖指他人,包括中又有分疏,极浑成细腻。

[4] 杜甫《伤春》五首之二:"莺入新年语。"上片点缀风华,泛咏本题。

[5] "旧尊俎"以下就自己说。黄柑可以酿酒,亦可就酒。如苏轼《元祐九年立春》:"腊酒寄黄柑",辛弃疾《汉宫春》(立春日):"浑未办黄柑荐酒"。玉纤擘柑,意亦略同周邦彦《少年游》词:"纤手破新橙。"

[6] 此句较晦涩。"柔香"承上分柑,"幽素"指自己幽郁的情怀。

回忆当日春酒光景,有所系恋。李贺《伤心行》:"病骨伤幽素。"

〔7〕春归湖上,人却未归。如镜湖光,若梦里归来,自应迷路。

〔8〕仍应"归梦",又用李贺诗作结。李贺《还自会稽吟》:"吴霜点归鬓。"

〔9〕白发星星,梅花瓣也是白的,故曰"相对"。李煜《清平乐》:"砌下落梅如雪乱。"

风入松

听风听雨过清明,愁草瘗花铭[1]。楼前绿暗分携路,一丝柳一寸柔情[2]。料峭[3]春寒中酒[4],交加[5]。晓梦啼莺[6]。　西园日日扫林亭,依旧赏新晴[7]。黄蜂频扑秋千索,有当时纤手香凝[8]。惆怅双鸳[9]不到,幽阶一夜苔生[10]。

〔1〕借用庾信《瘗花铭》篇名,意只是懒得草写题咏落花的诗词而已。

〔2〕柳承"绿暗",倒装。折柳赠别本通套语,句法却曲折。

〔3〕"料峭",寒冷貌。

〔4〕"中酒",病酒。见中卷张先《青门引》注〔1〕。

〔5〕"交加"见中卷秦观《望海潮》注〔6〕。

〔6〕上文"楼前"云云已出本题,此两句又遥接开首风雨清明光景,分作两层渲染。

〔7〕言"日日",明其非一日。风雨过后,天气又晴和了,游人依然

在玩赏园林,而西园殆即分手之地也。不泥定自己说,亦不必撇开自己,是推开一层写法。

〔8〕这两句前人多致赞美,如谭献评:"是痴语,是深语。"闲闲一语就兜转了。以天色晴和就有蜂蝶飞来。黄蜂时时碰着秋千索,原是偶然平常的事,却疑为被当时纤手的香气所吸引。如真在疑惑,亦未免过痴。连这幻想幻觉一并是虚的。作者另词《浪淘沙》结句曰:"燕子不知春事改,时立秋千。"上文有"往事一潸然,莫过西园",盖与本篇同咏一题,句意相似,而写法各别,刻画便觉秾艳,浑成便觉淡远。

〔9〕鸳鸯成对,以比喻美人的鞋子,亦即是踪迹。未详所出,或即从后汉王乔之双凫化为履,晋鲍靓之双燕化为履等典故,而变化用之。赵师侠《菩萨蛮》:"娇花媚柳新妆靓,裙边微露双鸳并。"

〔10〕《汉书·外戚传》载班倢伃赋:"华殿尘兮玉阶苔,中庭萋兮绿草生。"庾肩吾《咏长信宫中草》:"全由履迹少,并欲上阶生。"《词综偶评》以为本词结句由古诗化出。李白《长干行》"门前迟行迹,一一生绿苔",亦与此词意近。其实人去已久,似乎才过一夜,苍苔已遮了行迹,与上"纤手香凝",同一种秾艳气氛,虚幻笔墨。只就本句"一夜苔生",亦善于形容春雨。《红楼梦》第五十九回,宝钗"见苑中土润苔青,原来五更时落了几点微雨",也正是类似的情景。

八声甘州

陪庾幕[1]诸公游灵岩[2]

渺空烟四远,是何年青天坠长星[3]。幻[4]苍崖云树,名娃金屋,残霸宫城。箭径酸风射眼[5],腻水染花腥[6]。时靸双鸳[7]响,廊叶秋声[8]。　　宫里吴王沉醉[9],倩五湖倦客[10],独钓醒醒[11]。问苍天无语[12],华发奈山青[13]。水涵空[14],阑干高处,送乱鸦斜日落渔汀。连呼酒上琴台[15]去,秋与云平[16]。

〔1〕作者另词《木兰花慢》题曰:"游虎丘。陪仓幕。……""庾",仓库。《十驾斋养新录》卷十:"提举常平司为仓司、庾司。"庾幕、仓幕,即提举常平仓司的幕僚。

〔2〕"灵岩",《彊村丛书·梦窗词集小笺》引《吴郡志》:"灵岩山即古石鼓山,在吴县西三十里,上有吴馆娃宫,琴台,响屧廊。山前十里有采香径,斜横如卧箭云。"

〔3〕起笔幻想这灵岩仿佛从天外飞来,却用"长星"。长星,彗星也,非普通的落星。义盖兼本《周礼·春官·保章氏》:"以观妖祥。"彗星的出现和陨落,象征吴亡而越兴,原于历史无考。作者借了古代迷信的说法,抒写自己的幻想。"是何年"者,见不必真有其事,虚拟之词。

〔4〕"幻"字一领。领下三句,皆系幻现的境界。今灵岩山顶有秀峰寺,云即馆娃宫的故址。"名娃",美女(吴楚间美色曰娃),即指西施。"残霸",指吴王夫差。

〔5〕采香径的"径"字,后亦作"泾"。今自灵岩山下望,一水如矢,亦名"箭泾"。李贺《金铜仙人辞汉歌》:"东关酸风射眸子。"

〔6〕"花腥"之"花"字承上采香径来,"腥"字与"腻"连。"腻水"字面出杜牧《阿房宫赋》:"渭流涨腻,弃脂水也。"这里借说,仿佛有美人脂粉的气息。《绝妙好词》"腻"作"剑"。若作"剑水染花腥",则有美人溅血意,义异。

〔7〕"靸"音飒。靸鞋即拖鞋。"靸"在这里作动词用。"双鸳"见

前《风入松》词注〔9〕,这里指响屟。"屟"音燮,中空的木履;另一说妇女鞋中的木底,当是后起之义。

〔8〕"响屟廊",旧说以梗梓铺地,西施步屟绕之有声,故名。听廊叶之秋声,仿佛当时屟响。以上罗列灵岩的许多古迹,却多用想象,夹叙夹议,化实为虚。

〔9〕李白《乌栖曲》:"吴王宫里醉西施。"此句总承上文。

〔10〕"五湖倦客"指范蠡。《国语·越语》:"反至五湖,范蠡辞于王曰:'君王勉之,臣不复入越国矣。'"《周礼·职方氏》:"扬州,其浸五湖。"郑注:"五湖在吴南"。即今太湖。请人代为曰"倩"。这"倩"字却用得稍特别,仿佛说夫差把他的事业都委托给范蠡了。至于西施是否亦随范大夫而去,未尝明说。唐陆广微《吴地记》引《越绝书》逸文云:"西施亡吴国后,复归范蠡,同泛五湖而去。"(《学津讨原》本"嘉兴县"条)

〔11〕《楚辞·渔父》屈原说:"众人皆醉我独醒。"以泛舟五湖,故曰"独钓"。"醒醒"犹言清醒,极其清醒的状态,读平声。白居易《春听琵琶兼简长孙司户》"舌头胡语苦醒醒",又《欢喜二偈》之二"唯馀心口尚醒醒"。范蠡不但亡吴霸越,而且深知勾践之为人,故功成身退,渔钓烟波,是非常清醒的。杨铁夫曰:"沉醉可以亡国,独醒因以全身。"(《改正梦窗词选笺释》卷二)

〔12〕此处"问天",远承起首"是何年青天坠长星"句意。

〔13〕意谓"白发其奈山青何",兼有身世之感。时作者不过中年。古人自有叹老的习惯,如潘岳《秋兴赋》序曰:"余春秋三十有二,始见二毛。""二毛"即"华发"也。

〔14〕怀古之意,上文大致结束,以下转入写景,较比落平。温庭筠《春江花月夜》:"千里涵空澄水魄。"

〔15〕又点本山一古迹,"琴台"已见题注〔2〕。本在凭高,再上琴台去,有唐诗"欲穷千里目,更上一层楼"意。

267

〔16〕置身峰顶,觉秋云似与眼界相平,却将"秋云"二字拆开来用。境界开阔,是登临佳句,不仅"平易中有句法",如张炎所云。张评见《词源》卷下。王维诗"千里暮云平",见前叶梦得《水调歌头》注〔7〕。

望江南[1]

三月暮,花落更情浓。人去秋千闲挂月,马停杨柳倦嘶风,堤畔画船空。　恹恹醉,长日小帘栊。宿燕夜归银烛外[2],流莺声在绿阴中,无处觅残红。

〔1〕本篇与欧阳修《采桑子》词极相似,写法却在同异之间,全录欧阳修此词,以供参较:"群芳过后西湖好,狼藉残红,飞絮濛濛,垂柳阑干尽日风。　笙歌散尽游人去,始觉春空。垂下帘栊,双燕归来细雨中。"

〔2〕苏轼《海棠》:"只恐夜深花睡去,更烧银烛照红妆。"(这两句文字苏集各本稍有不同,此据陈思《海棠谱》卷上引吴兴沈氏注东坡诗。)作者《丁香结》咏秋日海棠:"香裛红霏,影高银烛,曾纵夜游浓醉。"直用苏诗,这里却是反用。残红已尽,无兴夜游,烛自在室内;既在室内,则燕子夜归觅宿,自在烛外了。"外"有燕子避光之意。温庭筠《七夕》:"银烛有光妨宿燕,画屏无睡待牵牛",诗咏秋景,此亦借用。

唐多令[1]

何处合成愁,离人心上秋[2]。纵芭蕉不雨也飕飕。都道晚凉天气好,有明月,怕登楼[3]。　　年事梦中休,花空烟水流。燕辞归,客尚淹留[4]。垂柳不萦裙带住,谩长是,系行舟[5]。

〔1〕张炎《词源》卷下举清空质实之说,并云:"此词疏快,却不质实,如是者集中尚有,惜不多耳。"但后来评词者多不同意这样看法,如陈廷焯认为"几于油腔滑调"(《白雨斋词话》卷二)似亦稍过。此与梦窗词一般多堆砌辞藻者不同,仍是用心之作。

〔2〕将"愁"字拆为"秋、心"二字,虽似小巧,而秋之训愁,亦有所本。《礼记·乡饮酒义》:"秋之为言愁也。"郑注:"愁读为揫。揫,敛也。"此愁本不作忧愁解,但后来文人每多借用。如王勃《秋日宴季处士宅序》:"悲夫秋者愁也",已是忧愁之义。"离人心上秋",为本篇的主句。

〔3〕以上各句皆承"心上秋"而来,非缘秋景萧瑟。所以气清月明,人人说好,自己却怕登楼。

〔4〕曹丕《燕歌行》:"群燕辞归雁南翔,念君客游思断肠,慊慊思归恋故乡,何为淹留寄它方。"梦窗有姬人名燕,见《绛都春》词序。此"燕"字可能双关,但亦不必拘泥,仍可释为泛词。

〔5〕这里方直说离怀。杨铁夫《梦窗词选笺释》卷二:"柳不系姬之裙带而使留,乃反系客之行舟而使住,何其颠倒耶?"语稍着实,大致不误。意盖仍本唐诗,如刘禹锡《杨柳枝》"长安陌上无穷树,唯有垂杨管别离",这里只是曲折言之耳。

张　林

张林,字去非,号樗岩。宋末为池州守。词见《绝妙好词》。

柳梢青

灯花

白玉枝头[1],忽看蓓蕾[2],金粟珠垂[3],半颗安榴[4],一枝秾杏,五色蔷薇。　　何须羯鼓声催[5],银釭里春工四时[6]。却笑灯蛾,学他蝴蝶,照影频飞[7]。

〔1〕灯芯草,白色。
〔2〕"蓓蕾",花含苞。
〔3〕"金粟"指桂花,这里形容灯芯结蕊。
〔4〕"安榴",石榴原名安石榴,以西域安石国榴种得名。
〔5〕"羯鼓",出于胡中,状如漆桶,两头蒙革,以双鼓槌击之,亦称两杖鼓。唐南卓《羯鼓录》云:"上(玄宗)洞晓音律,尤爱羯鼓玉笛。……时当宿雨,景色明丽,小殿内庭,柳杏将吐,睹而叹曰:'对此景物,岂得不为他判断之乎!'左右相目,将命备酒;独高力士遣取羯鼓,上旋命之。临轩纵击一曲,曲名《春光好》(原注:上自制也),神思自得。

及顾柳杏,皆已发拆。上指而笑,谓嫔御曰:'此一事不唤我作天公可乎?'嫔御侍官皆称万岁。"

〔6〕《尚书·皋陶谟》:"天工人其代之。"这里反说,言燃点油盏灯草结蕊垂花,由开而谢,其中若有四时,不需人工催唤。"釭""工"同音。

〔7〕上用榴杏群芳比灯花,结句又用蝴蝶比扑灯蛾。词颇纤巧,含意不深,却有新鲜的意味。

曾揆

曾揆,字舜卿,号懒翁,南丰(今属江西)人。当宁宗理宗时。词见《花草粹编》、《绝妙好词》。

谒金门

山衔日,泪洒西风独立。一叶扁舟流水急,转头无处觅[1]。

去则而今已去,忆则如何不忆[2]。明日到家应记得,寄书回雁翼[3]。

〔1〕一转眼间即已渺然,示惜别之意。

〔2〕"则",转折之辞。如秦观《桃源忆故人》"闷则和衣拥",又如李甲《帝台春》"拚则而今已拚了,忘则今生怎忘得",尤于本句相近。(俱见《诗词曲语辞汇释》卷一引)

〔3〕自来传说鸿雁捎书。其实《汉书·苏武传》所云"天子射上林中得雁,足有系帛书",本系汉使谎骗匈奴单于的话。雁可传递书信,也不过说说而已。

陈经国

陈经国,即陈人杰,号龟峰,长乐(今属福建)人。生于嘉定十三年(1220)左右,卒于淳祐三年(1243)。有《龟峰词》。

沁园春

丁酉岁感事[1]

谁使神州,百年陆沉[2],青毡未还[3]。怅晨星残月,北州豪杰[4],西风斜日,东帝江山[5]。刘表坐谈[6],深源轻进[7],机会失之弹指间[8]。伤心事,是年年冰合,在在风寒[9]。

说和说战都难,算未必江沱[10]堪宴安[11]。叹封侯[12]心在,鳣鲸失水[13];平戎策就[14],虎豹当关[15]。渠[16]自无谋,事犹可做,更剔残灯抽剑看[17]。麒麟阁[18],岂中兴人物,不画儒冠[19]?

[1] 丁酉为宋理宗嘉熙元年(1237)。时金已亡,蒙古南侵甚急,鄂、川、陕一带已大部分沦陷。稍前1234年,赵葵等复三京,及蒙古兵至,遂弃汴洛而归。词中所咏,大约亦与此有关。

[2]《世说新语·轻诋》记桓温语:"遂使神州陆沉,百年丘墟,王夷

甫诸人不得不任其责。""神州",中国。《史记·孟子荀卿列传》:"中国名曰赤县神州。"无水而沉,谓之"陆沉"。言大陆沦陷,关于人事,不由洪水也。

〔3〕指中原故土始终没有恢复。《晋书·王献之传》:"夜卧斋中,而有偷人入其室,盗物都尽。献之徐曰:'偷儿,青毡我家旧物,可特置之。'群偷惊走。"这里借譬,重点在"我家旧物"。

〔4〕"晨星残月"言其稀少,且近没落,与下对句"西风斜日"虽所比早晚不同,实际上是一种意思,皆残局湖山也。"北州",北方州郡。

〔5〕句法及意并似李白《忆秦娥》:"西风残照,汉家陵阙。"战国时齐湣王为东帝。"东帝江山"指南渡后的宋室。意谓连这小朝廷的局面也保不住了。

〔6〕《三国志·魏书·刘表传》载韩嵩刘先说表曰:"将军拥十万之众,安坐而观望。"又另条注引《汉晋春秋》曰:"太祖(曹操)之始征柳城,刘备说表使袭许,表不从,及太祖还,谓备曰:不用君言,故失此大会也。"这事在当时曹方也有风闻。《魏书·郭嘉传》载郭嘉语:"(刘)表坐谈客耳,自知才不足以御备,重任之则恐不能制,轻任之则备不为用。"这说明刘表之"坐谈",不敢乘机北伐的原由,当是符合实际情况的。

〔7〕"深源",晋殷浩字。殷浩以为苻健死了,意欲趁这机会恢复中原,用羌人姚襄为先锋;那知姚襄叛变倒戈,殷就狼狈弃军队辎重逃归。事见《世说新语·黜免》注引《晋阳秋》,又《晋书》卷七十七《殷浩传》。

〔8〕以上三句大意:错过了机会,当战而不战,则有如刘表的观望;错看了机会,不当战而战,则有如殷浩的冒进:其得与失只在弹指之间。引起下片"说和说战都难",深切南宋政治的弊病。又刘表殷浩均为当时有名的文人,与结语"儒冠",亦有一些关合。

〔9〕年年是冰冻,处处是风寒,言北敌方强,南风不竞。

〔10〕江别出曰沱。《诗·召南·江有汜》,其三章曰"江有沱",末

句云"其啸也歌",当即"宴安"之意。又四川有沱江。作此词之上一年端平三年(1236)蒙古兵入成都,疑亦有关本事。

〔11〕《左传》闵公元年记管仲语:"宴安鸩毒,不可怀也。"

〔12〕"封侯",班超事,见前陆游《诉衷情》注〔1〕。

〔13〕"鳣鲸",大鱼。贾谊《吊屈原文》:"横江湖之鳣鲸兮,固将制于蝼蚁。"李善注引《庄子》:"吞舟之鱼,砀(荡)而失水,则蝼蚁能苦之。"

〔14〕"平戎策"见前辛弃疾《鹧鸪天》"壮岁旌旗"注〔7〕。

〔15〕宋玉《招魂》:"虎豹九关,啄害下人些。"这里稍不同,"当关"有把着关的意思,喻谗佞在君侧,妨害进贤之路。

〔16〕"渠",他、他们,第三人称。

〔17〕用杜甫诗,见中卷秦观《满庭芳》注〔3〕及前辛弃疾《破阵子》注〔2〕。

〔18〕"麒麟阁",西汉早年所建,后来汉宣帝画功臣十一人形像于阁上。宣帝在汉称为中兴之主,故下云"中兴人物"。

〔19〕"儒冠",《礼记·儒行》所谓"章甫之冠"。《汉书·郦食其传》:"诸客冠儒冠来者,(高祖)辄解其冠溺其中。"杜甫《奉赠韦左丞丈二十二韵》:"儒冠多误身。"这里为书生的代称。本句意谓,难道中兴人物不也有书生在内吗?

周　密

周密(1232—1308),字公谨,号草窗、弁阳啸翁、四水潜夫,济南人,流寓吴兴(今属浙江)。曾为义乌令。宋亡不仕。有《草窗词》,一名《蘋(蘋)洲渔笛谱》。又编选《绝妙好词》。

谒金门[1]

吴山观涛[2]

天水碧,染就一江秋色[3]。鳌戴雪山[4]龙起蛰[5],快风吹海立[6]。　　数点烟鬟青滴,一杼霞绡红湿[7],白鸟明边[8]帆影直,隔江闻夜笛。

[1] 原题《闻鹊喜》,以冯延巳词句为名,即《谒金门》。

[2] "吴山",在杭州,俗称城隍山,一面西湖,一面钱塘江。"观涛"即"观潮"。枚乘《七发》:"观涛于广陵之曲江。"《彊村丛书·洲渔笛谱》卷二引《名胜志》:"吴山在府城内之南,春秋时为吴南界,以别于越,故曰吴山。"

[3] 王勃《滕王阁序》:"秋水共长天一色。"韦庄《谒金门》:"染就一溪新绿",周句殆从此化出。

〔4〕传说渤海中五山：岱舆、员峤、方壶、瀛洲、蓬莱。"巨鳌十五举首而戴之，六万岁一交焉"。见《列子·汤问》。

〔5〕"蛰"，潜伏。《周易·系辞传》："龙蛇之蛰，以存身也。"

〔6〕"快"有痛快爽快意。宋玉《风赋》："王乃披襟而当之曰：'快哉此风！'"杜甫《朝献太清宫赋》："四海之水皆立。"苏轼《有美堂暴雨》："天外黑风吹海立。"以上两句状江上潮来雄壮的气象。

〔7〕晚霞红如彩绡，疑为织女机杼所成。

〔8〕"白鸟"，白色羽毛的鸟。《诗·大雅·灵台》："白鸟翯翯。"这里当是水鸟，鸥鹭之类。杜甫《雨四首》之一："白鸟去边明。"本句盖用此。"明边"，指天边帆影与红霞白鸟相映而言。

一萼红

登蓬莱阁〔1〕有感

步深幽，正云黄天淡，雪意未全休。鉴曲〔2〕寒沙，茂林〔3〕烟草，俯仰千古悠悠〔4〕。岁华晚，飘零渐远，谁念我同载五湖舟〔5〕。磴〔6〕古松斜，崖阴苔老，一片清愁。　　回首天涯归梦，几魂飞西浦，泪洒东州〔7〕。故国山川，故园心眼，还似王粲登楼〔8〕。最负他秦鬟妆镜〔9〕，好江山何事此时游〔10〕。为唤狂吟老监，共赋销忧〔11〕。

〔1〕蓬莱阁旧在浙江绍兴卧龙山下，州治设厅之后，五代时吴越王建，以唐元稹《以州宅夸于乐天诗》"谪居犹得近蓬莱"得名。

〔2〕"鉴曲",鉴湖一曲。《新唐书·贺知章传》"有诏赐镜湖剡川一曲",镜湖即鉴湖。

〔3〕"茂林",指兰亭。王羲之《兰亭序》:"此地有崇山峻岭,茂林修竹。"

〔4〕"俛仰",通俯仰。《兰亭序》:"俛仰之间,以为陈迹。"

〔5〕五湖泛舟,范蠡事,见《国语·越语》。前录吴文英《八声甘州》注〔10〕。牵涉到西施,是后起的传说。这里说"谁念我同载五湖舟",不过自己惆怅着独游无伴而已。杜甫《赠韦七赞善诗》"虾菜忘归范蠡船",亦不关西施。

〔6〕"磴"通隥,坂也。指山路,石级。

〔7〕三句说自己在外飘零,曾几度回忆会稽。作者自注:"阁在绍兴,西浦东州皆其地。"

〔8〕王粲有《登楼赋》。《文选》卷十一李善注引盛弘之《荆州记》曰:"当阳县城楼,王仲宣登之而作赋。"王粲登楼,本是客游在外,其赋云:"虽信美而非吾土兮,曾何足以少留。"今作者仿佛已回到家乡,如所谓"故国山川,故园心眼"正是平昔所念想不忘者,却偏有如王粲《登楼赋》云云的那种感觉,这是很特别的。用追进一层的写法,意极悲哀。周氏原籍济南,南渡后久已侨居江南,故即认会稽为他的故乡。

〔9〕乐府《陌上桑》:"秦氏有好女,自名为罗敷。""秦鬟"字面当借用罗敷事,可能指绍兴的秦望山。秦望山在会稽东南,以秦始皇曾登之得名。"妆镜"仍绾合上文鉴湖。

〔10〕国破家亡之恨,主意至此揭出。

〔11〕狂吟老监,即指贺知章。《旧唐书·贺知章传》:"知章晚年尤加纵诞,无复规检,自号四明狂客,又称秘书外监,遨游里巷,醉后属词,动成卷轴,文不加点,咸有可观。"此言安得有如贺监其人者,与之

吟咏销忧,表示怀念友人的意思,亦是虚说。李白有《对酒忆贺监》诗二首,又有《重忆》诗。其《重忆》云:"稽山无贺老,却棹酒船回。"本句意略同。

刘辰翁

刘辰翁(1232—1297),字会孟,号须溪,庐陵(今江西吉安)人。太学生,景定三年进士,以对策触犯贾似道,置于丙等。曾任濂溪书院山长。宋亡不仕。有《须溪词》。

柳梢青

春感[1]

铁马[2]蒙毡,银花洒泪[3],春入愁城[4]。笛里番腔,街头戏鼓[5],不是歌声。　　那堪独坐青灯,想故国高台[6]月明。辇下[7]风光,山中岁月,海上心情[8]。

〔1〕 题曰"春感",亦咏元宵。
〔2〕 "铁马",见前刘克庄《满江红》注〔3〕。
〔3〕 "银花",见前辛弃疾《青玉案》注〔1〕引苏味道诗。"洒泪"兼用杜甫《春望》"感时花溅泪"意。
〔4〕 "愁城",庾信《愁赋》:"攻许愁城终不破。"详前姜夔《齐天乐》注〔4〕。
〔5〕 指蒙古的流行歌曲,鼓吹杂戏。周邦彦《西河》:"酒旗戏鼓甚

处市。"

〔6〕"故国",本意是"故都",这里兼说"故宫",连下高台。《武林旧事》卷三:"禁中例观潮于'天开图画',高台下瞰,如在指掌。"

〔7〕"辇下",皇帝辇毂之下,京师的代称,犹言都下。

〔8〕三句分说:宋亡以后临安元宵光景,自己避乱山中,宋室飘流海上,指帝昺迁崖山事。

沁园春

送春

春汝归欤？风雨蔽江,烟尘暗天。况雁门厄塞[1],龙沙[2]渺莽,东连吴会[3],西至秦川[4]。芳草迷津,飞花拥道,小为蓬壶借百年[5]。江南好,问夫君[6]何事,不少留连。

江南正是堪怜,但满眼杨花化白毡[7]。看兔葵燕麦,华清宫里[8];蜂黄蝶粉,凝碧池边[9]。我已无家,君归何里,中路徘徊七宝鞭[10]。风回处,寄一声珍重,两地潸然[11]。

〔1〕"雁门",山名,亦关名,在山西省北部。"厄塞"犹阻塞,梗塞不通。

〔2〕"龙沙",白龙堆沙漠,见前姜夔《翠楼吟》注〔3〕。

〔3〕"吴会"有两说:(1)秦会稽郡本包括吴地,其郡治在今苏州。(2)六朝时吴郡与会稽郡合称"吴会"。以上两说"会"均音"贵"。

〔4〕"秦川"指今陕西一带地面。诸葛亮《隆中对》:"将军身率益州

之众,以出秦川。"即由四川出陕西。《文选》卷九潘岳《西征赋》李善注引《三秦记》:"长安正南秦岭,岭根水流为秦川。"以上极言兵火乱离范围之广大,致春归无路,也就是无处可归。

〔5〕接着说:既然如此,这里正好留连,像芳草飞花,蓬莱方壶般的神仙境界,少说也可以有一百年罢。指南渡以来迄宋亡,大家宴安享乐,全不警惕。

〔6〕三句说出本意,很明白。"夫君",那人,"君"者尊称。这里指春而言。《楚辞·九歌·湘君》:"望夫君兮未来。""夫"音扶。

〔7〕杜甫《绝句漫兴》九首之七:"糁径杨花铺白毡。"糁,以米屑和羹。地面微湿,杨花洒在上面,像铺条白的毡毯,是春尽光景。

〔8〕"兔葵燕麦"用刘禹锡诗序,见中卷周邦彦《夜飞鹊》注〔10〕。华清宫,在陕西临潼。

〔9〕李商隐《酬崔八早梅有赠兼示之作》:"何处拂胸资蝶粉,几时涂额藉蜂黄。"周邦彦《满江红》:"蝶粉蜂黄都退了。"这里蜂黄蝶粉言春花零落,只有蜂蝶留下的痕迹。"凝碧池",在唐东都洛阳,与上对句"华清宫",俱借唐喻宋。

〔10〕"七宝"指何物,其说不一,以多种珍宝镶嵌的,皆可称"七宝"。"七宝鞭"言其贵重,也表出骑乘者的身份。

〔11〕"潸然",下泪貌。虽无路可归,然不得不去,亦惟有一声珍重,两地潸然而已。语意极悲。

蒋　捷

蒋捷,字胜欲,号竹山,阳羡(今属江苏)人。咸淳十年(1274)进士。宋亡不仕。有《竹山词》。

燕归梁

风莲[1]

我梦唐宫[2]春昼迟,正舞到,曳裾时[3]。翠云队仗绛霞衣[4],慢腾腾,手双垂[5]。　　忽然急鼓催将起,似彩凤,乱惊飞[6]。梦回不见万琼妃[7],见荷花,被风吹[8]。

〔1〕虽题曰"风莲",非泛泛咏物,只借以起兴,却不放在开首,放在结尾。兼详下注〔8〕。

〔2〕本篇主句。"唐宫",咏古伤今,下所写舞容,殆即"霓裳羽衣舞"。

〔3〕衣之前后皆可称裾。"曳裾时",指霓裳舞拍序以后始有舞态,详下注〔5〕。

〔4〕"翠云"、"绛霞",指舞衣,又点缀荷叶荷花。

〔5〕"大垂手"、"小垂手"皆舞中的名目。白居易《霓裳羽衣舞

歌》：“中序擘騞初入拍，……小垂手后柳无力，斜曳裾时云欲生。”自注："霓裳舞之初态。"

〔6〕"急鼓催将起"，似用"羯鼓催花"事，而意却无关。此指"霓裳"至入破以后，节拍转急。白诗所谓"繁音急节十二遍"，自注"霓裳破十二遍而终"是也。词云"似彩凤，乱惊飞"，已大有《长恨歌》中所云"渔阳鼙鼓动地来，惊破霓裳羽衣曲"的气象。

〔7〕"琼"训赤玉，可喻红莲。江妃，水仙也，可喻水上莲。如周邦彦《侧犯》"看步袜江妃照明镜"，即以江妃咏莲花。韩愈《辛卯年雪》："从以万玉妃。"此句字面当本之，却易雪为荷花，意指嫔嫱之属，应上"唐宫"。

〔8〕题曰"风莲"，借舞态作形容，比喻虽切当，却不点破，直到结句方将"谜底"揭出。这样似乎纤巧。然全篇托之于梦，梦见美人，醒见荷花，便绕了一个大弯。若见荷花而联想美人原平常。今云"春昼梦唐宫"，初未说见有"风莲"也，若梦境之构成，非缘联想；如何梦中美女的姿态和实境荷花的光景，处处相合呢？然则"见荷花被风吹"者，原为起兴闲笔，这里倒装在后，改为以景结情，并非真的题目。词以风莲喻舞态，非以舞态喻风莲也。文虽明快，意颇深隐，结构亦新。

王沂孙

王沂孙,字圣与,号碧山、中仙,会稽(今浙江绍兴)人。元至元中,为庆元路(今属浙江)学正。有《花外集》,一名《碧山乐府》。

眉妩

新月

渐新痕悬柳,淡彩穿花,依约破初暝[1]。便有团圆意[2],深深拜[3],相逢谁在香径。画眉未稳[4],料素娥[5]犹带离恨。最堪爱一曲银钩小,宝帘[6]挂秋冷。　　千古盈亏休问,叹谩磨玉斧[7],难补金镜[8]。太液池犹在,凄凉处,何人重赋清景[9]。故山[10]夜永,试待他窥户端正[11]。看云外山河,还老尽桂花影[12]。

[1] 描写初月光景。
[2] 牛希济《生查子》:"新月曲如眉,未有团圞意。"
[3] 唐代妇女有拜新月的风俗。李端《拜新月》:"开帘见新月,便即下阶拜。"
[4] 鲍照《玩月城西门廨中》:"娟娟似蛾眉。"陈后主《有所思》三

首之一："初月似愁眉。"

〔5〕"素娥"，嫦娥。谢庄《月赋》："集素娥于后庭。"本句言新月似嫦娥的眉痕。

〔6〕挂起帘子看月亮，以银钩比喻新月，意甚明显。如司空图《偶书》五首之三："晚妆留拜月，卷上水精帘。""宝帘"一作"宝奁"，"宝奁挂秋冷"，似稍费解。盖谓新月一钩，如圆的妆镜挂起了镜袱，露出一弯清光。《文选》卷三十鲍照《玩月城西门廨中》："始见西南楼，纤纤如玉钩。"李善注："《西京杂记》：公孙乘《月赋》曰：'隐圆岩而似钩'。"彼赋意本是一轮明月，被圆形的山峰遮住，只剩得一弯，故似钩，正与本句引"宝奁"作为比喻相似。以团圆的镜子与一钩新月合写，用意极细，引起下文"千古盈亏休问"和"太液池"等句（参看下注），盖作"宝奁"者是，以义较晦，未用。

〔7〕《酉阳杂俎》卷一"天咫门"载："郑仁本表弟与一王秀才游嵩山，遇见一人，言月乃七宝合成，有八万二千户修之，予即一数；因开襆（包袱）有斤凿数事。后来相承有修月之说。王安石《题扇》："玉斧修成宝月圆，月边仍有女乘鸾。"又南宋淳熙年间陈造有《问月楼赋》："玉斧兮何用修，妖蟆兮胡此穴。"均在王此词前。

〔8〕李贺《七夕》："天上分金镜，人间望玉钩。"《武林旧事》卷七："淳熙九年八月十五日，……侍宴官曾觌，恭上《壶中天慢》一首云：'……何劳玉斧，金瓯千古无缺。'上皇（高宗）曰：'从来月词不曾用金瓯事，可谓新奇。'"按曾词是应制体，作颂扬语，言本来无缺，故不须补，本词借咏月寓怀，言既已缺了，就无法补，虽若相反，实是一意，至于"金瓯""金镜"，不过字面不同而已。

〔9〕"太液池"，在汉长安建章宫北（见《史记·封禅书》），唐宫内亦有之；本是专名，亦得用作宫苑池沼之通称。这里当为借古喻今。陈师道《后山诗话》："太祖夜幸后池，封新月置酒。问当直学士为谁，曰：

'卢多逊。'召使赋诗,请韵,曰:'些子儿。'其诗云:'太液池边看月时,好风吹动万年枝。谁家玉匣开新镜,露出清光些子儿。'"本句咏新月,盖与此事有关,否则似过于空泛。

〔10〕"故山",即"旧山",见前姜夔《暗香》注〔3〕。自本句起,直贯篇终。

〔11〕句意在等待月圆。"端正",犹言齐齐整整,美丽之意,形容圆月。韩愈《和崔舍人咏月二十韵》:"三秋端正月,今夜出东溟。""窥户",固指月而言,亦借人作比喻。如沈约《应王中丞思远咏月》"方晖竟户入",苏轼《洞仙歌》"一点明月窥人",均是咏月。如姜夔《玲珑四犯》:"有轻盈换马,端正窥户。"系指人,盖用唐人《本事诗》崔护故事。这里有双层意义。以上片多说美人,下片如完全抛开,便成为两截了。关合正在有意无意之间。

〔12〕此言故国河山,影在月中者,尚完整无缺也,承上"窥户端正",以结全篇之意。"桂花影"亦指圆月。《初学记》卷一引虞喜《安天论》曰:"俗传月中仙人桂树。今视其初生,见仙人之足,渐已成形,桂树后生。"此说在《酉阳杂俎》吴刚伐桂事之前。末句一作"还老桂花旧影",意更明显。苏轼《和黄秀才鉴空阁诗》:"桂容如水鉴,写此山河影。"王十朋注引《酉阳杂俎》:"佛氏言,月中所有,乃大地山河影也。"(《古今事文类聚》前集卷二,引文同,惟"大"作"天",殆误。)今本《杂俎》无此文。

高阳台[1]

和周草窗寄越中诸友韵

残雪庭阴,轻寒帘影,霏霏玉管春葭[2]。小帖金泥[3],不知春在谁家[4]。相思一夜窗前梦[5],奈个人水隔天遮[6]。但凄然,满树幽香,满地横斜[7]。　江南自是离愁苦,况游骢古道,归雁平沙[8]。怎得银笺,殷勤与说年华[9]。如今处处生芳草[10],纵凭高不见天涯。更消他,几度东风,几度飞花。

〔1〕本篇立意和比喻,略同前录刘辰翁《沁园春》送春词,而风格迥异,可以比较观之。

〔2〕古传音乐的十二律应历法的二十四气。候气之法,用玉律(或竹)十二,置密室中木案上,外高内低,将葭芦的灰塞住律管的内端,案历而候之,气至者灰动。详见《后汉书·律历志》"候气"。如交立春节,太簇律管中的芦灰即行飞散,《礼记·月令》所谓"孟春之月……律中大(太)簇"是也。杜甫《小至》:"吹葭六琯动浮灰。"这里不过借用古典,说交春节罢了。

〔3〕《荆楚岁时记》:"立春之日,悉剪绿为燕戴之,帖'宜春'二字。"又"春帖子",亦名"宜春帖子",多写五七言诗句。或写吉语。"金泥",即泥金。李商隐《燕台诗·秋》:"越罗冷薄金泥重。"牛峤《菩萨蛮》:"舞裙香暖金泥凤。"李煜《临江仙》:"画帘珠箔,惆怅卷金泥。"

〔4〕言春非我春,本篇的主要句子。

〔5〕"相思"以下至上片末,带写梅花,却不说破。卢仝《有所思》:"相思一夜梅花发,忽到窗前疑是君。"史达祖《忆瑶姬》:"一夜相思玉样人,但起来梅发窗前,哽咽疑是君。"亦用卢句。

〔6〕《诗·秦风·蒹葭》:"所谓伊人,在水一方。""个人",即"伊人"。此兼采诗中比兴之义,意甚浑融。

〔7〕用林逋诗,切合梅花,见前姜夔《暗香》注〔2〕。

〔8〕"游骢古道,归雁平沙",有北地风沙景象,当不是二帝北狩之

旧恨,而是三宫降元之新愁。全篇以这几句寓意为最显明。

〔9〕其实像这样的愁恨,文字本难表达的,却说"怎得银笺",似乎文字可以传情,只差没有洁白的笺纸而已。

〔10〕以下直说到春尽。淮南小山《招隐士》"王孙游兮不归",即上文所云"游骢古道";同篇"春草生兮萋萋",即"如今处处生芳草"也。

张 炎

张炎(1248—?),字叔夏,号玉田、乐笑翁,原西秦人,张俊之孙,后住在临安。宋亡,在四明(今浙江宁波)设卜市,又曾往燕京。有《山中白云词》,论词专著《词源》。

高阳台

西湖春感

接叶巢莺[1],平波卷絮,断桥[2]斜日归船。能几番游,看花又是明年。东风且伴蔷薇住,到蔷薇春已堪怜[3]。更凄然,万绿西泠[4],一抹荒烟[5]。　　当年燕子[6]知何处,但苔深韦曲,草暗斜川[7]。见说[8]新愁,如今也到鸥边[9]。无心再续笙歌梦,掩重门浅醉闲眠[10]。莫开帘,怕见飞花,怕听啼鹃。

[1] 杜甫《陪郑广文游何将军山林》十首之二:"接叶暗巢莺。""接叶",叶子茂盛,互相接近。

[2] "断桥",在杭州西湖白沙堤东,离城颇近,故曰"归船"。《武林旧事》卷五"孤山路"条:"断桥,又名段家桥,万柳如云,望如裙带。"

〔3〕蔷薇开在晚春。贾岛《题兴化园亭》:"蔷薇花落秋风起。"杜牧《留赠》:"蔷薇花谢即归来。"

〔4〕"西泠",在西湖白沙堤西。《武林旧事》卷五:"西陵桥,又名西林桥,又名西泠桥。"

〔5〕上片实写西湖,光景宛然。"能几番游"云云,意甚哀愁,却淡淡说出。"且伴蔷薇住"是一折,"到蔷薇春已堪怜"是一折,更何况"万绿西泠,一抹荒烟"呢。正因以上含蓄顿挫得力,结语就格外显得沉痛。

〔6〕以下三句说当时贵族的凋零。"燕子"用刘禹锡《金陵》诗"旧时王谢堂前燕"意。

〔7〕"韦曲"在唐长安城南明德门外,韦后家在此。宋之问有《游韦曲庄叙》,杜甫《奉陪郑驸马韦曲诗》二首之一:"韦曲花无赖。"又《赠韦七赞善》:"杜陵韦曲未央前。"其下自注引俚语"城南韦杜"云云。"斜川"在江西星子县,陶潜有《游斜川诗并序》。这里用典借指西湖,与上用断桥西泠等实在地名不同。"苔深""草暗"言胜地荒凉,无人游赏。

〔8〕"见说"犹"听说",以下至结尾皆指自己,却用"见说"二字虚提一笔,托之他人口气。

〔9〕鸥鸟忘机,本不知愁,听说它如今也知道愁了,其意盖自谓。

〔10〕"浅醉",不成醉;"闲眠",未成眠。

念奴娇[1]

夜渡古黄河与沈尧道[2]曾子敬同赋

扬舲[3]万里,笑当年底事,中分南北[4]。须信平生无梦到,却向而今游历。老柳官河,斜阳古道,风定波犹直。野人惊问,泛槎何处狂客[5]？　　迎面落叶萧萧,水流沙共远,都无行迹。衰草凄迷秋更绿[6],惟有闲鸥独立。浪挟天浮,山邀云去,银浦[7]横空碧。扣舷歌断[8],海蟾飞上孤白[9]。

〔1〕原题"壶中天",即"念奴娇"。

〔2〕沈氏名钦。

〔3〕"舲",有窗的小船。《楚辞·涉江》:"乘舲船予上沅兮。"孔法生《征虏亭祖王少傅》:"若人鉴殆辱,解绂扬归舲。"

〔4〕"底事",何事,犹"为甚"。《文选》卷十二郭璞《江赋》李善注引《吴录》:"魏文帝临江叹曰:天所以隔南北也。"本指长江而言,这里或借指黄河。

〔5〕《孝经援神契》:"河者水之伯,上应天汉。"张华《博物志》:"旧说天河与海相通。近有人居海渚者,年年八月,有浮槎来甚大,往返不失期。此人乃立于槎上,多赍粮,乘槎去。忽不觉昼夜,奄至一处,有城郭舍屋,望室中多见织妇。见一丈人牵牛渚次饮之。惊问此人何由至此。此人即问此为何处。答曰:'君可诣蜀问严君平。'此人还问君平。君平曰:'某月日有客星犯牵牛。'即此人到天河也。"(俱《初学记》卷六引。今本《博物志》卷十,文字较详。)又《太平御览》卷八引《集林》:"昔有一人寻河源,见妇人浣纱,以问之,曰:'此天河也。'乃与一石而归。问严君平,云:'此织女支机石也。'"当是同一故事的另一传说,或较后起。作者夜渡黄河,以乘槎客自比,而以野人比牵牛,不涉织女,但与"河源"云云亦似有关,故两引之。"槎"亦写作查,桴(筏)也,即木排竹排。古亦称桴。《论语·公冶》马融注:"桴,编竹木,大者曰栰,小者曰桴。"

〔6〕"绿",黄绿色。古诗:"秋草萋已绿。"谢朓《酬王晋安》:"春草秋更绿。"周邦彦《蕙兰芳引》:"霜草未衰更绿。""更绿"者,还有些绿意。

〔7〕"银浦",银汉,即天河也。李贺《天上谣》:"银浦流云学水声。"

〔8〕苏轼《赤壁赋》:"扣舷而歌之。"

〔9〕旧说月中有蟾蜍,且传为嫦娥所化。如《后汉书·天文志》注引张衡《灵宪》:"姮娥遂托身于月,是谓蟾蜍(蜍)。""蟾""兔"俱可作为月的代称。"海蟾"即海月。"飞"字状月的移动。颜延年《为织女赠牵牛》"姮娥栖飞月",李白《渡荆门送别》"月下飞天镜"。"孤白"为月的形况。王禹偁《再泛吴江》:"随船晓月孤轮白。"本篇题为"夜渡黄河",所写海月飞上,当亦是下半夜光景。

解连环

孤雁

楚江空晚[1],怅离群万里[2],恍然惊散。自顾影欲下寒塘[3],正沙净草枯,水平天远。写不成书,只寄得相思一点[4]。料因循误了,残毡拥雪,故人心眼[5]。　　谁怜旅愁荏苒[6]。谩长门夜悄[7],锦筝弹怨[8]。想伴侣犹宿芦花[9],也曾念春前,去程应转[10]。暮雨相呼[11],怕蓦地玉关重见[12]。未羞他双燕归来,画帘半卷[13]。

〔1〕雁南飞,旧传在彭蠡、衡阳等处,皆春秋时楚地。

〔2〕"离群索居",见《礼记·檀弓》。崔涂《孤雁》二首之一:"如何万里计,只在一枝芦。"

〔3〕杜甫《和裴迪登新津寺寄王侍郎》:"鸟影度寒塘。"刘长卿《宿怀仁县南湖》:"寒塘起孤雁。"崔涂《孤雁》二首之二:"寒塘欲下迟。"

〔4〕本句合用雁行排字与雁足捎书二意。既不能排成雁字,只凭孤雁传书,引起下文"因循误了"意。"雁字"见中卷李清照《一剪梅》注〔3〕。

〔5〕"帛书系雁足",苏武以此得归;又"武卧啮雪与毡毛并咽之"并见《汉书·苏武传》。"残毡拥雪,故人心眼",即从苏武留胡时设想,意谓一雁孤飞,音信难凭,致误了久困在胡地之故人的凝盼,亦有愧对之意。王勃《九日怀封元寂》:"九秋良会夕,千里故人稀,今日龙山外,当忆雁书归。"词意亦近之。

〔6〕"旅愁荏苒",承上。"荏苒",亦有迁延耽搁之意。

〔7〕"长门",宫名,借陈皇后事,言宫怨,又一哀愁境界。杜牧《咏雁》:"长门灯暗数声来。"

〔8〕"锦"者,美丽的形容,银筝犹言锦瑟也,筝柱斜列如雁行,称雁筝。贯休诗:"刻成筝柱雁相挨"(《全唐诗》卷八三七录其断句)。钱起《孤雁》:"二十五弦弹夜月,不胜清怨却飞来。"瑟二十五弦;筝,传说破瑟为二,十二弦或十三弦。筝亦瑟类。桓伊抚筝歌"怨诗",见前叶梦得《八声甘州》注〔2〕。

〔9〕陆游《闻新雁有感》:"新雁南来片影孤,冷云深处宿菰芦。"

〔10〕当指雁回到北方。《礼记·月令》:"季冬之月……雁北乡(向)。"即所谓"春前"。

〔11〕前注〔3〕引崔涂《孤雁》二首之二,其上句为:"暮雨相呼失。"

〔12〕《诗词曲语辞汇释》卷五:"怕,……犹云如其也;倘也。……怕蓦地云云,言倘忽然重见旧时伴侣也。"

〔13〕上书续云:"旧侣重逢,孤雁不孤,则何羞于双燕矣。"以双燕反结孤雁,章法正和前录史达祖词以"画栏独凭"反结双燕相同。史梅

溪词《双双燕》为咏物之正格。本篇咏孤雁自来亦很有名,人称之为"张孤雁",除描摹姿态,用典贴切,与史词相似外,兼多家国身世之感,写法在同异之间。

汪元量

汪元量,字大有,号水云,钱塘(今杭州)人。度宗时,为宋宫廷琴师。宋亡,随恭帝与全太后等北去。后为道士,归杭州。有《水云词》。

莺啼序

重过金陵

金陵故都最好,有朱楼迢递[1]。嗟倦客又此凭高,槛外已少佳致[2]。更落尽梨花,飞尽杨花,春也成憔悴[3]。问青山,三国英雄,六朝奇伟？　麦甸葵丘[4],荒台败垒,鹿豕衔枯荠[5]。正潮打孤城,寂寞斜阳影里[6]。听楼头哀笛怨角,未把酒愁心先醉。渐夜深,月满秦淮,烟笼寒水[7]。

凄凄惨惨,冷冷清清[8],灯火渡头市[9]。慨商女不知兴废,隔江犹唱庭花[10],馀音亹亹[11]。伤心千古,泪痕如洗。乌衣巷口青芜路,认依稀王谢旧邻里[12]。临春结绮[13],可怜红粉成灰,萧索白杨风起[14]。　因思畴昔,铁索千寻,谩沉江底[15]。挥羽扇障西尘,便好角巾私第[16]。清谈到底成何事[17]？回首新亭，风景今如此。楚囚对泣何时已[18]，叹人间今古真儿戏[19]。东风岁岁还来，吹入钟山[20]，几重苍翠。

〔1〕谢朓《隋王鼓吹曲》十首之四《入朝曲》："江南佳丽地，金陵帝王州，逶迤带绿水，迢递起朱楼。"李白《金陵》三首之三："当时百万户，夹道起朱楼。"

〔2〕王勃《滕王阁》："阁中帝子今何在，槛外长江空自流。"

〔3〕杜甫《曲江对酒》"桃花细逐杨花落"，一本作"桃花欲共梨花落"。郑谷《下第退居》二首之一："落尽梨花春又了"，与词意亦近。

〔4〕"葵丘"言废墟，丘陵之上都长了葵麦，泛称，非专指。"兔葵燕麦，动摇春风"，见刘禹锡《再游玄都观诗引》。

〔5〕许浑《姑苏怀古》"荒台麋鹿争新草"，又《凌歊台诗》"行殿有基荒茅合"。此盖合用许句。原典出《史记·淮南王安传》载伍被言："臣闻子胥谏吴王，吴王不用，乃曰：臣今见麋鹿游姑苏之台也。"这里借姑苏以喻金陵。"鹿豕"连用，见《孟子·尽心上》。

〔6〕刘禹锡《金陵五题》之一《石头城》："山围故国周遭在，潮打孤城寂寞回。"斜阳亦用刘《乌衣巷》诗："乌衣巷口夕阳斜。"

〔7〕杜牧《泊秦淮》："烟笼寒水月笼沙，夜泊秦淮近酒家。"

〔8〕李清照《声声慢》："冷冷清清，凄凄惨惨戚戚。"

〔9〕周邦彦《夜游宫》："看黄昏，灯火市。"又《西河》咏金陵："酒旗戏鼓甚处市。"

〔10〕见中卷王安石《桂枝香》注〔9〕。

〔11〕"亹亹"，"亹"音尾。《世说新语·赏誉》："谢太傅未冠始出，西诣王长史（濛），清言良久。去后，苟子（修）问曰：'向客何如尊？'长史曰：'向客亹亹，为来逼人。'"这里"亹亹"用法略同，久而未止貌，亦犹

297

《赤壁赋》云"馀音袅袅"。"亹亹"本训进貌,有前进勉力之义,如《诗·大雅·文王》:"亹亹文王。"

〔12〕 刘禹锡《金陵五题》之二《乌衣巷》:"旧时王谢堂前燕,飞入寻常百姓家。"周邦彦《西河》:"想依稀王谢邻里。"

〔13〕 刘禹锡《金陵五题》之三《台城》:"结绮临春事最奢。"苏轼《次韵杨公济梅花》十首之四:"临春结绮荒荆棘"。结绮阁、临春阁皆陈后主张丽华所居宫名,见《南史·后妃传》及小说《隋遗录》。

〔14〕 白居易《和关盼盼感事诗》:"见说白杨堪作柱,争教红粉不成灰。"

〔15〕 刘禹锡《西塞山怀古》:"千寻铁锁沉江底"。东吴用铁锁横江以为防守,晋人用火烧断,事见《晋书·王濬传》。铁锁即铁索。

〔16〕 两句均晋王导事。《世说新语·轻诋》:"庾公(亮)权重,足倾王公(导)。庾在石头,王在冶城。坐大风扬尘,王以扇拂尘曰:'元规尘污人。'"又《雅量》载庾有东下意,王曰:"若其欲来,吾角巾径还乌衣,何所稍严。"此亦系借用,言西氛虽恶,却不设防备。

〔17〕《晋书·王衍传》:"终日清谈。"又说王衍"妙善玄言,唯谈老庄为事。"

〔18〕《世说新语·言语》:"过江诸人,每至美日,辄相邀新亭,藉卉饮宴。周侯(顗)中坐而叹曰:'风景不殊,正自有山河之异。'皆相视流泪。唯王丞相(导)愀然变色曰:'当共戮力王室,克复神州,何至作楚囚相对。'"楚囚指楚钟仪被囚在晋国,见《左传》成公九年。

〔19〕 虽泛言今古,意以六朝喻南宋,谓南渡政局真如儿戏。

〔20〕 钟山,在南京东北,一名蒋山,又名紫金山。按全篇多用典故平铺直叙,而借古伤今,意甚明白,语亦妥贴。此长调之近于赋体者。

水龙吟

淮河舟中夜闻宫人琴声[1]

鼓鼙惊破霓裳[2],海棠亭北[3]多风雨。歌阑酒罢,玉啼[4]金泣[5],此行良苦。驼背模糊,马头匼匝,朝朝暮暮[6]。自都门燕别,龙艘锦缆,空载得,春归去[7]。　　目断东南半壁,怅长淮已非吾土[8]。受降城下,草如霜白[9],凄凉酸楚。粉阵红围,夜深人静,谁宾谁主[10],对渔灯一点,羁愁一搦[11],谱琴中语。

〔1〕宋德祐二年(1276)五月,作者《扬州》诗曰:"丝雨绵云五月寒,淮壖遗老笑儒冠。"

〔2〕白居易《长恨歌》:"渔阳鼙鼓动地来,惊破霓裳羽衣曲。""鞞",小鼓,先击之以应大鼓,亦名"应鼓",见《初学记》卷十六。"鞞",同"鼙"。

〔3〕惠洪《冷斋夜话》引《太真外传》:"上皇登沉香亭诏太真妃子,妃子时卯醉未醒,命力士从侍儿扶掖而至。妃子醉颜残妆,鬓乱钗横,不能再拜。上皇笑曰:'岂是妃子醉,真海棠睡未足耳。'""海棠亭"即指沉香亭。李白《清平调》:"沉香亭北倚阑干。"

〔4〕《白氏六帖》卷十九:"魏甄后面白,泪双垂如玉箸。"李白《代赠远》:"啼流玉箸尽,坐恨金闺切。"韩愈孟郊《城南联句》:"宝唾拾未尽,玉啼堕犹铴。"(铴,音撑,庚韵。)

〔5〕李贺《金铜仙人辞汉歌序》:"仙人临载,乃潸然泪下。"金人滴泪,故曰"金泣"。与上"玉啼",并指宋嫔御宫人等,非泛语也。

〔6〕三句指宋宫人随元军北去。杜甫《送蔡希曾还陇右》:"马头金匼匝,驼背锦模糊。"钱《笺》:"匼匝,周绕貌。"这里写蒙古军容之盛,承上"此行良苦"来,言以后将过这样的生活,其实那时是乘船北去的,如本篇题与下文所记。

〔7〕德祐二年六月,元伯颜入临安,以宋帝㬎,后妃等并宫女三千馀人北去。

〔8〕"已非吾土",用王粲《登楼赋》"虽信美而非吾土兮"意。本句及下句,文意当指夏贵于其年二月,以淮西降元事。

〔9〕李益《夜上受降城闻笛》:"受降城外月如霜。"这里借用"受降"字面,非北方之受降城。但淮上在南宋已是边塞,意固相通。

〔10〕作者《邳州》诗:"美人十十船中坐,犹把金猊炷好香。"

〔11〕"一搦",一把。李百药《少年行》:"一搦掌中腰。"这里仍就宫人方面说。下句"谱琴中语",亦即题中所谓"夜闻宫人琴声"。